Wampir
Władysław Reymont

Wampir
Copyright © JiaHu Books 2015
First Published in Great Britain in 2015 by JiaHu Books – part of
Richardson-Prachai Solutions Ltd, 34 Egerton Gate, Milton Keynes,
MK5 7HH
ISBN: 978-1-78435-166-3
A CIP catalogue record for this book is available from the British Library
Visit us at: jiahubooks.co.uk

2

I

Wszystkie światła pogasły; tylko między oknami w zielonawej, kryształowej kuli mżył się rozpierzchły, ledwie dojrzany płomyk, jak gdyby świętojański robaczek, trzepoczący się w ciemnościach.

Cisza zapadła nagle, cisza pełna dręczącego oczekiwania.

Siedzieli z przyczajoną uwagą, skupieni aż do martwoty, a pełni szarpiącego niepokoju i ledwie powstrzymywanych dygotów trwogi.

Czas płynął wolno w przerażającym milczeniu, w dławiącej okropnej ciszy trwożnych przeczuwań, że jeno niekiedy jakieś stłumione westchnienie wionęło w ciemnościach, podłoga zatrzeszczała, aż drgnęli gwałtownie, to nierozpoznany szelest, jakby lot ptaka, okrążał ich głowy, łopotał po pokoju, wiał chłodem na rozgorączkowane twarze i marł w mrokach rozłkanym szelestem...

...I znowu przepływały chwile długie jak wieki, chwile milczenia dręczącego i oczekiwań.

Naraz stół drgnął, zakołysał się gwałtownie, uniósł w powietrze i opadł bez szelestu na podłogę.

Lodowaty dreszcz wstrząsnął sercami... ktoś krzyknął... ktoś załkał nerwowo... ktoś zerwał się jakby do ucieczki... palące tchnienie trwogi przewiało w ciemnościach i zakłębiło się w duszach bolesnym, męczącym drżeniem, ale wnet przygasło wszystko, zdławione przez straszne pragnienie zjaw...

O cud błagały trwogi wszystkie i dusze rozpięte w bolesnej tęsknocie.

Cisza stała się jeszcze głębsza, powstrzymywano oddechy, tłumiono strachliwe bicie serc, wytężano całą siłę woli, aby nie zadrgnąć, nie szepnąć, nie poruszyć się, nie patrzeć nawet i martwieć w takiej cichości, że ruch jakiegoś zegarka przewiercał serca bezustannym, bolesnym dygotem i bił w skroniach ciężkimi młotami.

Szum głuchy, bełkotliwy a rozwiany i daleki, jakby morza odpływającego, wrzał monotonnie za oknami, deszcz zacinał bezustannie, brzęczał cicho i po zapoconych, szarzejących szybach spływał nieskończonymi sznurami paciorków i szemrał sennie, szemrał lękliwie; to wiatr obijał się o szyby i ze zduszonym, żałosnym krzykiem obsuwał się martwo po ścianach, a potem jakieś drzewa, podobne do strzępiastych chmur, drzewa ślepe i nieme nachylały się cicho do okien, chwiały się cieniem ledwie uchwytnym jak sen nieprzypomniany i jak sen przepadły w mrokach.

A pokój wciąż był głuchy, niemy i przepastny jak otchłań, tylko ten zielonawy płomyk niby gwiazda odbita w czarnej topieli drgał ustawicznie, rozpryskując się świetlistą larwą, jakby spod wody skłębionej, albo jakieś spojrzenie zamigotało rozwianym płomieniem i wnet marło w ciemnościach mętnych, pełnych nieuchwytnych, zaledwie wyczutych falowań, niedojrzanych ruchów, drgań niepokojących, szeptów zmartwiałych, konających połysków i przyczajonej, dygocącej trwogi...

Stół znowu wyrwał się spod rąk, roztrącił siedzących, uniósł się gwałtownie i z hukiem padł na swoje miejsce... łańcuch rąk się przerwał, zerwało się kilka okrzyków, ktoś skoczył w bok do światła...

– Cicho... na miejsca... cicho! – zabrzmiał rozkazujący głos.

Ręce splotły się znowu w łańcuch nieprzerwany, przymilkli z nagła, ale już nikt nie potrafił pokonać nerwowego drżenia, dłonie się trzęsły, serca dygotały i dusze przelatywał wicher świętej trwogi, pochylano się nad stołem, jak nad niepojętą, tajemniczą istotą, której ruch każdy był cudem widomym, cudem żywym.

Joe, przewodniczący, zaczął szeptać modlitwę, a za nim roztrzęsionymi wargami powtarzano coraz prędzej, coraz mocniej, iż ciemność rozbrzmiewała szmerem lotnym, namiętnym, wyrwanym spod serc, z głębi dusz olśnionych... Słowa padały rozwiane, płonące wiarą, wiotkie jak tchnienie, a potężne żądzą objawień, pragnieniem cudów...

Naraz z drugiego pokoju czy z głębi jakiejś rozbrzmiał przytłumiony głos fisharmonii.

Jęk zamarł w gardłach ściśniętych, dusze padły w senny lęk jakby przed skonem, nikt bowiem nie czekał tej muzyki, nie wiedział, skąd płyną te tony, nie rozumiał, zali to dźwięki żywe czy oman słodki?...

Opadli piersiami na stół, bo nikt już sił nie miał, trzymali się kurczowo za ręce, bojąc się puścić, bojąc się przepaść w samotności... cisnęli się do siebie ramionami i stłoczeni, drżący, przejęci świętym dreszczem zachwytu zanurzali się w te dziwne dźwięki przewiewające niby wiatr pieściwy po strunach harfy niewidzialnej.

I tak zapomnieli o wszystkim, że nikt już nie wiedział, rzeczywistość to – li sen czarowny?

A muzyka rozpylała się w ciemnościach kadzielnym tchnieniem modlitwy żarliwej, rosą srebrzystych dźwięków, wiewem melodii tak słodkiej, że dusze chwiały się w rozmarzeniu upajającym jak kwiaty w noc miesięczną.

I śpiewem się podniosła uroczystym, potężnym, rozległym, jakby świat cały śpiewał.

I krzykiem duszy zagubionej we wszechświecie łkała żałośnie...

I wyżej wznosiła się jeszcze, aż w hymny łzawych zachwyceń i w dal takich roztęsknień, że była już jakby emanacją nowych bytów, rodzących się z tajemnicy i marzenia.

Jeszcze nie ochłonęli z wrażenia, jeszcze dusze niby krze płomieniste chwiały się sennie w rytm konających dźwięków, gdy drzwi od przedpokoju otwarły się na rozcież, struga światła runęła słupem na podłogę i w progu ukazała się wysoka, jasna postać...

Porwali się z miejsc, ale nim ktokolwiek zdołał krzyknąć, postać owa poruszyła się i szła wolno świetlistym pasem; szła sztywno i ciężko, z wyciągniętymi rękami, przystając co mgnienie i kołysząc się całą postacią...

Drzwi się zamknęły bez szmeru i noc znowu ogarnęła wszystko.

– Kto jesteś? – zatrzepotało zdławione pytanie.

– Daisy... – wionął szept zgoła niematerialny.

– Długo będziesz z nami?

– Nie... nie... – Gdzie twoje ciało?

– Tam... w pokoju... śpię... wołałeś... przyszłam... Guru...

Szept się plątał i tak ścichł, że tylko bezdźwięczne, porwane drgania szemrały w ciemnościach... Mr Joe nacisnął guzik i elektryczne światło zalało pokój.

– Daisy! – krzyknął jakiś człowiek rzucając się ku niej, ale stanął naraz jak gromem rażony, bo zwróciła ślepą twarz ku niemu, usiłując coś mówić, poruszając wargami...

– Nie, nie Daisy... ta sama i obca, inna zarazem...

Pochylił się ze zdumienia i przyczajonym, trwożnym wzrokiem obiegał twarz jej i postać całą... ta sama twarz, a rysy inne, obce... obce...

– Daisy!... Nie... nie... – krzyczało w nim zdumienie i przypomnienia wiły mu się błyskawicami szaleństwa, strachu, lęku straszliwego.

Nic nie rozumiał, nie mógł pojąć tej zmiany dziwnej, zdało mu się, że śni ciężko, że jakieś zwierciadlane odbicie Daisy stanęło przed nim i rozwieje się zaraz, natychmiast, scześnie jak widmo...

Zamknął oczy i otworzył je natychmiast, ale Daisy stała na dawnym miejscu, była, widział ją w najdrobniejszych szczegółach, że cofnął się naraz, bo spojrzała na niego posępnym, otchłannym, obcym wzrokiem, a tak strasznym, że padł na samo dno trwogi... Wszyscy stali również w lodowatym odrętwieniu.

Mr Joe zaś lękliwie podszedł do niej i dotknął palcami jej powiek, zatrzepotały i opadły mocno, a potem stopniowo dotykał jej skroni, rąk, piersi, ramion, przeciągał kilka pasów nad głową, cofnął się i rozkazująco powiedział:

– Pójdź!

Nie poruszyła się z miejsca.

– Pójdź! – zawołał silniej, cofając się z wolna i nie spuszczając z niej wzroku – drgnęła nagle i jakby z trudem odrywając się od posadzki, zaczęła się posuwać za nim sztywnym, automatycznym ruchem, w głąb sąsiedniego pokoju, jasno oświetlonego... Nikt się przez ten czas nie poruszył, nie westchnął głośniej, nie zadrgnął; wszystkie oczy szły za nią.

Mr Joe wziął ją za rękę i podprowadził do wielkiej sofy, ustawionej na środku pokoju; upadła na nią bezwładnie.

– Możesz mówić? – pytał pochylając się nad nią.

– Mogę...

– Czy jesteś sama, Daisy?...

– Nie pytaj...

– Czy nikt z nas nie przeszkadza?

– Nie... nie... cóż może przeszkodzić woli "A" – mówiła.

Głos miała nie swój, zupełnie obcy, a chwilami jakby płynący z fonografu, trupi jakiś; wydobywał się martwym szmerem wprost z gardła, bo nie poruszała ustami ni żadnym muskułem twarzy.

– Więc wszystkim wolno pozostać w pokoju? – pytał znowu mr Joe.

Nie odpowiedziała, tylko poruszyła się niecierpliwie, podnosząc ciężkie powieki, że wywrócone oczy błysnęły białkami, jakiś uśmiech przewiał po bladej jak kreda twarzy, wyciągnęła rękę w próżnię, jakby witając kogoś niewidzialnego, i zaczęła coś półgłosem szeptać.

Mr Joe słuchał uważnie, ale na próżno usiłował zrozumieć cokolwiek, mówiła w zupełnie nie znanym języku.

– Co mówisz? – spytał po chwili, kładąc dłoń na jej czole.

– Sarwatassida!

– Mahatma?

– Ten, który jest, który wypełnia wszystko, który jest "A", mój duch...

– Czy zechce mówić przez ciebie?

– Nie męcz mnie...

– Czy stanie się co dzisiaj? Bracia są zebrani, czekają w trwodze, czekają w błaganiu o znak jaki, o cud...

– Nikt z wcielonych nie jest godzien cudów! nikt! – zabrzmiał mocny, potężny, męski głos, a tak silny jak przez spiżową tubę płynący.

Joe cofnął się przerażony, wodząc oczami dokoła, ale w pokoju nie było nikogo; Daisy leżała bez ruchu, światła płonęły jasno i cała grupa zebranych stała w drugim pokoju, na wprost niego.

– Niechaj on gra! on! – szepnęła unosząc się i wskazując ręką na Zenona i zaraz padła w tył, wyprężona, sztywna i tak już pozostała. Próżno Joe usiłował zmusić ją do rozmowy, leżała martwa jak trup; ręce miała zimne i twarz pokrytą lodowatą rosą.

– Zupełna katalepsja! Nic nie rozumiem – szepnął bojaźliwie.

– Cóż poczniemy? – zapytał ktoś.

– Módlmy się i czekajmy.

– Czy to naprawdę Daisy? – pytał Zenon.

– Daisy... nie wiem, może być... ale nie wiem.

Drzwi od okrągłego pokoju, gdzie leżała, zatrzasnęły się z hałasem.

– Siadać, cicho... rozpoczynamy!...

Zenon siadł przed fisharmonią, stojącą w głębokiej niszy na prawo, wprost okien, i zaczął cicho grać.

Światła wtedy raptem pogasły, przez chwilę jeszcze żarzyły się w żyrandolu rozpalone węgle, potem, gdy sczerniały, tylko kryształowa kula błyskała zielonawym, rozdrganym światełkiem.

Usiedli pod ścianą, jeden przy drugim, nie tworząc już łańcucha.

Zenon grał jakiś hymn wzniosły, stłumione dźwięki brzmiały słodkim chorałem, dalekim jakby z głębi niebotycznych naw płynącym i rozsypywały się w nieprzeniknionych ciemnościach.

Joe zaś ukłąkł i zaczął się modlić półgłosem, przez chwilę słychać było odsuwanie krzeseł i trzeszczenie podłogi, snadź przyklękli wszyscy, bo szept modlitewnych głosów zaszemrał rozpaloną, wrzącą ulewą i wtórował przejmującym falom muzyki...

Zenon grał coraz ciszej, dźwięki zamierały z wolna, głuchły i niby zakrzepłe perły opadały ciężko, że już tylko jakieś błędne akordy jak pogubione westchnienia błąkały się w ciszy, powracały jednak i łkały upornie, przejmująco.

Po długiej chwili martwego milczenia zerwały się znowu niby

krzyk na pustkowiu, krzyk nagły, przeszywający, okropny!...

I znowu opadała grobowa cisza, z której kiedy niekiedy wyrywały się błędne, rozełkane, samotne akordy...

Modlitwa umilkła, ale ten głos monotonny zrywał się co chwila, przycichał... konał... i znowu powracał... znowu jęczał... znowu błąkał się, dreszcz zatrząsł wszystkimi, bo był jak rozpacz, jak krzyk padających w przepaść...

Joe nie mógł już wytrzymać i rozniecił światło.

Zenon siedział martwo, oczy miał przymknięte, głowę pochyloną na poręcz krzesła, prawa ręka leżała bez ruchu na kolanie, a lewą poruszał machinalnie, uderzając raz po raz w klawisze...

– Wpadł w trans! – szepnął przygaszając znowu światła.

W pokoju zrobiło się wprost strasznie, siedzieli w grobowym milczeniu, skurczeni w bolesnym nabrzmieniu trwogi i oczekiwania, błądząc oczami w ciemnościach i czepiając się tego jedynego światełka jak zbawienia.

Chłód dziwny zawiewał od ścian, że mimo rozgorączkowania trzęśli się z zimna.

Cisza była już nie do wytrzymania, a ten powracający wciąż, monotonny akord przejmował coraz sroższą męką...

Naraz w ciemnościach zaczęło się coś stawać.

Najpierw szyfrowe tabliczki, leżące na stole, jęły się podnosić i opadać jakby podrzucane, wreszcie trzasnęły w sufit i rozbitymi kawałkami posypały się na podłogę...

A po chwili zaczęły się rozsypywać w ciemnościach świetliste, niezliczone drgania, ale tak nikłe, tak drobinowe, że wydawały się próchnicową fosforescencją, opadały połyskującą rosą, osypywały się po ścianach, gęstniały z wolna i świeciły coraz mocniej, zalewając pokój błyszczącym, rozdrganym tumanem, jakby śniegiem błękitnawym, opadającym bez szelestu sypką i pierzastą falą.

– Om! – zadźwięczał w ciszy jasny, kryształowy głos.

I pochylili głowy, i chórem z trwożną pokorą i wzruszeniem, stłumionymi głosami zajęczeli błagalnie:

– Om! Om! Om!

Świetlista ulewa jeszcze się wzmogła, już teraz pokój był podobny do ciemnobłękitnej otchłani, przez którą przepływał potok gwiezdnych pyłów tak jaśniejący, iż ściany, drzwi, obrazy, sprzęty i sine, wylękłe twarze widać było dokładnie poprzez to rozdrgane, opadające bezustannie przędziwo błysków.

Mgławy zarys postaci, świetlany majak, widmo utkane ze światła, ukazało się naraz w drzwiach pokoju uśpionej.

– Om! Om! – szeptali coraz ciszej, cofając się pod ścianę i przyparci do niej, zmartwieli w świętej zgrozie zdumienia.

Zjawa jakby kwiatem z rozchwianych płomieni uniosła się w górę, była jakby wytryskiem rozproszonego światła, z którego co chwila urabiał się zarys ludzkiej postaci i rozpryskiwał wybuchem krótkich, rozpylonych błysków.

Ulewa zgasła, pokój pociemniał, tylko zjawa błyszczącym ostro żółtawym obłokiem unosiła się z wolna, krążyła na parę stóp nad ziemią, stając się chwilami tak wyraźną w ludzkim kształcie, że widać było twarz kobiecą, okoloną długimi włosami, zarysy ramion i kontur całej postaci, a przez mgnienia i jakaś niebieskawa, mieniąca się płomieniami suknia widniała, ale niepodobna było dojrzeć rysów, bo to chwilowe skupienie światła, ten brzask rażący, z jakiego się urabiała, te połyskliwe, martwe drgania mieszały się ustawicznie, przelewały wirem bezustannym, że co mgnienie kontury się rozwalały w pył świetlisty i występowały na nowo.

Przez jakąś dłuższą chwilę widmo stało się zupełnym kształtem ludzkim, przysuwając się tak blisko, że obłędny strach runął w nich piorunem, chwiało się tuż przed nimi, zbliżając swoją twarz okropną; twarz ślepą, bez rysów, jakby kulę, z gruba obrąbaną i przedziurawioną czarnymi otworami, larwę podobną do kłęba mgławiących się drobin świetlistych, larwę dręczącego snu i przerażenia.

Sunęła od jednego do drugiego, zaglądając pustymi oczodołami w ich zamarłe i ostygłe ze strachu oczy, i jakieś ręce śliskie, wilgotnawe, jakby z nagrzanego kauczuku, ręce okropne i trupie, ręce zgrozy niewypowiedzianej dotykały się wszystkich twarzy.

Ktoś jęknął ciężko, jakby przez sen dręczący, i widmo rozprysnęło się w tej chwili w migotliwy, świecący tuman.

Ale nim ochłonęli, zjawiło się znowu w niszy przy Zenonie.

– Daisy! – krzyknął bezwiednie Joe.

Wszyscy ją również poznali; tak, ona tam stała, widać było dokładnie, każdy rys twarzy występował ostro w tej dziwnej jaśni promieniejącej z niej samej, każdy szczegół postaci, nawet kolor włosów tak dobrze im znany. Byli najgłębiej przekonani, że to ona sama stoi w tym łagodnym brzasku promieniowań, jakby w jasnym obłoku.

Pochyliła się nad śpiącym, jakby mu coś chciała szepnąć do ucha, a on podniósł się i z niewysłowionym uśmiechem podał jej rękę i naraz, niby drzewo rozłupane przez piorun, rozpadł się na dwie osoby... siedział w dawnej postawie z głową pochyloną na poręcz krzesła i stał równocześnie w drugiej osobie przed nią pochylony...

Krzyk zdumienia wyrwał się ze wszystkich ust i padł zmartwiały, bo oto drzwi od pokoju okrągłego rozwarły się i ujrzano Daisy leżącą na sofie.

Dwa ciała leżały w śnie głębokim, równocześnie dwie zjawy, dwa widma czy dwie dusze przyobleczone w kształt widomy i płomieniejący światłem, dwa jakby zwierciadlane odbicia Daisy i Zenona przesuwały się w ciemnościach tuż przed nimi... Jak to długo trwało? mgnienie czy wieki, nikt nie wiedział, nikt nie myślał i nikt nie pojmował. W podziw padły dusze i klęczały w świętej grozie cudu...

W tej przeświętej chwili łaski Izys odsłoniła rąbek zasłony przed łaknącymi światła, marzenia stawały się czymś więcej niźli rzeczywistością, bo cudem niezrozumiałym, tajemniczym, niezgłębionym, ale cudem, żywymi oczami widzianym.

Poczuli się zawieszeni na krawędzi niepoznawalnego, jakby w samych głębiach stawań się i jakichś bytów nawet niemyślanych i rzeczy zgoła niepojętych dla ślepych oczu człowieczych.

Przepadła wszystka pamięć żywota, wszystek pył ziemski opadł z ich dusz, wszystka myśl spłonęła, że pozostali jeno jakoby w samym rdzeniu istności, przed którą odsłaniają się tajemnice wszelkie, boć oto tam, o parę kroków, w ciemnościach drążyły się dwie jaśniejące postacie i trwał cud niepojęty... Cienie rysowały kontury, tworzyły ramę, z której tym wyraźniej promieniały zjawy świetlane, niby słupy martwych połysków, przenoszące się z miejsca na miejsce bez szelestu i w takim milczeniu, że słyszeli przyśpieszone bicie serc własnych.

Z wolna, w jakiejś niepochwytnej, niezapamiętanej chwili widma poczęły blednąc, przygasać, niewidzialnieć i wsączać się w ciemności, tylko głowy pozostały nieco dłużej, chwiejąc się jak kwiaty świetlane na falach cieniów, były wciąż przy sobie, poruszając się jakimś wahającym, rozdrganym ruchem, znikały na mgnienia w rozpryskach oślepiających blasków i wynurzały się jeszcze, ale już bledsze, niklejsze, wiotsze, podobne do witrażowych postaci w mrocznych nawach, jeszcze oczy jaśniały dawną mocą i życiem, a już rysy się rozpadały, już marł kształt ludzki, aż i spojrzenia przygasły zmącone, jakby z nagła zanurzone w mrokach i przepadły, rozsypały się w pyłach białawych, z wolna gasnących.

Skończyło się wszystko, noc ich znowu otoczyła i milczenie, nikt się jednak nie poruszył z miejsca, omdlałe serca ledwie biły, myśli dźwigały się leniwie i niechętnie, podnosiły się jakby z letargu zachwyceń i oczarowań.

Ach, znowu życie, znowu głupia rzeczywistość, znowu ten sam dzień powszedni, dzień męki nieskończonej i tęsknot – znowu!...

Głuchy, daleki szum miasta bił monotonnym szmerem w okna, deszcz brzęczał po szybach, a światełko, uwięzione w kryształowej kuli, trzepotało się zielonawą, tajemniczą źrenicą, jak niezgłębiona tęsknota, jak pamięć rzeczy minionych i niepowrotnych...

Dopiero po długiej chwili Joe się przemógł i rozniecił światła.

Drzwi do okrągłego pokoju były zamknięte. Zenon zaś siedział uśpiony na dawnym miejscu, przed fisharmonią.

– Trzeba go zbudzić, wyczerpie się.

Ale nim to uczyniono, sam się przebudził i powstał.

– Zdaje mi się, że spałem? – szepnął przecierając oczy.

– Zaraz usnąłeś.

– Nie – grałem przecież coś, zdaje mi się, Bacha...

– Grałeś także i później...

– Przez sen?...

– Byłeś w transie.

– I grałem! Prawda, przypomina mi się jakaś melodia... zaraz... nie mogę jej schwycić... jakieś rozproszone dźwięki mam w pamięci, ale to dziwne, nigdy nie wpadałem w sen podobny...

– Czy nic więcej sobie nie przypominasz prócz tej melodii?...

– Nie... a Daisy?

– Śpi jeszcze.

Zenon otworzył drzwi do okrągłego pokoju i stanął zdumiony.

– Ależ to ona... nie spałem, przecież, cóż we mnie wmawiacie, przed chwilą mówiłem z nią... chodziliśmy razem po jakimś parku... tak... pamiętam... drzewa błękitne... mówiła... zaraz... gdzie to było...

Obejrzał się naraz lękliwie.

Wszyscy stali dokoła, zapatrzeni w niego, ciekawi a milczący.

– Coś się ze mną stało, czego nie mogę sobie przypomnieć... tak mnie dziwnie boli głowa...

Zachwiał się, aż Joe ujął go wpół i posadził na krześle.

Długo siedział nieruchomo, zapatrzony w siebie, w jakąś nierozpoznaną dal, pełną widzeń majaczących i snów nieprzypomnianych, daremnie usiłując ułożyć choćby obraz jeden, jedną myśl bodaj wyłonić ze strzępów rozpierzchłych i wirujących pod czaszką; zapadał w coraz większy mrok niepamięci; reszta bladych, nikłych majaczeń porwała się, gdy ją chciał pochwycić, ostatnie brzaski przypomnień zgasły, została tylko pusta, bolesna tęsknota za tym, co przepadło w nieznanych głębiach, że jakby się przebudził na nowo, otworzył szeroko oczy, przyjrzał się wszystkim i powstał.

– Taki dziwnie jestem znużony i wyczerpany, że ledwie się trzymam na nogach... – skarżył się żałośnie.

– Idź, połóż się zaraz – szepnął mu Joe.

– Istotnie, to będzie najlepsze.

– Odprowadzę cię do mieszkania.

– Cóż, znowu, nie usnę przecież na schodach.

Zaśmiał się wesoło i wyszedł do przedpokoju, ale gdy już miał wychodzić na korytarz, zawrócił i cicho pytał:

– Czy Daisy śpi jeszcze?

– Śpi, ale zaraz ją pójdę zbudzić.

– Seans się udał?

– Nadzwyczajnie, jutro ci opowiem szczegóły.

– Ale dlaczego ja usnąłem? Nie daruję sobie tego...

Schodził po schodach wolno, automatycznie, prawie nie wiedząc o tym, dopiero na pierwszym piętrze przystanął, rozejrzał się uważnie i jakby po raz trzeci się przebudził...

Przypomniał sobie naraz, że był na seansie i że grał...

Zatrząsł się, zimno go przejęło na wskroś, czuł się niesłychanie zmęczony i dziwnie, boleśnie niespokojny; jakaś melodia wić mu się jęła w pamięci, że począł ją nucić z cicha...

Korytarz był szeroki, wysłany czerwonym dywanem, cichy i pusty zupełnie, a jasno oświetlony, bo szereg opalowych kwiatów, uczepionych u sufitu, rozsiewał elektryczne światło, ściany białe, poprzecinane gdzieniegdzie drzwiami, ciągnęły się długą, jednostajną linią, pełną nudy.

Jakiś zegar wydzwaniał wolno.

– Już siódma! Całe dwie godziny seansu – szepnął zdziwiony, podnosząc oczy, by sprawdzić na zegarze, ale ujrzawszy jakąś damę idącą z drugiego końca korytarza, poszedł spieszniej naprzeciw i naraz, nie dochodząc jej jeszcze, przystanął skamieniały.

– Daisy? – krzyknął, odsuwając się pod ścianę.

Miss Daisy przeszła witając go skinieniem głowy, jak zwykle uprzejmym i nieco wyniosłym, mały gnom szedł za nią z wielkim pudłem w ręku.

Stał chwilę z przymkniętymi oczami, pewny, że to przywidzenie

14

lub halucynacja, bo i jakże, przed chwilą zostawił ją tam uśpioną w pokoju seansowym, widział na własne oczy, pamięta... a ona teraz tutaj, ubrana do wyjścia, idąca z przeciwnej strony...

Nie, to halucynacja.

Otworzył naraz oczy. Miss Daisy była już na końcu korytarza i skręcała właśnie na schody wejściowe...

Nadludzkim skokiem był już tam i wsparty o balustradę patrzył, jak schodziła na dół szerokimi schodami...

Schodziła wolno, tren sukni ciągnął się za nią po szerokich marmurowych stopniach, rezedowordzawy płaszcz, obramowany futrem, obtulał jej postać wyniosłą, jasne włosy wymykały się wzburzonymi falami spod wielkiego, czarnego kapelusza... widział te szczegóły dokładnie, słyszał każde jej stąpnięcie... czuł ruch jej każdy...

A na skręcie do przedsionka odwróciła głowę, oczy się ich skrzyżowały błyskawicami, zderzyły i rozbiegły, że cofnął się bezwiednie w cień... ale słyszał jej głos... szczęk drzwi... kroki na posadzce przedsionka... głuchy tupot koni na asfalcie podjazdu... śliski szmer odjeżdżającego powozu...

– Kto tu wyjeżdżał? – zapytał po chwili odźwiernego.

– Miss Daisy!

Już nic nie odrzekł, bo mu się zdało naraz, że go ogarnęła ciężka, niezwalczona senność. Powrócił na pierwsze piętro i machinalnie odnalazł swoje mieszkanie; długo krążył po nim roztrącając się o sprzęty i meble; długo błądził po omacku, nie wiedząc, co począć, co się z nim stało, gdzie jest!

Padł na jakieś krzesło i pozostał nieruchomy, zesztywniały z przerażenia, oto znowu ujrzał je obiedwie razem... tamtą, śpiącą na sofie, i tę schodzącą po schodach...

Jakimś ostatnim odruchem świadomości rozniecił światło i zadzwonił.

Weszła pokojówka.

– Czy miss Daisy już powróciła? – zapytał po długim milczeniu, przytomniejąc zupełnie.

– Miss dopiero przed chwilą wyjechała.

– Ale czy dawno wróciła przed wyjazdem?

– Nie wychodziła nigdzie, położyła się o zmroku i spała, obudziłam ją niedawno sama.

– Spała i nie wychodziła nigdzie... nigdzie?...

– Tak, z pewnością...

– Była na drugim piętrze u mr Joe.

– Nie, zapewniłam pana, że nie wychodziła.

– Nieprawda! – krzyknął w nagłej pasji.

– Ależ z pewnością... z pewnością... – szeptała zdumiona, cofając się przed jego błędnym wzrokiem i twarzą zmienioną.

– Muszę być chory i najwidoczniej mam gorączkę – powiedział głośno, oglądając się podejrzliwie po mieszkaniu – nie było jednak nikogo, służąca uciekła, wszystkie drzwi stały otwarte.

We wszystkich pokojach płonęły jasno światła, stały meble w surowych, ciężkich zarysach, błyszczały zwierciadła jak oczy promieniste i puste, kwiaty w wazonach barwiły się cicho, ciężkie portiery przysłaniały okna, a ze ścian ciemnych wyzierało kilka posępnych portretów.

Wszystko to znał, poznawał, pamiętał, czuł, że jest u siebie, w swoim mieszkaniu, a jednak... jednak... poprzez te sprzęty i ściany, zwierciadła i kwiaty wyzierały jakieś zarysy przypomnień; kontury mgliste jakichś innych rzeczy, rzeczy zgoła nieprzypomnianych, a istniejących gdzieś... rzeczy zmartwychwstających wiotkim cieniem i zjawą niechwytną...

Nic nie rozumiem... nic! – wołał chwytając się za głowę.

II

– Straszny dzień! – zawołał Zenon wstrząsając się z zimna.

– Okropny, obrzydliwy, wstrętny dzień! – powtarzała z wesołą przekornością śliczna, jasnowłosa dziewczyna wychodząc z nim spod kolosalnych kolumn portyku św. Pawła na szerokie, mokre i oślizgłe schody.

– Po trzykroć obrzydliwy dzień, zimno, mokro i mglisto. Już prawie zapomniałem, jak świeci słońce i jak grzeje.

– Przesada i egzaltacja, jak mówi ciotka Ellen.

– Więc pani widziała słońce w tym roku w Londynie?

– Ależ dopiero luty.

– Czy pani w ogóle i kiedykolwiek widziała słońce w Anglii?

– Mr Zen, by ciotka Dolly nie rzekła: strzeż się, Betsy, bo ten człowiek czci słońce jak gwebr, poganinem być musi – groziła mu ze śmiechem, naśladując komiczny głos ciotki.

– Przecież od listopada nie było ani na mgnienie słońca w Londynie, nic, tylko mgły, deszcze, błoto i fogi, a ja nie mam skóry z "waterproofów", więc już chwilami czuję, iż się przemieniłam w galaretę, w mglistość, w strugi wody.

16

– W pańskim kraju nie ma też ciągle słońca – szepnęła ciszej.

– Jest, miss Betsy, jest prawie codziennie, a teraz, w tym dniu, dzisiaj, świeci na pewno, świeci roziskrzone w śniegach, ogromne, jaśniejące, cudowne... – mówił zniżając głos, wpatrzony w dal nagłych, oślepiających przypomnień.

– Tęsknota – powiedziała cichutko i jakoś dziwnie smutno...

– Tak... Tęsknota, co jak sęp spada i wczepia się w duszę ostrymi pazurami boleści, co jak krzyk wydziera się z serca, z samego dna dawno strupieszałych dni i jak orkan ponosi... jak orkan... Dawno już, lata całe, nie nawiedzała mnie, myślałem, że tylko zmartwiałe cienie noszę w sobie, jak to każe umarłe wczoraj. Ale to dzisiejsze nabożeństwo, kościół i śpiewy wskrzesiły na nowo struchlały pył czasów minionych, wskrzesiły...

– Mr Zen... – szepnęła chwytając go pieszczotliwie za rękę.

– Co, Betsy, co?

– Kiedyś zawieziesz mnie tam, pojedziemy do tych śniegów, roziskrzonych w słońcu, na te słoneczne dnie pojedziemy... na te dnie...

– Szczęścia, Betsy, na utęsknione dnie szczęścia – zawołał namiętnie, obejmując rozgorzałymi oczami jej jasną głowę, że odwróciła się pełna szczęsnego lęku, pełna wilgotnych blasków jutra owego, usta jej zadrgały i biała, podobna płatkom róży twarzyczka rozbłysła, iż stała się jak poranek różowa i radością wonna, i jak pocałunek wymarzony kusząca. Umilkli spostrzegając nagle po tym wzruszeniu radosnym, że granitowe schody są dziwnie śliskie i strome, że jakieś przedziwne śpiewy jeszcze słychać z katedry i że dookoła pełno wraz z nimi schodzących ludzi o surowych, karcących spojrzeniach.

Zaczęli śpiesznie schodzić na dół, na plac, w szare, smutne i błotniste tunele ulic, pod ciężkie, przytłaczające sklepienia, pod mgły, wiszące postrzępionymi, szarożółtymi łachmanami, pod te ruchome, lepkie, zimne i ohydne mgły, ociekające brudnym deszczem.

Z powodu niedzielnego dnia ulice były prawie puste i głuche, czerniały niskimi tunelami, przywalone mgłą, która niby wata zdjęta z opatrunków, przeropiała, unurzana w jakiejś strasznej cieczy, ociekająca, zwalała się gąbczastymi kłębami coraz niżej w ulice, zalewała domy, topiła w brudnej fali miasto całe.

Sklepy były zamknięte, wszystkie drzwi zawarte, trotuary prawie puste, a domy czarne, stały posępne i jakby skostniała ciżba nędz kamiennych, pełnych bolesnego dygotu i milczenia, poślepłych zgoła, bo wszystkie okna zasnute były bielmami, a jeno gdzieniegdzie, na wyższych piętrach, zatopionych w mgłach, migotało jakieś zgubione światełko. Oczy rozpaczliwie błądziły w posępnej pustce mgieł, bo nawet barwy niezliczonych szyldów połyskiwały wypitymi, martwymi farbami.

Powietrze było duszące, ciężkie, przesycone wilgocią, zapachem błota i rozmiękłego asfaltu, a ze wszystkich niewidzialnych w mgle dachów, ze wszystkich balkonów, ze wszystkich szyldów lały się rozpryśnięte strugi wody, kapało zewsząd, rynny dudniły głucho i ustawicznie, jakby warkotem niezliczonych potoków.

– Którędyż pójdziemy? – pytał rozpinając parasol.
– Strandem, bo najbliżej.
– Tak pani pilno do domu?
– Zimno mi jest, to powód.
– Więc nie zaczekamy dzisiaj na ciotki?
– Choć raz zrobimy im niespodziankę, będą szukały nas i nie znajdą.
– Bez komentarzy, i to zgryźliwych, się nie obejdzie...
– Powiem, że to pana wina, aha!...
– Dobrze, obronię się, ale to porządnie nudne to coniedzielne, sakramentalne, urzędowe niejako chodzenie do kościoła...
– Ach, jakie nudne, jakie nudne, tylko niechaj pan tego w domu nie powie, wszystkie ciotki byłyby przeciwko panu! – wykrzyknęła wesoło, tuląc się do jego ramienia.
– Broniłaby mnie pani, co?
– Nie, nie, bo i ja jestem winna, i mnie to nudzi...
– To czemu pani ulega niemiłemu sobie i przykremu przymusowi?
– Bo się ogromnie boję ciotek. Ile razy chciałam się buntować przeciw nim, to jak tylko ciotka Dolly spojrzy na mnie spod okularów, a ciotka Ellen powie: Betsy! – już po mnie, już ani słowa powiedzieć nie umiem, tylko płakać mi się chce i tak mi przykro, tak przykro...
– Miss Betsy jeszcze wielki dzieciak.
– Ale kiedyś dorosnę, nieprawdaż? – pytała słodko – za rok to już z pewnością będę dorosła – dodała z uśmieszkiem, kryjąc twarz zarumienioną w mufkę, za rok bowiem miał być ich ślub.
– O tak! tak! – podchwycił wesoło, zaglądając jej w oczy. – Tak, za rok Betsy dorośnie, za dziesięć będzie już damą, za dwadzieścia poważną matroną, a za czterdzieści miss Betsy będzie jak miss Dolly starą, siwą, przygiętą, czytającą Biblię i nie cierpiącą młodych, śmiechów, zabawy, nudną, pachnącą kamforą mrs Betsy!

– Nie, nie! nigdy taka nie będę, nigdy! –protestowała żałośnie, przerażona prawie tą możliwością, o jakiej nigdy jeszcze nie myślała.

I on posmutniał również, bo rysując tak daleki, żartobliwy obraz drgnął nagle, cofnął się jakby w głąb siebie przed dziwnym majakiem, jaki mu zamigotał przed oczami: "Oto Betsy szła naprzeciw niego... Betsy stara, przygarbiona, wynędzniała i wypełzła z urody, istny łachman ludzki, szła chwiejnie, wspierając się na kiju i patrząc w niego zapadłymi, żałośliwymi oczami niezgłębionego bólu".

Cofnął się z przerażenia, ale nim zdołał myśl zebrać, widziadło rozwiało się w mgły, na trotuarzę nie było nikogo, a przy nim, tuż, uwieszona u jego ramienia, szła Betsy, promieniejąca jak kwiat. Betsy, samo wiośniane tchnienie, młodość sama, że uśmiechnął się do niej tkliwie, jakby wyrwany ze snu przykrego.

– Czego pan szuka? – pytała, bo oglądał się podejrzliwie, nie wiedząc już, w nim się to zjawiło czy przed nim?

– Zdawało mi się, że ktoś znajomy szedł przed nami.

– Nie widziałam nikogo, a może ma pan podwójny wzrok? – szczebiotała wesoło, zaglądając mu w oczy.

– Może – wykrztusił z trudem, blednąc straszliwie w nagłym poczuciu grozy tego widzenia. Przejął go drętwiejący chłód zagadki, ale opanował się wnet i prędko, nieznacznie spadał jastrzębimi oczami na jej twarz i włosy; wpełzał w samą głąb szafirowych oczów, ocienionych czarnymi rzęsami, obiegał jej smukłe, młode ciało, czyhał na jej ruchy, jakby mimo woli stwierdzając ich istnienie i tożsamość.

Wzdrygnął się z odrazą, bo tamta mara była wprost straszna i ohydna, ale mimo to nie mógł zaprzestać porównań ni zdusić w sobie jakiegoś dziwnego niepokoju i udręczenia, że nawet nie słyszał jej zapytań; na szczęście, na rogu Fleet Street i jakiegoś zaułka zagrodził im drogę tłum ludzi pod ruchomym dachem parasoli, skupionych dookoła jakiegoś rozkrzyczanego człowieka.

Przysunęli się bliżej aż do wysokiej mównicy przenośnej, na której stał pod parasolem wysoki, czerwony i opasły człowiek i przerzucając ustawicznie rozpięty parasol z ręki do ręki, krzyczał ochrypłym, a wielce namaszczonym głosem coś w rodzaju kazania, gęsto przeplecionego porównaniami biblijnymi i cytatami... Chwilami rzucał się naprzód z namiętnym okrzykiem groźby i pozostawał jakby zawieszony w próżni, z rozłożonymi rękami... Wtedy występowała jakaś kobieta w czarnej sukni, z wielkim, zielonym piórem u kapelusza, blada i chuda, biła w olbrzymi tamtam miedziany z taką siłą, aż tłum się cofał, a czworo dzieci w białych powłóczystych szatach, przemiękłych i obłoconych, ze skrzydłami u ramion, zaczęło śpiewać hymn piskliwymi głosami i tańczyć dokoła mównicy niby koło arki przymierza... Kaznodzieja był założycielem nowej sekty, sekty "Trwogi".

Przepowiadał bliski koniec świata, żądał powszechnej pokuty, rozdania wszelkich dóbr ziemskich, zburzenia miast, zaprzestania pracy i wyjścia w pola i lasy na te dnie oczyszczeń ostatnich. Kazał dziko, śmiesznie, ale z porywającą siłą, nie zważając zupełnie na drwiących z niego słuchaczy. Ktoś rzucił mu w twarz zapalone cygaro, ktoś znowu chlusnął nań wodą, a reszta brutalnymi kpinami i głupim, zwierzęcym śmiechem wtórowała jego cytatom, ale w końcu pokonał ich mocą swego zapału, zapanował nad nimi i okiełznał ich dusze. Przycichli jakoś, zaczynali się budzić, jakiś pijany padł na kolana przed trybuną i chciał się głośno spowiadać z grzechów, to znowu jakaś wzruszona kobieta okryła własną okrywką przeziębłe, sine dzieci, wielu już słuchało ze okupieniem, a gdy czarna kobieta z zielonym piórem zaczęła obchodzić z talerzem w ręku, posypały się pensy dość gęsto, ona zaś rozdawała w zamian sentencje z Apokalipsy, drukowane na czerwonym papierze, i adresy kościoła, gdzie wierni gromadzą się na wspólne rozmyślania...

Betsy rzuciła całego szylinga, co mimo ekstatycznego stanu dostrzegł błyskawicznie mówca, bo zaczął wołać z całych sił:

– Nawrócona, oto jedna z sodomitek nawrócona!

– Chodźmy już, chodźmy – prosiła zażenowana spojrzeniami.

– Chodźmy, bo jeszcze jeden szyling damy, a uzna panią za świętą.

Wysunęli się z tłumu i szli prędko pustym trotuarem.

– Na tamtym rogu tak samo zbawiają – zauważył ironicznie.

Jakoż w istocie i tam, nieco w głębi czarnej i wąskiej uliczki, zatopionej prawie w mgłach, coraz niżej spadających, rozlegał się krzykliwy a namaszczony głos ulicznego kaznodziei, i tam skupiło się nieco przechodniów, i tam bito w tamtam, śpiewano hymny, wyklinano grzech, nawoływano do pokuty, zbawiano, zbierano pensy i rozdawano wyjątki z Pisma Świętego, drukowane na jasnozielonych kartkach, co jak młode liście padały na błotny trotuar.

– Zbyt wielu jest tych zbawców świata!

– Pan myśli, że to sami oszuści i obłudnicy?

– Nie wiem, wiem tylko, że do otwarcia szynków trwa ich

panowanie, bo później braknie słuchaczów i pensów.
– Dawno pan widział mojego brata? – zagadnęła niespodzianie.
– Przed trzema dniami byłem u niego na seansie.
– Więc on wciąż zajmuje się spirytyzmem! – wykrzyknęła z oburzeniem.
– Przepraszam, nie wiedziałem, że się z tym ukrywa przed panią...
– Nie, nie, tylko myślałam, że już dawno zaprzestał, bo nic nam nie wspominał, nie... a i pan się tym zajmuje? – zapytała lękliwie.
– Ależ nie, byłem na seansie nie biorąc w nim żadnego bezpośredniego udziału, bo grałem, a właściwie zacząłem grać i usnąłem przy fisharmonii, obudzili mnie, gdy już było po wszystkim.
– Pan w te rzeczy nie wierzy, prawda? – prosiła prawie.
– Przede wszystkim nie wiem, nic nie widziałem, nic nie twierdzę i niczemu nie zaprzeczam, bo się tym nie zajmuję – przypomniał sobie w tej chwili tę dziwną podwójność Daisy, ale nie wspomniał o tym ani słowa, by jej nie straszyć...
– Joe już przeszło dwa tygodnie nie był w domu, a przecież niedługo kończy mu się urlop i musi wracać do pułku – skarżyła się cicho.
– O ile mówił, nie powraca już do służby.
Betsy stanęła zdumiona.
– Nie powróci! Boże mój, to się ojciec dopiero zmartwi! – jęknęła.
Mr Zenon jął z zapałem tłumaczyć przyjaciela, przedstawiając życie wojskowe w najczarniejszych barwach, jako niegodne człowieka tak bardzo wyjątkowego, jakim był mr Joe, ale Betsy tylko kiwała smutnie głową.
– Co ojciec na to powie, co? Już teraz życie w naszym domu stanie się nie do wytrzymania... czuję, że ojciec pogniewa się z nim na śmierć... nie przebaczy mu... ciotki go wydziedziczą... co on pocznie... co ja teraz pocznę...
Nie mogła wstrzymać łez.
– Miss Betsy, a ja się już nie liczę zupełnie?
– Chwilami strasznie się boję, że i tobie, mr Zen, obrzydnie w końcu nasz dom; znudzą cię ciotki, pogniewasz się z ojcem, znienawidzisz mnie, a bo ja wiem zresztą, co się stanie? dość, że pewnego wieczoru pójdziesz i już cię nigdy nie zobaczę, nigdy!
Trwoga załkała w jej głosie.
– Niepotrzebne przywidzenia, bo jeśli nawet znudzą mnie ciotki i pogniewam się z ojcem, to opuszczę wasz dom, ale z tobą razem, Betsy, razem i na zawsze – powiedział mocno.

– Razem i na zawsze! – wykrzyknęła radośnie, cała w ogniach wzruszenia. – O mr Zen...
– Co, dziecko moje, co? – pytał serdecznie, widząc jej wahanie.
– Jak ja cię strasznie... strasznie... nie, nie mogę teraz, nie mogę... później powiem, wieczorem... Odwróciła twarz zawstydzoną.

Uśmiechnął się dziękczynnie i nie pytał, wiedział bowiem, jakie to słowo zapachniało na jej ustach rozdrganych i promieniało w rozbłysłych nagle oczach.

Szli już w milczeniu, oplątani w słodki rytm tych słów nie wypowiedzianych, pełni cichej melodii kochania i głębokiej wiary w siebie.

Zapomnieli o poprzedniej rozmowie, nie czując już zimna, deszczu, mgieł ni posępności tego dnia strasznego, szli jakby przez nagle rozkwitłe łąki, pełne wiośnianych, kwietnych uniesień.

Przez zielone, wonne, rozśpiewane gaje miłości szli, przez oczarowań i zachwytów niepowrotne chwile zupełnego szczęścia.

Milczeli, bo drogą i upragnioną im była ta cisza zewnętrzna; kryli się w niej przed sobą jakby w gąszczu płomienistym, jakby w świetlanej mgle wstydliwego lęku, by mówić spojrzeniami, dotknięciem rąk, westchnieniem, pełniejszym namiętnych brzmień niźli wyznania, uśmiechem pełnym pocałunków, obietnic i pragnień, pełnym palącego waru krwi, i tym czymś zgoła niepochwytnym, świętym i upajającym, co było jakby wonią dusz rozmodlonych.

Betsy często obejmowała jego głowę namiętnie całującym spojrzeniem i choć nie pochwycona, odwracała oczy spłoszone, ciężkie przełzawieniem i słodyczą, a on przyciskając silnie jej ramię, przychylał się i drapieżnymi, kradnącymi źrenicami spadał na jej usta płonące.

Czasem dźwięk jakiś, który nie był wyrazem, nie był mową nawet, błąkał się między nimi przyczajonym a tak zrozumiałym drganiem, że przyciskali się jeszcze silniej ramionami, kłonili głowy do siebie, oddychali ciężko, przystając bezwiednie na mgnienie obezsilającej radości czucia się przy sobie.

– Dawno pragnąłem takiej chwili, czekałem na nią... – rzekł głośno.
– A ja marzyłam o niej codziennie – szepnęła tak cicho, że raczej oczami porwał z jej ust te słowa, niż słyszał.

Wchodzili na skwer Trafalgarski, gdy mgły wiszące dotąd nieruchomie i jak obłok zastygłe skłębiły się nagle i niby morze uderzone huraganem jęły się kołysać, burzyć i rozpadać w bryzgi;

lały się kaskadami, płynęły falami rozbitymi na miazgę i spadały szarym, nieprzeniknionym pyłem tak gęsto, iż w parę chwil plac cały był przysłonięty.

Olbrzymia kolumna pomnika Nelsona i te srogie, potworne lwy granitowe zaledwie majaczyły nikłymi, rozpierzchłymi konturami w sypkiej, rozdrganej, zielonawej szarości.

Przepadły wnet domy, przepadły ulice, zginęły drzewa, cały plac utonął w brudnym odmęcie, stęchła wilgoć lepkim, duszącym tumanem zapełniała wszystko.

Czarne, wyniosłe kolumny portyku National Gallery, obok których przechodzili, rysowały się słabo jak pnie przegniłe w mętnej i skłębionej wodzie zatopione.

Na dwa kroki nie było widać, czasami rozlegały się kroki tuż prawie, a człowiek pozostawał niewidzialny lub przesuwał się cieniem ledwie dojrzanym, to powóz jakiś przejeżdżał podobny do potwornego kraba sunącego środkiem topieli niezgłębionej i ginął nie wiadomo gdzie.

Jakieś stępione odgłosy kroków, ogłuchłe słowa, jakieś błędne rozmowy i martwiejące dźwięki, nie wiadomo przez kogo wywołane i skąd płynące, błądziły w mgłach, trzepocząc się bezdźwięcznym i niepokojącym szelestem.

Szli wolniej, by nie błądzić w tej pustce nie przeniknionej lub nie wpaść pod konie na przejściach ulic, ale dziwnie posmutnieli oboje.

Mgła przenikała ich chłodem i rzucała posępny cień na dusze, czarowne gaje uniesień szczęsnych rozwiały się nagle w szarych i bolesnych ciemnościach, przygasły im oczy i cicha, tęskna żałośliwość owładnęła obojgiem.

Daleko już byli od siebie, daleko, dusze się rozbiegły jak ptaki spłoszone i płynęły samotnie obcymi, zadumanymi dalami, niosły się na skrzydłach nagłej, niewytłumaczonej trwogi, na skrzydłach tęsknoty płynęły.

– Gdyby można dostać konie, bo mi tak zimno – szepnęła nieśmiało.

– Na Waterloo będą, tam jest stacja!

– Ale pan wieczorem na obiad przyjdzie, prawda? – prosiła słodko.

Nie zdążył odpowiedzieć cofając się naraz gwałtownie, bo jakby spod ziemi, tuż przed nimi, twarz w twarz, wychyliła się z mgieł miss Daisy z jakimś wysokim człowiekiem, że nim zdążył się ukłonić, już przeszli.

Obejrzał się trwożnie, ale tylko niewyraźny zarys majaczył i odgłos kroków rozlegał się głucho.

– Pan ją zna? – zapytała ściszonym i nieco drżącym głosem.

Nie zaraz odpowiedział, zapatrzył się w zapaloną właśnie latarnię, w rozdrgane kolisko czerwonawego światła, obrzeżonego zielonawą obręczą i gęstym, ruchomym kołem mgieł, że płomień był zaledwie punktem dla oczów.

– Znam ją nieco – odrzekł z trudem, przypominając sobie jej pytanie – mówiłem z nią parę razy, pamiętam, jak wygląda, to wszystko, co wiem o miss Daisy.

– Dziwne, wymyślone imię.

– Nie znam jej nazwiska, tym imieniem wszyscy znajomi ją nazywają.

– A ten człowiek, który z nią szedł?

– To Mahatma Guru, Hindus.

– Hindus!

– Autentyczny, mędrzec niesłychanie ciekawy, przyjechał do Europy, żeby się przyjrzeć ludziom i kulturze naszej.

– Ja gdzieś widziałam jej twarz...

– Prawie nieprawdopodobna, bo zaledwie od kilkunastu dni jest w Europie.

– Tak, przypominam ją sobie dobrze, widziałam ją w muzeum, ciągle się przypatrywała panu, to zwróciło moją uwagę.

– Mnie się przypatrywała? – pytał zdumiony.

– I to ze szczególną jakąś uwagą, często ją pan spotyka?

– Mieszkamy przecież w jednym Boarding–House.

– Czy i Joe ją zna?

– Właściwie to u niego na seansie widziałem ją nieco bliżej.

– Służyła mu za medium pewnie, bo ma twarz zmory albo wampira.

Nie odpowiedział, dotknięty przykro twardym tonem jej głosu.

– Ma dziwną twarz, przerażającą, choć tak piękną.

– Dlaczego? Nie zauważyłem w niej nic przerażającego.

– Nie chciałabym jej spotykać – wzdrygnęła się trwożnie.

– Betsy! – szepnął tkliwie.

Dziewczyna podniosła na niego przygasłe i wylękłe oczy, ale milczała wzdychając niekiedy, a on nie wiedział, co mówić, nie mogąc ukryć bolesnego niepokoju. Żal mu jej było, kochał ją przecież szczerze i głęboko, przed chwilą czuł się tak szczęśliwy i spokojny, przed chwilą tak mu dobrze było z nią iść, dobrze mówić, dobrze kołysać się w rozmarzeniu, dobrze spoglądać na jej śliczną twarzyczkę i tak błogo, tak szczęśnie mu było czuć jej miłość, a teraz!

Teraz pilno mu było rozstać się z nią, niecierpliwiła go milczeniem, chciałby ją pożegnać i zostać sam, ale nie śmiał. Chciał się zmusić do dawnego stanu, nie potrafił.

Odpadły go wnet wszystkie chęci, chłodnął, zapomniał prawie o Betsy i rwał się myślami za tamtą, za Daisy, odnajdywał ją w skłębionych, ciężkich mgłach i jak cień przyczajony a niedostępny włókł się za nią z bolesnym skurczem serca, ciągnięty jakąś siłą niezwalczoną trwożnego uroku, strachu nieledwie.

Ale przemógł się wreszcie i zaczął mówić prędko i dużo, by zagłuszyć własny niepokój, śmiał się jakoś nienaturalnie, zaglądał jej w oczy zbyt natarczywie, nawiązywał usilnie porwane nici, rozdmuchiwał przygasłe ognie, uciekał wprost do niej całą mocą duszy strwożonej, wszystką siłą rozbłysłego nagle uczucia, aż rozchmurzyła twarz i poczuła się jak dawniej ufna i prawie tak samo szczęśliwa, prawie tak samo...

Zatrzymał jednak skwapliwie pierwszy napotkany pusty powóz i Betsy wsiadła.

– Wieczorem czekamy na pana z obiadem.

– Przyjdę, cóż bym robił bez tych godzin.

– Mnie one bardziej są potrzebne, bo czymże bym żyła cały długi tydzień...

– I ja czekam na nie z upragnieniem, i ja! – zawołał szczerze.

– Zen!

– Betsy!

Skrzyżowały się słowa, spojrzenia i gorące, namiętne uściski rąk.

Za chwilę powóz zniknął w mgle, słychać było tylko głuchy tupot konia i miarowe, głośne wołanie: Hep! Hep! Hep!...

Mr Zenon poszedł śpiesznie w kierunku Green Park i wkrótce jakby zatonął w zamglonych i pustych przestrzeniach; tylko gdzieniegdzie jak widmo błędne wychylało się z mgieł drzewo jakieś samotne nikłymi zarysami, czasami klomb jakiś lub grupa drzew olbrzymich majaczyła rozwianym pióropuszem jakby słupami dymów, a od czasu do czasu jawił się nagle wyrosły człowiek i przepadał wnet w odmęcie niby ryba przemykająca topielą.

Milczenie niezgłębione i szara, nieprzenikniona pustka go ogarnęła, krople wody sączyły się z mgieł, szemrząc po niewidzialnych liściach i krzewach z nużącą monotonnością, a niekiedy jakiś głos stłumiony, daleki przeleciał nad nim w rozpryskach dźwięków i zapadły po nim długie chwile zupełnej ciszy i pustki. Przyśpieszał kroku, bo zimno mu było, mgła przejmowała wilgotnym, obrzydliwym chłodem, a zresztą ciekaw był, czy zastanie dzisiaj przy śniadaniu Daisy. Od tego dnia seansu nie widział jej, nie pokazywała się przy stole, mówiono, że chora.

Te kilka dni spokojnych rozmyślań i zajęć zwykłych uczyniły to, że już o tym podwójnym widzeniu jej myślał jak o halucynacji, nie mógł już nawet skupić rozproszonych szczegółów, więc spychał pamięć tej sceny na samo dno świadomości, między rzeczy do zapomnienia.

Zaprzestał dociekań, zapomniał już nawet po trosze o wszystkim, rad wielce, że pozbywa się lęku tej ciemnej, nierozwiązanej zagadki, ale natomiast wstawała w nim uporczywa, niepokojąca ciekawość bliższego poznania samej Daisy.

Często myślał o niej, a jeszcze częściej, bo już wprost bezwiednie, szukał sposobności zobaczenia jej, nie pokazywała się jednak wcale.

Próbował rozmawiać o niej, ale i to mu się nie udało, nie miał z kim: Joe od samego seansu nie zjawiał się przy stole i wciąż go nie mógł zastać w mieszkaniu, a inni milczeli lub, co dziwniejsze, zbywali go nic nie znaczącymi półsłówkami... Widział po ich twarzach, że jakiś lęk ich krępuje, że wszyscy podczas rozmowy nieznacznie, ukradkowo spoglądają na Mahatmę i prędko a trwożnie milkną.

Uderzyła go ta łączność niespodziana, ale nie umiał jej wytłumaczyć.

Tak przeszły mu całe trzy dni pytań bez odpowiedzi i rozmyślań błędnych, aż znużyło go to w końcu, zaprzestał pytać, nie mogąc jednak zaprzestać rozmyślać. Ale w cieniu tych myśli rozrastał się z wolna niepokój, jakby przeczuwanie przyszłych, niejasnych jeszcze, dalekich rzeczy – nieznanych, ale już stających się w głębiach nadchodzącego jutra...

Dlatego też to spotkanie nieoczekiwane i tak dziwne rozżarzyło w nim tę dziwną, dręczącą tęsknotę.

Nie, to nie była tęsknota podobna tej, jaką uczuwał do Betsy nie widząc jej dni parę, tęsknota miłosna za ukochaną; to było coś stokrotnie potężniejszego i zgoła niezwalczonego wolą ludzką, coś, jak tęskne i nieprzeparte ciążenie asteroid błądzących w nieskończonościach za słońcami lub jak nurt rzek niepowstrzymanie płynących do oceanów.

Jeszcze nie wiedział tego, a już ulegał tym prawom nieśmiertelnym.

Przebiegał szybko park, leciał niewidzialnymi ulicami, przez jakieś place, zgubione w mgle, przez jakieś nierozeznane, pełne przytłumionej wrzawy zaułki, instynktem odnajdując drogę wśród coraz gęstszej ciemności, bo już teraz mgławicowo–obłoczne tumany przesuwały się jakąś twardą, czarniawą żółtością, bijącą strugami o ziemię, że przedzierał się przez gąszcz pierzastą niezliczonych pasem i włókien, jakby wskroś opadających wód, marznących w leniwym a spienionym biegu...

Mieszkał jeszcze za Regents Park, na długiej i cichej Avenue Road, ale tak przywalonej mgłami, tak utopionej w pienistych falach, że z niejakim trudem odszukał swój Boarding– House.

Przebrał się pospiesznie i poszedł do jadalni.

Wsunął się cicho na swoje miejsce i trwożnie powiódł oczami.

Miss Daisy nie było, krzesło jej stało puste.

Pokój był wielki, podłużny, wyłożony ciemnym drzewem, o potężnych belkowaniach, poczerniałych jakby od starości, przytłaczających swoim ciężarem posępnym, że mimo elektryczności, płonącej w pęku złotawych storczyków, boleśnie splątanych i opadających od sufitu, mroczno było i niewymownie ponuro; długi stół w pośrodku skrzył się i połyskiwał zastawą, a nad białawomartwym polem obrusa pochylało się kilkanaście głów, ledwie widnych na ciemnym tle ścian.

W rogu pokoju, od wejścia, ogromny komin sięgał aż do belek, kupa przepalonych głowni buchała niekiedy krwawym płomieniem, rozsypując rozdrgane, żywe brzaski na wytarty dywan, i żarzyła się dogasając z wolna.

A na wprost wejścia całą ścianę szczytową zajmował olbrzymi witraż; w głębokim mroku poczerniałych purpur, ze zgaszonych fioletów, ze stopionych, przycichłych barw majaczyły jakieś twarde obrzeża szat, jakieś wyblakłe zarysy postaci, zatarte ruchy, to jakby zatopione w cieniach oczy, to rozpostarte dłonie tliły się złotawo, a przez wąskie drzwi z boku zaglądał blady, chory dzień i widać było szeroką, oszkloną galerię, pełną wysmukłych palm i zielone, przyćmione mgłami gąszcze krzewów, spośród których wytryskiwał szemrzący pióropusz wody.

Jedli w głębokim milczeniu, służba przesuwała się cicho, bez szelestu, nikt nożem nie trącił o talerz, nie poruszył się zbyt swobodnie, a jeśli jakie słowo padło głośniejsze, wtedy wszystkie oczy podnosiły się naraz i biegły trwożnie pod witraż, gdzie siedział samotnie Mahatma Guru.

Milczenie zapadło jeszcze głębsze, tylko wodotrysk bełkotał

monotonnie, a niekiedy jakiś krótki, gniewliwy pomruk rozlegał się z oranżerii.

Zenon jadł nie patrząc, co mu podają, i nie wiedząc prawie, co mu chwilami obok siedząca gospodyni mówi, przytakiwał śledząc bezwiednie ciche ruchy kotów bawiących się na jej kolanach i nasłuchując ze drżeniem niecierpliwości najlżejszych szelestów od strony korytarza.

Puste krzesło miss Daisy stało na wprost niego, po drugiej stronie stołu, na poręczy wisiał czerwonawy szal indyjski, pocięty fantastycznymi czarnymi liniami jakichś zagmatwanych rysunków, często spoglądał na niego, ale jeszcze częściej wodził oczami po pokoju, jakby wyłupując każdą twarz z osobna ze zmroku i milczenia, nie spostrzegając nikogo.

– Dzień dobry, byłem przed chwilą u ciebie! – rzucił przez stół mr Joe.

– Spóźniłem się nieco z powodu mgły...

– Widziałeś Betsy, jakże tam ciotki?

– Betsy widziałem, ale ciotek udało mi się dzisiaj nie spotkać.

– Byłeś u nas w domu?

– Nie, dopiero wieczorem pójdę; tam z wielką niecierpliwością czekają na ciebie, Betsy jest pełna obaw.

– Pójdę dzisiaj z tobą, chociaż nie bardzo mi pilno do nowej kłótni.

– Jak chcesz.

Ucichli, bo z oranżerii buchnął krótki, żałosny skowyt i ostry brzęk łańcuchów, koty się najeżyły groźnie, wyginając grzbiety, aż je mrs Tracy ogarnęła strwożonymi ramionami.

– Bagh! – rozległ się rozkazujący głos Mahatmy.

Odpowiedział mu przeciągły, jękliwy i przytłumiony ryk, a w drzwiach oranżerii zamajaczył falisty zarys czarnej pantery, przesuwającej się niedosłyszalnie; zielonawe oczy i białe kły zamigotały przez mosiężne kraty kagańca, podniosła dumnie głowę, ale uderzona oczami Guru, padła na brzuch i przypełzła do niego, nie śmiąc podnieść rozgorzałych ślepiów, bijąc się po bokach puszystym, długim ogonem; rzucił jej jakiś dźwięk, bo podniosła się leniwie, przeciągając się lubieżnie pod jego głaszczącą ręką, ziewnęła przeciągle i jęła cicho, czająco, bez najmniejszego szmeru, przesuwać się dokoła stołu jak czarny, pełzający cień.

Tropiła jakieś ślady z trudem odnajdywane, węsząc w wielu miejscach, a znalazłszy się przy szalu miss Daisy zaskomlała radośnie, skacząc na krzesło, i wsparta łapami o brzeg stołu spojrzała w twarze siedzących, pobladłe nieco i zestraszone, mimo iż znano jej łagodność; zaledwie chwilę to trwało, bo Bagh zniżając z wolna głowę wpijała się strasznymi oczami w Zenona; nie poruszył się z miejsca, nie mógł, czuł się jak sparaliżowany, głowa mu nieco drgała, ale nie odwrócił źrenic od tych palących rozżarzonych karbunkułów, przesłoniętych szmaragdową mgłą, które zwężając się świeciły coraz potężniej i wżerały się w niego jak ostre, szarpiące kły.

– Bagh! – pantera drgnęła na ten głos, wyprężając czarny grzbiet w kabłąk, wspierała się przednimi łapami tak potężnie o stół, że dygotały jej wszystkie muskuły jak napięte strasznie i z trudem powstrzymywane sprężyny, stół również drżał od naporu i szczękały o siebie naczynia.

– Bagh! – krzyknął surowo Mahatma, pantera zwinęła się wtedy i jednym potężnym susem skoczyła mu do nóg...

Odetchnęli wszyscy, bo w martwym milczeniu oczekiwano, że stanie się coś strasznego, więc z ogromną ulgą przypatrywano się panterze, najspokojniej zjadającej olbrzymie kawały chleba z rąk Guru.

– Może się kiedyś stać niebezpieczna – zauważył ktoś.

– Bagh nikogo nie skrzywdzi, łagodniejsza jest niźli koty mrs Tracy i mądrzejsza od wielu, wielu ludzi – objaśnił Mahatma łagodnie.

– Miałem to dziwne uczucie, że się rzuci na mnie – powiedział Zenon.

– Nie jest zbyt groźna, ma kaganiec przecież i spiłowane pazury.

– Tak, ale samą siłą skoku mogłaby zabić, zresztą dosyć już mam samego jej wzroku, straszny... – wstrząsnął się nerwowo.

– I dlaczego właśnie pana sobie wybrała?

– Być może dlatego, że siedzę naprzeciw krzesła jej pani, że byłem najbliżej, trudno przecież czymś innym tłumaczyć.

– A jednak musi być w tym coś innego, musi – upierał się siwy, o żółtej i pomarszczonej twarzy pan, siedzący za gospodynią.

Zenon roześmiał się głośno, tak dziecinne wydało mu się to przypuszczenie i tak wprost zabawne.

– Ja twierdzę jednak, że w tym tkwi coś – zawołał uporczywie.

– Pewnie, jakaś tajemnica bytu, jakaś transcendentalna zagadka! – rzucił złośliwie i niechętnie.

– Wszystko jest tajemnicą i wszystko zagadką – wygłosił surowo.

– Czy miss Daisy była wcześniej na śniadaniu? – spytał Joe.

– Nie, wcale nie była, je u siebie – szeptała mrs Tracy tuląc do szerokich piersi wylękłe jeszcze i jakby półmartwe z przerażenia koty.

– Może słaba? – pytał spostrzegając żywszy błysk w oczach
Zenona.

– Zdrowa, tylko zajęta listami, dostała dzisiaj z Kalkuty całą pakę.

– Dużo osób było u mr Guru?

– Cała procesja. Nikogo jednak nie przyjął, kazał tylko przez
służącego oświadczyć, że on przyjechał do Europy oglądać i pytać,
więc niechaj czekają na zapytanie – odpowiadała zniżając głos.

– Tak, niechaj czekają, aż zapytam! – potwierdził niespodziewanie
Guru.

– Odpowiedź dumna i zarozumiała – rzucił Zenon niechętnie.

– Ci, którzy wiedzą, nie rzucają słów na próżno i byle komu.

– Nikt nie ośmielił się twierdzić, że wie, nikt! – zawołał porywczo,
dotknięty jego pobłażliwym uśmiechem i podniósł się z krzesła, za
nim powstali wszyscy przechodząc w milczeniu do sąsiedniego
reading–room.

– Panie, myślałem o panterze i dochodzę do wniosku, że...

– Ależ, panie, chociaż zawsze podziwiam jego głębokie wnioski
chętnie ich słuchając, ten właśnie nic mnie nie obchodzi, nic! –
odpowiedział, z trudem powstrzymując zniecierpliwienie, że żółty
pan spojrzał zdumiony i odszedł śpiesznie w drugi kąt pokoju, a
Zenon tak był dziwnie podniecony, że rad by był nawet jakiejś
sprzeczce, więc wprost wyzywająco spoglądał na Mahatmę, gdy
ten, odprowadziwszy panterę do klatki, wchodził ostatni do
pokoju, zasiadając przy środkowym, okrągłym stole, na którym już
służba ustawiła herbatę. Ale Mahatma nie patrzył na nikogo, zajęty
piciem herbaty, część towarzystwa zasiadła obok niego, a reszta
rozsypała się po wielkim pokoju, urządzonym z nadzwyczajną
starannością, pełnym stolików do pisania, osłoniętych ekranami,
głębokich foteli, biegunowych krzeseł, zacisznych kątów,
oddzielonych parawanikami, i wykwintnych drobiazgów. Jasno
było i cicho, gruby dywan tłumił kroki, zasłonięte okna ciężkimi
kotarami nie przepuszczały odgłosów miasta, że tylko niekiedy
brzękliwe drgania kandelabrów, stojących na kominku, mówiły, iż
gdzieś niedaleko jest ulica i przejeżdżają powozy, a zielonawe
ściany, rozjaśnione bukietami kwiatów, malowanych akwarelą,
działały dziwnie uspokajająco.

Zenon usiadł z Joem przed kominkiem, wsparł nogi o kratę i
błądził oczami po ognisku, nasłuchując jednak wciąż z uwagą.

– Wolałbym pić herbatę u ciebie w mieszkaniu.

– Zaczekajmy jeszcze chwilę, może przyjdzie – odparł odwracając głowę, bo służący mówił coś cicho do Mahatmy, który skinął głową. Mrs Tracy krążyła po pokoju, rozlewając niekiedy herbatę w nadstawione filiżanki, jej trzy białe koty nieodstępnie chodziły za nią.

Rozmowy wlokły się leniwo, rwały się co chwila, nikomu się mówić nie chciało, senność czy znużenie owładnęły wszystkimi. Jakaś wysoka, chuda pani siadła do fisharmonii stojącej w rogu, ale wziąwszy kilka taktów odeszła znudzona.

Naraz Zenon pochylił się do Joe i szepnął drwiąco:

– Cóż to, nawet Mahatma dzisiaj nie naucza i nie wyklina nas i kultury naszej!

– Boże! dałbym całe życie, dałbym mękę duszy najkrwawszą, żeby ten człowiek się mylił, żeby jego słowa nie były prawdą, prawdą trującą i gorzką jak życie – szeptał boleśnie Joe.

– Tak–że to bronisz swoich dziedzictw, Europejczyku?

– Rozszarpałbym je jak pantera, by tylko móc ze struchlałych wnętrzności wyrwać ich ducha trupiego i tchnąć w niego nowe, święte prawdziwie człowiecze życie.

– I to mówi ten, który do niedawna sam roznosił śmierć i nienawiść...

– Ilem śmierci zadał, tyle razy dusza moja umarła w przekleństwie, więc niechaj po stokroć będą przeklęte dzieła wojny!

– Znam ten ton, znam; poprzez ludy i wieki płynie jak ptak żałosny, błądzący przez otchłanie zatwardziałości, nie dostrzeżony przez nikogo i zbędny śmiertelnym, zbędny! – powtórzył z nagle wezbraną goryczą.

– Nie, nie, słyszał go Zoroaster, dostrzegli prorocy, ale dopiero w hinduskiej duszy usłał swoje gniazdo nieśmiertelne i tam – w dżunglach, żyje do dzisiaj i panuje litośnie.

– Więc idź, głoś pokutę za wczoraj i nowego jutra zmartwychwstanie – powiedział na wpół ironicznie, a wpół boleśnie Zenon.

– Wiem o tym, że ktoś powinien powstać i ponieść światu zbawcze słowo, powinien, nim utonie wszystek w zbrodni...

– Widzę, żeś się zaraził od Mahatmy świętą gorączką.

– Nie żartuj, jego bowiem mądrość była mi zwierciadłem, w którym po raz pierwszy zobaczyłem siebie w całej istotnej nagości, siebie i nas wszystkich, nas, panów świata, nas, wybranych i jedynych, nas, władne, głupie i oszalałe z pychy bydlęta, nikczemne stado dusz strupieszałych, hordę zbrodni, zanurzoną w bagnisku hańby, niewolników Zła, czcicieli Przemocy, wyznawców Złota! –

szeptał wyraźnie, prędko; palące, straszne słowa padały jak gromy, zabijały rozdzierając duszę aż do dna przerażenia.

Zenon cofnął się nieco, uderzony jego wzrokiem, pełnym łez zakrzepłych z bólu, błyskawicznych lśnień i takiej mocy żalu, że poczuł, jako wszystkie nędze ludzkie uderzyły w tę duszę tkliwą i żebrzą ranami bólów o miłosierdzie, wołają wszystkimi jękami o litość, że wszystek świat mieści się w jego wątłej piersi, wzbiera tam, huczy i miota się orkanem wszechmiłości i głodnym wiecznie łaknieniem dobra. Odwrócił się jednak i powstał.

Do pokoju wchodziła miss Daisy, skinieniem powitała wszystkich siadając tuż przy Mahatmie i rozglądając się po pokoju.

Prawie upadł z powrotem na krzesło nie odrywając już oczów od niej. Słowa Jego brzmiały mu jak dźwięki dalekie i nierozeznane; naraz jakby się zapadł w błyskawicę, iż porażone olśnieniem oczy nie widziały już nic prócz światła jej bladej, cudownej twarzy, owianej wzburzoną wichurą włosów niby z miedzi przełoconej, prócz jej oczów podobnych do ogromnych kul najgłębszego i najżywszego szafiru, uwięzłych w łuku brwi, przecinających ciemnym ostrzem całe czoło białe i wyniosłe.

– Zen! – szepnął mu do ucha Joe, oprzytomniony jego nagłą nieruchomością. Nie odpowiedział, poszedł automatycznie do stołu, przysunął sobie krzesło, nalał herbaty i znowu oczy w niej utopił.

Ześliznęła się po jego twarzy zimnym jak ostrze szafirowe lśnieniem spojrzenia, rozmawiając z mrs Tracy stojącą przy niej. Słuchał uważnie, nie mogąc jednak skupić w sobie dźwięków i zrozumieć; był jakby w śnie autohipnotycznym, ani wiedząc, co się z nim stało, obecny, a zgoła przepadły w mgławicach nagłej niepamięci wszystkiego, że poruszył się w jakiejś próżni głuchej i ciemnej, uczepiony tylko jej oczów, reszta wypełzła z niego jak woda z rozbitego czerepu, była tylko koniecznością nieświadomą krążenia w orbicie Daisy, za jej zjawą ucieleśnioną.

Ale nikt nie spostrzegł jego stanu, bo zachowywał się normalnie, rozmawiał i odpowiadał nie wiedząc o tym zupełnie, snadź odruchami przyzwyczajeń, zwykłym automatyzmem organów.

Przesiadł się bliżej Daisy, że owionął go zapach fiołków, jakich używała, a każdy szmer jej ruchów przejmował go dziwnym drżeniem.

Rozmowy zaczęły się ożywiać, nuda ustępowała z wolna; suchy i żółty pan spierał się bardzo gorąco z Joe, kilka pań przeniosło się spod ścian, obsiadając kominek, a kilku mężczyzn obstąpiło Joe przysłuchując się sporowi, nawet Mahatma rozjaśnił twarz, jakby ze starej kości słoniowej uczynioną, gładził białą brodę i coraz częściej brał udział w rozmowie, tylko mrs Tracy spacerowała wraz z kotami w dalszym ciągu, a Daisy milcząc przeglądała jakieś pismo.

– Widziałem panią na skwerze Trafalgarskim – ozwał się niespodziewanie Zenon, ale jakby to mówił nie on, tak obcy miał głos, poruszał ustami, ale twarz nie wyrażała nic, a spojrzenie było puste i również obce słowom.

– Przechodziłam tamtędy, ale w takiej mgle trudno było rozróżnić jakąkolwiek twarz – odpowiedziała nie podnosząc głowy.

– Że pani nie zbłądziła, Londyn podczas mgły to otchłań, łatwo można się zgubić nawet tym, którz go znają – mówił spokojnie, cicho prawie, ale to znowu był nie on, to były tylko te myśli, jakie w nim powstały po jej spotkaniu, które wypełzły z jakiejś ciemni zapomnianej, zaczęły się same wysnuwać, jako byty odrębne się stając, wionęły na świat dźwiękiem zupełnie mu obcym i treścią zgoła niezrozumianą.

– Chodziłam z dobrym przewodnikiem! – odparła po chwili, podnosząc z wolna głowę i spoglądając mu prosto w oczy tak strzelistym, przenikającym i potężnym spojrzeniem, że cofnął się jakby pod uderzeniem; ten błysk rozdarł w nim ciemności, rozświetlając budzącą błyskawicę na wskroś duszy odrętwiałej, że nagle powstał w sobie, wszystek żywego czucia i myśli pełny, spajając bezwiednie chwilę obecną z tamtą, przeżywaną przed kominkiem; ale to, co było później runęło gromem w głąb nieznaną, rozpadło się w struchlały pył zapomnienia, nie wiedział wprost, że istaiało.

Poczuł się dziwnie spokojny i rzeźwy, i sobą władnący, przysłuchiwał się chwilę rozmowie głośnej, patrzył na Mahatmę, który powstawał właśnie i szedł do Joe, a zniżając głos mówił do Daisy:

– Wie pani, pantera o mało się na mnie nie rzuciła.

– Prawie nie do wiary, łagodna jak dziecko, chyba szukała mnie, stąd mogło się wydawać, że chce się rzucić.

– Siadła na pani szalu i tak straszliwie patrzyła prężąc się do skoku, że gdyby nie rozkaz Guru, na pewno rzuciłaby się na mnie.

– Przepraszam pana bardzo za chwilę przerażenia, bardzo.

– Ależ nie należy mi się przepraszanie, ponieważ zupełnie się nie bałem.

– Choćby i najkrótsza chwila obawy przyjemna nie jest.

– Niestety, nie miałem i takiej chwili. Upośledzony jestem po prostu, że nie rozumiem nawet u innych uczucia strachu, bo go nigdy nie doświadczałem.

– Nigdy? – pytała ożywiając się nieco.

– Naturalnie, mam na myśli strach przed jakimikolwiek niebezpieczeństwami materialnymi, takich nie doznaję nigdy.

– A inne? – usta jej drgnęły odsłaniając sznur zębów białości olśniewającej, pierś jej się podniosła w szybkim, tłumionym wzburzeniu.

– A innych nie znam, więc i nie wiem dotąd o ich istnieniu.

– Muszą być... Istnieją na pewno... bywają takie, o jakich i sny nie dają wyobrażenia, najbardziej dręczące sny.

– Przypuszczam, że w zamętach dusz, w chorych mózgach mogą brać początek przerażające i straszliwe zjawy.

– Nie tylko tam ich źródło, mogą bowiem trwać przyczajone i obok nas, w świecie żywym, tylko że istniejącym daleko poza promieniem naszego materialnego widzenia, w polu drugiego wzroku.

Głos jej ścichł i zadrgał szeptem trwożnym, pochyliła głowę nad pismem, ale oczy błądziły zgaszone po pokoju.

Nie wrócili już do swobodnego tonu, próżno się starał o to, poruszał kwestie różne i przedmioty, usiłował nawet ironią wyrwać ją z tego milczącego osłupienia, odpowiadała niechętnie, a często niecierpliwie, nie spoglądając już na niego, nie widząc prawie, że dotknięty, obrażony niemal, powstał bez słowa.

Przeszedł się po pokoju, ale tak niezręcznie, iż omal nie stratował kotów, dość chłodno przeprosił mrs Tracy i podrażniony siadł do fisharmonii, błądząc palcami od niechcenia po klawiszach i rozmyślając o dziwnym zachowaniu się Daisy.

W głębi, obok kominka, stał Mahatma z Joe w grupie kilku mężczyzn; rozmawiali głośno i żywo, ale Zenon posłyszał tylko ostatnie zdanie Hindusa:

– Są tylko jedne prawa rządzące światem, prawa ducha nieśmiertelnego, reszta to pozór, oman lub zarozumiała, uczona głupota!

Nie słuchał już więcej, bo bezwiednie zadźwięczała mu pod palcami ta melodia, której nie mógł sobie przypomnieć wychodząc z seansu i próżno ją chciał wyrwać z siebie przez całe trzy dni. Przyszła mu teraz sama, spłynęła w całości, była zdumiewająca w prostocie i w dziwnym, nigdy nie słyszanym rytmie, obca mu zupełnie w formie i w swej treści muzycznej. Grał ją uważnie, uczył się jej na pamięć, powtarzał rozkoszując się jej groźną pięknością.

Zbudził się w nim artysta z taką siłą, że już nie słyszał otoczenia, porwany potęgą tej pieśni dzikiej, ognistej, a przesyconej tęsknicą; ale im głębiej wsłuchiwał się w te dźwięki, tym silniej wyrastały z nich przypomnienia jakieś blade i odległe słów gdzieś usłyszanych, jakiegoś głosu, który te słowa śpiewał, jakiegoś krajobrazu zarazem... Miał to już pod czaszką, na ustach niemal, a nie mógł sobie przypomnieć.

– Potężny hymn jakby zabuntowanych aniołów, skąd go pan zna? – posłyszał za sobą cichy głos Daisy.

– Sam dobrze nie wiem! A pani jest znany?

– Tak, przypominam go sobie skądciś...

– To mi pani pomoże, bo jakieś słowa błądzą mi w pamięci, jakiś śpiew, który gdzieś słyszałem, a nie mogę sobie przypomnieć... i to gdzieś niedawno chyba... zdaje mi się chwilami, że to było tam, na seansie u mr Joe, pamięta pani? – zapytał podstępnie, o co wprost pytać nie śmiał przedtem.

– Nie bywam na seansach u mr Joe – głos jej zadźwięczał twardo.

– Jak to? Ależ widziałem tam panią, wszyscyśmy widzieli...

– Być może, ale nie byłam – gniewem rozbłysły jej oczy.

– Ja także nie kłamię – szepnął porywczo i dumnie.

– Wierzę... ale – spojrzała na Mahatmę i umilkła odchodząc.

Nie grał już, wstrząśnięty jej słowami. Nie rozumiał powodu zaprzeczeń, widział ją tam przecież, widzieli wszyscy i wypiera się tego...

Powiedział Joe, że czeka go w mieszkaniu, i wychodził skłoniwszy się dość sztywno przed Daisy; nie odkłoniła się, jakby go nie spostrzegając, siedziała ze ściągniętymi brwiami, szczelinie otulona w szal indyjski, chmurna jakaś, ponura i zagadkowa, odwrócił głowę od drzwi, łapiąc w przelocie jej oczy podnoszące się za nim, oczy pełne wilgotnych lśnień, zadumy i jakiejś targającej, niemej i pokornej prośby...

III

– Nareszcie. Myślałam, że się już was nie doczekamy, od pół godziny obiad gotów, a ja wyglądam i wyglądam! – wołała radośnie

Betsy sama otwierając im ciężkie drzwi do sieni.
– Zupa zimna, baranina spalona, legumina opadła, ciotki złe, a miss Betsy zrozpaczona – żartował Zenon witając ją serdecznie.
– Bo Betsy była naprawdę zrozpaczona, myślałam...
– Że nie przyjdziemy, proszę wyciągnąć rączki, to nasza kara za opóźnienie... Rozwinął papier i sypał na jej ręce całą wiąź cudnych anemonów, tak spłonionych jak ona, i całe pęki wspaniałych róż purpurowych jak jej usta w tej chwili, usta rozdrgane rozkoszą i tulące się do chłodnych, woniejących kwiatów, spoza których podnosiła zachwycone oczy i szeptała dziękczynnie:
– Dobry Zen, dobry, dobry!
– Z powodu mgły wszystkie pociągi spóźnione ogromnie! – ozwał się Joe.
– Czy całe dwa tygodnie nie zaglądałeś do nas z tego samego powodu?
– To inna przyczyna, moja droga Betsy, zgoła inna – odparł poważnie, całując ją w czoło, a dziewczyna zniżyła głos i prosząco, prawie błagalnie szeptała:
– Bądź dzisiaj dla niego dobry, chory jest, rozdrażniony, tak czekał na ciebie, z pewnością będzie się gniewał z czułości.
– Dobrze, droga, sam nie zacznę, ale... – urwał zakłopotany.
– Ciotka Dolly też bez humoru, płakała po południu, podobno ma dzisiaj jakąś bolesną rocznicę – uprzedzała nieśmiało Betsy.
– Pewnie pięćdziesiątą rocznicę zerwania z piętnastym narzeczonym! – zauważył złośliwie Joe wieszając płaszcz, ale gdy się odwrócił, nie było ich już na dawnym miejscu. Betsy odprowadzała Zenona nieco w głąb sieni, ku schodom prowadzącym na piętro, i cichutko prosiła, by czuwał i, o ile można, nie dopuszczał do kłótni Joe z ojcem.
Obiecał solennie, ale jakaś niechęć w nim zadrgała, że może być świadkiem nowej awantury, stanowczo miał już ich dosyć na dzisiaj, sam był przy tym wyjątkowo zdenerwowany, zaś jadąc tutaj, myślał, że znajdzie spokój i odpoczynek.
– Duszo ofiarna, czy i ciotkę Ellen bolą odciski dzisiaj?
– Cicho, Joe, nie żartuj z cierpień, chodźmy, bo już czekają.
Jadalnia była tuż, na dole, poprzedzona dużym i teraz ciemnym pokojem, przez otwarte drzwi bielił się stół oświetlony zapalonymi świecami w wysokich kandelabrach, a za nim, na wprost, plecami do wchodzących siedział w głębokim fotelu mr Bartelet, ciotki spacerowały po obu stronach stołu, wzdłuż pokoju, każda w inną stronę.

– Oto i chłopcy, pociągi spóźnione! – wołała Betsy zwalając kwietny snop na róg stołu.

– Nieszczęsna, obrus się przemoczy! – jęknęła niższa z ciotek, miss Ellen.

– Nie wrzeszcz! – syknął stary zimno, podając rękę synowi, a spoglądając ze złością na wylękłą, gąbczastą twarz miss Ellen, ujął pod ramię Zenona i z trudem podnosząc swoją potężną postać poszedł do stołu.

– Podawać! – mruknął stukając kijem w posadzkę, bo kuchnie były w suterenie. Zajęli miejsca w milczeniu, tylko Betsy, rozdzielając kwiaty po wazonach, ustawiała je na stole i usiłowała rozniecić weselny nastrój, ale na próżno, bo jej słodki, na poły dziecinny głos przygasał jak kwiat w mroźnej atmosferze jakichś uraz, gniewów i niechęci. – Miss Dolly karcącym spojrzeniem zabijała każde jej słowo i każdy jej uśmiech weselszy, a miss Ellen na swój sposób nękała wstając co mgnienie, by jej poprawić niesforne włosy lub przewiązać krawatkę.

Wreszcie stary służący, podobny do figury woskowej, zaczął obnosić potrawy, jak kot cicho i czająco przesuwał się za krzesłami, że co chwila jego żółta, bezwłosa twarz wynurzała się przy czyimś ramieniu.

Jedli w takiej ciszy, że już po zupie Joe nie mogąc wytrzymać rzekł:

– Cóż to dzisiaj tak posępnie?

– Jak zwykle, czyś przez te dwa tygodnie już zapomniał? – zauważyła kwaśno miss Dolly wzdychając żałośnie.

– Guziki poobrywają ci się przy staniku od wzdychań – zawołał stary.

Betsy wybuchnęła niepohamowanym śmiechem.

– Przestań, proszę cię, Betsy! – zgromiła ją surowo.

– Ależ przeciwnie, śmiej się, Betsy, śmiej się swobodnie!

– Nie mogę jeść przy takim bezmyślnym śmiechu.

– A ja mam właśnie wtedy lepszy apetyt, śmiej się, mała! – wołał.

– Ach, ci mężczyźni! – jęknęła po chwili grobowym głosem.

– Ach, te ciotki! – powtórzył z takim komizmem, iż Betsy znowu zaczęła się śmiać, nawet Joe nie mógł się powstrzymać, a Dick omal półmiska nie upuścił na plecy miss Dolly, chowając za nią twarz tak szczególnie wykrzywioną śmiechem, że podobna była do rozdeptanej cytryny.

– Niedołęga! – szepnęła uderzając w starego piorunowymi oczami.

– Co? jak?... – ledwie wykrztusił z nagłej pasji mr Bartelet.

Miss Dolly nie raczyła odpowiedzieć ni nawet spojrzeć na niego.

– Betsy, powiedz ciotce, że jeśli to do mnie...
– Betsy, powiedz ojcu, że na taki ton gminny i posądzenia nie odpowiadam...
– Betsy, powiedz jej, że żadnych uwag nie przyjmuję i nie znoszę...
– Betsy, powiedz mu, że jest tyranem, że pastwi się nad nieszczęśliwą, że... Skrzyżowały się ostre, gniewne słowa, przestali oboje jeść, a złowrogie oczy uderzały w siebie przez stół nieubłaganymi ostrzami, naraz zamgliły się oczy miss Dolly i łzy jak groch posypały się na jej pulchną, wypudrowaną twarz żłobiąc ją w żółtawe bruzdy.

– Dick, podaj miss czystą chusteczkę, lustro, puder i baraninę, bo tamta leci oto w tej chwili wraz z talerzem na ziemię! – zawołał zacierając ręce, bo miss Dolly tak gwałtownie porwała się od stołu, że całe nakrycie poleciało na ziemię, ale gniew go opuścił, zabrał się do jedzenia, złośliwie spoglądając za wychodzącą z pokoju. Ta krótka burza zupełnie jednak oczyściła powietrze, odetchnęli swobodniej, nawet miss Ellen, struchlała zwykle i niema przy siostrze, odzyskała głos, a Zenon, przezornie trzymający się na uboczu, zaczął już głośniej i weselej rozmawiać z Betsy. Joe jednak milczał uporczywie, prawie nie podnosząc twarzy znad talerza i dobrze wiedząc, jak bardzo to niecierpliwi ojca...

Mr Bartelet nie mógł już wytrzymać, rzucał srogie spojrzenia na syna, marszczył brwi, trzaskał nożem o talerz, ale nie doczekawszy się ani słowa, pierwszy zaczął mówić do niego w swój ironiczny, zwykły sposób.

– Cóż to za sława zamieszkuje w waszym pensjonacie?
Joe podniósł zamyślone, posępne oczy na niego.
– Od dwóch tygodni prawie wszystkie gazety o nim piszą.
– Nie czytuję gazet – odparł krótko.
– Ale musisz przecie wiedzieć, o kim mówię! – zaczynał już wrzeć na nowo.
– Stary braman, Mahatma Guru... tak, mieszka tam.
– Wnioskuję z artykułów, że jakiś nowy, mistyczny business chce założyć w Anglii.
– Mogę zaręczyć, że jest daleki od tego, co się złośliwie nazywa mistycznym businessem; przyjechał przyjrzeć się Europie.
– No i zagarnąć przy sposobności nieco naszych funtów.
– Ma on dość swoich rupii, a przy tym pieniądze mają dla niego wartość istotną, to jest żadną – dodał z naciskiem.
– Więc za darmo pokazuje te jakieś cuda spirytystyczne?
– Ależ nie pokazuje żadnych cudów i spirytystą zupełnie nie jest.

– Więc po cóż pielgrzymują do niego te tłumy, o jakich piszą codziennie?

– Bo próżniaczej gawiedzi nigdy i nigdzie nie brak, a w szczególności gawiedzi pseudouczonej, głodnej sensacji, węszącej żer eksperymentowania, napastliwej, takiej, której się zdaje, że świat stworzony jest po to, aby oni mogli pisać o nim wymyślne, zawiłe a puste brednie. Przyjmuje niektórych czasami, a nawet nieraz chętnie z nimi mówi, często dysputuje, ale najczęściej tylko bada i słucha...

– Więc to jakiś nie lada uczony być musi?

– Więcej niźli uczony, bo mędrzec.

– No i często rzuca gromy potępienia na nas i na kulturę naszą – wtrącił się do rozmowy Zenon.

– Jak, jak? Potępia naszą kulturę? – pytał w najwyższym zdumieniu, nie śmiąc wierzyć własnym uszom.

– Niestety, potępia stanowczo i co gorzej, że musimy przyznawać rację...

– Ma rację!... nie drażnij mnie, chłopcze. Ciekawe, ciekawe... Musicie mi opowiedzieć o nim, bo widzę, że pisma fałszywie informują.

– Naturalnie, na stu reporterów zaledwie może jeden widział go i mówił z nim. A wszyscy przecież coś napisać musieli, bo cały Londyn się nim zajmuje.

– Znacie go osobiście?

– Joe jest z nim w zupełnej zażyłości i przyjaźni.

– Jeśli tak można nazwać stosunek człowieka do absolutu...

– Tak bardzo go cenisz? – zapytał stary ciszej.

– Uwielbiam go i korzę się przed jego mądrością.

– Dick, herbatę na górę, przejdziemy tam, dzieci! – zakomenderował stary usiłując powstać z krzesła. Joe podał mu ramię, wsparł się na nim i poszedł wolno i ciężko, pochylony nieco, a mimo to ogromny, podobny do starego dębu, pokrytego omszałą siwizną i krzepkiego jeszcze; twarz miał rumianą, starannie wygoloną, o potężnych, prawie kwadratowych szczękach, nos suchy i długi, czoło wysokie pod gęstą szczotką siwych włosów, oczy bladoniebieskie, jakby wypełzłe, ale bystro świecące z krzaczastych czarnych brwi. Cichszy był jakiś w tej chwili, spokojniejszy, a co trochę mocnym spojrzeniem obejmował pochyloną głowę syna. Betsy pobiegła naprzód, słychać było dudnienie schodów pod jej stopami. Zenon wyprzedził ich również, śpiesząc za narzeczoną, że szli tylko sami, często odpoczywając bo chore nogi starego nie pozwalały na pośpiech.

– Czekałem na ciebie – zaczął z łagodną wymówką.

– Nie mogłem prędzej, wyjeżdżałem – mówił wymijająco.

Stary wątpiąco potrząsnął głową, ale się nie odezwał, odpoczywali znowu przez chwilę w sieni pod żelazną latarnią starożytnego kształtu, wiszącą u sufitu, w kręgu świateł kolorowych, mieniących się w mroku tęczowymi pasami.

– Cóż tam słychać w twoim pułku?

Był to ulubiony jego temat.

– Przenoszą go do Afryki, ma już wyznaczony dzień wyjazdu...

– Do Afryki, na plac boju, do Afryki! – powtarzał zdumiony, wstała w nim nagła trwoga i chwyciła żelazną garścią za serce, że ledwie oddychał. – Bałem się tego – szepnął ciszej. – Ha, to pojedziesz, mój chłopcze, służba, obowiązek... tak, obowiązek – dodał ciszej, bo głos mu schrypł i więznął w gardle.

– Mamy jeszcze cały miesiąc urlopu, może się jeszcze co zmienić – uspokajał.

– Nic się zmienić nie może, nie, wojnie daleko do końca.

– A głodne armaty czekają na swój żer, na swoje mięso. – Nienawiść i wzgarda zadźwięczała mu w głosie.

– Czekają na swój żer – powtórzył stary ponurym i smutnym echem.

Milczeli już obaj, Joe postanowił w tej chwili, że nic mu nie powie o wziętej dymisji, nie pragnął kłótni, chciał mu oszczędzić gniewu, tak dobry był dzisiaj i tak wyjątkowo łagodny, że nie śmiał mu psuć tak rzadkich chwil, a zresztą rachował i na to, iż wiadomość o przeznaczeniu jego pułku na plac boju życzliwiej go usposobi. Nie uciekał przecież z obawy wojny, używał jej bowiem już nieraz i do syta.

– Na niechybne kule tych parobków! – szeptał stary do siebie, gdy wchodzili do wielkiego, jasnego pokoju na pierwszym piętrze; był to rodzaj salonu i biblioteki zarazem. Na niskim stoliku przed kominkiem Betsy już gospodarowała przy herbacie, gdy wchodzili. Mr Bartelet osunął się w głęboki fotel, wziął filiżankę i popijając z wolna zapadł w głęboką zadumę.

Ciotki też zjawiły się wkrótce, poprzedzane przez Dicka niosącego stołeczki pod nogi. Miss Dolly była już, jak zwykle wyniosła i majestatycznie piękna, bardziej tylko wzdychała pijąc herbatę i więcej niźli zwykle ukradkowymi, przyczajonymi spojrzeniami stróżowała Betsy, a miss Ellen, drobna i nikła jak suchy badyl dziewanny z ostatnim, bladym kwiatem na czubku, nieśmiało wsunęła się za siostrą, lękliwie spojrzała na fotel brata i trwożnie zasiadła w zagłębieniu, między bibliotecznymi szafami, cichutko przewracając pożółkłe kartki Biblii, i z wolna zagłębiała się w kontemplację świętych tekstów.

Joe spacerował z filiżanką w ręku przezierając niekiedy grzbiety książek, poustawianych w tłumnym a niemym szeregu na półkach.

Cisza zaległa pokój, ta dziwna niedzielnego dnia cisza, pełna kojącego spokoju, jakby nabrzmiała odgłosami naw kościelnych, już pustych i mrocznych, a pełnych jeszcze echowych brzmień śpiewów dawno umilkłych, zapachów konających, błędnych, rozproszonych westchnień, pełna nastroju modlitewnych ekstaz, nudy i senności zarazem.

Wszyscy pogrążali się w milczącą i senną zadumę, tylko Dick czuwał, raz po raz przesuwając się bez szelestu i roznosząc herbatę.

A Zenon i Betsy, siedząc przy sobie na wielkiej sofie sięgającej do pół ściany i prawie w niej zgubieni, przytuleni ramionami, dalecy od otoczenia, zajęci tylko sobą, rozmawiali szeptem i gorącymi, płomiennymi spojrzeniami.

W tej cichej i serdecznej atmosferze miłości, roziskrzonych błyskach jej źrenic Zenon zaczynał czuć się tak dobrze, jak zwykle się czuł w tym pokoju.

W takie same niedzielne wieczory, chociaż przypominała mu się zagadkowa, dręcząca twarz Daisy, chociaż jakieś niepokojące półmyśli, półdźwięki i półobrazy przepełniały mózg, pozbywał się ich siłą woli, chciał szczerze i głęboko zapomnieć o wszystkim, co nie było tą dobrą szczęsną chwilą, co nie było związane z Betsy i nie było nią samą.

Udawało mu się to niekiedy, a wówczas z cichym, nieśmiałym prawie z nadmiaru czucia szczęściem wodził po niej rozkochanym wzrokiem, bo Betsy w swojej niedzielnej sukni z czarnego, matowego jedwabiu, rozjaśnionego tylko białym, wyłożonym kołnierzykiem i mankietami koronkowymi, smukła, wysoka, zręczna, była wprost prześliczna; jej świeża twarzyczka, okolona bujnymi splotami włosów popielatych, wykwitała z tych czerni posępnych jak pączek jabłoniowego kwiatu, dyszała wiosną i szczęściem, a nieco duże i dziecinne usta były tak wiśniowe i rozdrgane uśmiechem, i pełne słodkich, namiętnych obietnic.

Czuła się w tej chwili nadzwyczajnie szczęśliwa; obiad przeszedł prawie spokojnie, ciotki milczały, Joe był w domu, ojciec cicho siedział, a on, Zen, siedział przy niej, naprawdę siedział przy niej i tak blisko, że poczuła naraz straszną ochotę, aby mu przysłonić rękami wąsy i pocałować go w same usta, w te czerwone, wiecznie tak głodne pocałunków usta... Ale tylko westchnęła żałośnie, rumieniąc się na tę myśl nie spełnioną, i już tylko całującymi oczyma obejmowała jego piękną, znużoną nieco twarz i te oczy jasne i słodkie, drapieżne usta, ach, i ten jego drażniący uśmiech, przyczajony w kątach ust, ten dobry, rozbrajający uśmiech.

– Miss Betsy obiecała mi powiedzieć jedno słowo – szeptał.

– Jakie? Nie pamiętam w ogóle, czy obiecywałam cokolwiek.

– Tam, na Strandzie, gdyśmy szli rano – przypominał uparcie.

– Nie, nie można teraz, słuchają... nie, Zen, później – prosiła lękliwie.

– Czekam i całą tęsknotą pragnę spełnienia obietnicy.

– To... to proszę się na mnie nie patrzeć... Proszę zamknąć oczy.

– Już nic nie widzę, słyszę tylko. – Przysunął głowę jeszcze bliżej, wtedy Betsy, spłoniona i nieco drżąca, bojaźliwie a namiętnie szeptała mu to nieśmiertelne: kocham. Szeptała długo, dotykając niekiedy rozpalonymi ustami jego ucha, że drgał gwałtownie, cisnąc jeszcze mocniej głowę do jej twarzy i również szepcząc urywane, palące słowa, które takim ogniem burzliwym zalewały jej serce, iż jakimś ostatnim odruchem przytomności odsunęła się od niego i dysząc ciężko, z przymkniętymi oczyma, siedziała pełna radości najgłębszej, a zarazem pełna dziwnej i słodkiej trwogi.

Nie mogli już mówić, nie patrzyli nawet na siebie, ale to niedopowiedziane zatopiło ich w takim szczęsnym upojeniu, że tylko kłonili się ku sobie bezwiednie a nieprzeparcie, jak kwiaty nabrzmiałe wonią kłonią się w upalne noce, jak chylą się i ciężą drzewa senne ku potokom szemrzącym w ciche, wiośniane noce, pełne niemych błyskawic i tęsknych, nieukojonych rozmarzeń za dniem jeszcze dalekim, za słońcem.

Nieco usypiająca i martwa cisza ogarnęła pokój, wszyscy siedzieli nieruchomie, nawet Dick zniknął, tylko niekiedy, gdzieś spod ziemi, jakby wprost spod domu, dobywał się lotny, krótki huk przemykających jak cień pociągów, co parę minut przelatujących, chwilami zaś rozlegały się melancholijne westchnienia miss Dolly, smętnie zapatrzonej w zapadłe dale lat i zdarzeń drogich; to znowu stary poruszał się niecierpliwie, obejmował trwożnymi oczyma głowę syna i znowu zapadał w nieruchomość, kryjąc śpiesznie powiekami przełzawione błyski źrenic.

Wieczór wlókł się wolno znużonym i sennym rytmem chwil, przesuwających się jak niemi, bezimienni przechodnie, nikomu nie znani, niepotrzebni, a nigdy już nie przypomniani.

– "Bo z szat mól pochodzi, a z niewiasty złość wężowa" –
rozbrzmiał naraz donośny i namaszczony głos miss Ellen. Drgnęli
wszyscy, jakby gwałtownie przebudzeni. Betsy zerwała się na nogi,
stary zaś gruchnął śmiechem i drwiąco powiedział:

– Sami prorocy cię budzą, co...? Przez sen ci się wyrwał ten werset
paradny; jak to tam było?

Ale że zegar na kominku zaczął dzwonić dziesiątą, miss Ellen nie
odpowiedziała kryjąc wylękłą twarz za Biblię, Joe natomiast,
siedzący wprost ojca, powstał i zwrócił się do Zenona:

– Czas już na nas!

– Co? O dziesiątej do domu? Tego jeszcze nie było! – wykrzyknęła
Betsy.

– Ojciec znużony i wszyscy jacyś senni – próbował się tłumaczyć.

– Ależ nie, czuję się dzisiaj doskonale i chętnie posiedzę jeszcze z
wami, a nawet zagrałbym z tobą, Joe, dawno już nie grałem w
pikietę.

– Zagrajmy, i owszem – ożywił się Joe.

Dick wnet przygotował wszystko, wkrótce zagłębili się w
kombinacjach gry; naraz stary przyciszając głos zapytał
niespodziewanie:

– Więc to już pewne, że pułk przenoszą na plac wojny?

– Zupełnie, bo nie tylko dzień, ale i statki do przewodu
przeznaczone.

– A po wylądowaniu zaraz w ogień?

– Prawdopodobnie...

Mr Bartelet wybuchnął gniewem, klął siarczyście i bił kijem w
podłogę, aż wystraszona Betsy przybiegła.

– Mój ojcze, mój drogi, nie można się gniewać, doktor zakazywał –
prosiła ogarniając mu głowę rękoma.

– No dobrze, dobrze, cicho już siedzę; bo jak się nie gniewać,
kiedy... kiedy Joe rozdaje karty, jakby je pierwszy raz w życiu
trzymał w ręku.

Poznawszy źródło gniewu, odeszła uspokojona, czuła się dziwnie
radośnie usposobiona, zarzucała Zenona nieskończonymi
pytaniami.

Odpowiadał wesoło, często nawet żartobliwie, bo za lada
powodem wybuchała śmiechem. Szczerze się śmiała, ale z trudem
niemałym powstrzymując pytanie o Daisy; to imię czyniło się jej
nienawistnym, parzyło usta i przenikało jakąś jeszcze ciemną
obawą, a mimo to budziło aż prawie bolesną i dręczącą ciekawość.

Zenon zaczynał to odczuwać po urywanych i poplątanych słowach, po lukach, jakie były w rozpytywaniach o każdy niemal dzień spędzony z dala od nich, o znajomych, o prace jego, a nawet czasem już wyraźnie wiedział po niemych, bezwiednych ruchach ust, iż tam, poza nimi, tkwi to imię złowrogie, że ona je przeżuwa niby palące ostrze, a wymówić jeszcze nie śmie. A nie chciał dopuścić do tego, nie wiedząc sam dobrze dlaczego, lękał się tego pytania, więc silił się umyślnie na humor, robił dowcipy, opowiadał zabawne anegdoty, byle tylko odwlec tę chwilę na później lub ją zagubić zupełnie... Ale rozmowa się rwała, tematy wyczerpywały się prędko i następowały coraz częstsze i dłuższe milczenia, niepokojące pauzy, w których ich oczy, obciążone tą utajoną troską, uciekały od siebie spłoszone, niepokoju pełne.

Na szczęście, miss Dolly przysiadła się do nich i rozbolałym głosem i tonem oburzenia zaczęła powstawać na jakąś sztukę Dumasa, którą widziała przed kilku dniami z Sarą Bernhardt w roli głównej.

Miss Dolly była namiętną nieprzyjaciółką mężczyzn, przewodniczącą nawet w Klubie Niezawisłych Kobiet, prorokinią przyszłego matriarchatu i zapalczywą bojowniczką o prawa kobiet i już od pierwszego słowa zajadle powstała przeciwko słynnej wówczas tezie Dumasowskiej: "Tue la".

– Zbrodnicze i hańbiące głupstwo taka teoria! Zabij ją? A za co? I któż ma prawo decydować o życiu kobiety prócz niej samej, kto? Gdzież jej winy? Że nie chce być jego własnością, że ucieka spod tyranii, że żąda dla siebie praw i wolności, że chce żyć swoim własnym, samodzielnym życiem, więc zamorduj, okuj w kajdany, rzuć ją na dno nieszczęścia i hańby, podepcz jej duszę i serce, odbierz człowieczeństwo, niechaj drży co chwila przed wzrokiem swego właściciela, niechaj na klęczkach odgaduje jego zamysły, niechaj będzie echem jego, cieniem, niechaj rodzi mu dzieci i służebnicą mu będzie najniższą, najuleglejszą, najcichszą... bo pan tak chce, pan stanowi prawa, pan ma siłę, władzę i pieniądze, więc się tak stać musi. A jeśli się sprzeciwi w czymkolwiek, zabij ją! Tak jest w życiu, aż oto przychodzi Francuz plugawy i ośmiela się potworną teorię mówić nam ze sceny, a my słuchamy, my serio dysputujemy o tym głupim i złym frazesie, o siostry–kobiety, o męczennice przemocy męskiej!

– Święte duchy! Przykute do bydląt, dalszy ciąg znamy z mów twoich i odezw! – ozwał się naraz drwiąco mr Bartelet.

Miss Dolly wzdrygnęła się milknąc na razie.

– Deklamuj, Dolly, powinnaś zostać pierwszą kaznodziejką w tym feministycznym kościele przyszłości, masz wszystkie warunki: głos rozległy, wiarę silną, lekceważenie prawdy, nienawiść cudzych przekonań i wielki zapas wielce patetycznych i głupich dostatecznie frazesów. Wszak tylko tym stoją wszyscy trybunowie!

– Gbur i tyran! – zionęła przez zaciśnięte zęby, obrzucając go wyniośle pogardliwym spojrzeniem.

– Sprytna teoria: brać wszystkie prawa z dodatkiem pieniędzy, a nam łaskawie pozostawiać wszystkie obowiązki i ciężary! – drwił nielitościwie stary rozdając karty. Nie ozwała się już ani słowem, dopiero gdy znowu zagłębił się w grę, zniżyła głos i rzucając bojaźliwie spojrzenia na niego, mówiła:

– Żywot kobiety to dom wiecznej niewoli, to żywot duchów przykutych do bydląt, to nieustająca Kalwaria!

Miss Ellen, która właśnie przysuwała się do nich lękliwie, rzekła na to swoim cichym i miękkim jak oliwa głosem:

– "Wdzięczność żony pilnuje i cieszy męża swego, i tuczy kości jego".

– Nędzna paplanina wielbłądzich pastuchów, powtarzasz jak fonografy.

Rzuciła się ze złością, bo Ellen często i bez powodu podnosiła rękę głosząc z namaszczeniem pierwszy lepszy werset.

– Chociaż to nadzwyczajnie trafnie definiuje stosunek mężczyzn do kobiet: "cieszy go i tuczy kości jego". Tak, o to wam chodzi jedynie w małżeństwie, tylko o to! – dodała z mocą. Ale Zenon nie dał się wyprowadzić z równowagi, nie rwał się na obronę mężczyzn, bo znał dawno wszystkie jej teorie i nudziły go, więc tylko rzekł chłodno, z grzeczności jedynie:

– Może nie wszystkim chodzi tylko o to.

– Nie miałam pana na myśli, nie, znam bowiem zbyt dobrze jego wzniosły sposób myślenia i tak bardzo go cenię, że zupełnie się nie lękam o przyszłość mojej drogiej Betsy, spokojna jestem o jej szczęście.

Betsy tylko się uśmiechnęła na tę zgoła niespodziewaną troskliwość o siebie, dobrze ją znała, a miss Ellen już podnosiła rękę i otwierała usta do jakiejś stosownej przypowieści świętej, gdy Dolly, powstrzymując ją energicznym gestem, chciała go z innej strony zaatakować i zmusić do dysputy.

– Jakże się panu podobała "Odeta"?

– Nie znam tej sztuki, w teatrze bowiem nie bywam.

– Jak to, nie chodzi pan do teatru?

– Tak, od pięciu lat nie byłem ani razu.

– Więc pan chyba tylko na koncerty i opery chodzi?

– Ponieważ sam się nieco zajmuję muzyką, więc nie bywam i na operach, w ogóle nie chodzę na widowiska z zasady na żadne!

– I to z zasady! Musi pan mieć nadzwyczajne powody?

– Bardzo proste i bardzo zwyczajne – odparł z uśmiechem.

– "Będzie start grzechu pospołu z grzesznikiem" – rzekła uroczyście miss Ellen. Zenon się uniósł, a że rzadko mu się to zdarzało, więc tym gwałtowniej.

– Oto po prostu obmierzło mi już plugawe kłamstwo zwane teatrem i przeto znienawidziłem do rdzenia głupstwo, blagę i kramarstwo bezczelnie udające sztukę. Mam już dosyć udawań, dosyć takich głupich gestów w próżnię, tych błazeńskich symulacji życia, tych małpich naśladowań, tych póz na człowieka i tej całej oszalałej z pychy menażerii autorów, aktorów i oklaskującego, pijanego głupotą pospólstwa.

– Czegóż więc chcesz? – pytał żywo Joe przestając grać.

– Prawdziwego i szczerego kultu piękna.

– A Szekspir, a Grecy, a tylu, tylu innych, nie są–ż sztuką prawdziwą?

– Te wszystkie sławne i ze czcią powtarzane nazwiska to puste dźwięki, dawno już umarła ich treść prawdziwa, tak dawno, że te nazwiska mówią nam tyleż, co nazwy planet i słońc, zarówno nam obce, dalekie i nieznane.

Wytarte liczmany krążące w odruchowym obiegu, prawdy mówione w niezrozumiałym języku, a przy tym trupy dźwigane przez nas dobrowolnie, trupy ciążące jak ołów na duszach naszych, że z wolna giniemy pod ich złowrogim panowaniem, nie śmiejąc nawet pomyśleć, że można je z siebie zrzucić do muzealnego rowu.

– Tak, rozumiem cię, przejrzałem i widzę, że wszystko, co nam dzisiaj panuje i co rządzi nami, jest kłamne i trupie, więc i teatr nie może być czymś lepszym – zauważył ponuro Joe.

– Jest nawet gorszym, bo udaje świątynię sztuki, a jest siewcą moralnego analfabetyzmu, jest fabryką fałszywych wartości, szkołą zła i głupoty. Od kapłanów bowiem przeszedł w ręce parobków i ladacznic, stał się nie ducha potrzebą, lecz zmysłów, więc i przemawia do oczów i naskórka wielkiego duchowego lokajstwa – wyręcza ich w myśleniu, bawi, pochlebia i jest dla nich codziennym środkiem przeczyszczającym na nudę i intelektualną impotencję.

– Ostre pługi muszą przejść po zachwaszczonych ugorach życia!

– I dynamitowe nie poruszą bezwładu i ciążenia w kierunku

najmniejszego oporu. Przestałem już wierzyć w reformy zewnętrzne.

– Więc cóż pozostaje robić? – pytał rozciekawiony mr Bartelet.

– Nie reformować tego, co się już nie da przerobić, zło należy pozostawić własnemu losowi, niechaj samo się zeżre i zgnije do reszty! Mam w tej chwili tylko teatr na myśli, niechaj taki pozostanie, jaki jest, dla tych, którym jest potrzebny! A dla innych potrzeba stworzyć nowy teatr, teatr–świątynię, poświęconą pięknu. Były niegdyś, w dawnych czasach, u ludów pierwotnych święta wiosny i płodnej jesieni, na które zbierano się społem, by je spędzić weselnie; należałoby wskrzesić takie święta... Wyobrażam sobie jakiś bór prawieczny lub puste, dzikie brzegi morza, z dala od wszelkiej powszedniości, z dala od ciżby i zgiełkliwej farsy życia, i tam, wprost pod niebem, w wiośnianym powietrzu, w zielonych, rozśpiewanych głębiach lasów, na tle odradzającej się przyrody albo w jesieni dni, przesnute pajęczyną, zadumane, blade i święte jak hostie, roztęsknione, w żalne dni opadu rdzawych liści, nad brzegami szafirowego morza, przepasanego tęczą złotego wschodu i krwawego zachodu, tam, na ubitym toku rodnej, świętej ziemi, świątynia sztuk wszystkich, Apollinowy ołtarz uniesień, hymn niebosiężny barw i marzenia, dźwięków i kształtów, modlitw i wizyj, hymn upojenia pięknem nieśmiertelnym, oczyszczający duszę z grzechów zła i brzydoty. Nowy Eleusis dla spragnionych wzruszeń i kontemplacji, nowa, odradzająca się ludzkość, Jeruzalem! Oto moje marzenia!

– Cudowne, nadzwyczajne, ale niemożebne, by się dały urzeczywistnić! – wołała entuzjastycznie miss Dolly.

– Wszystko jest możebne dla tych, którzy chcą! – szepnął Joe.

– Boże, jakie to piękne i dziwne! dziwne! – myślała Betsy nie śmiejąc głosem płoszyć tej wizji czarownej, porwana jego słowami i zapałem, z jakim mówił; więc tylko z miłością i podziwem patrzyła na jego piękną i bladą twarz, jakby opromienioną natchnieniem, rozmarzoną i tęskną zarazem.

– Widzę już te pielgrzymki, te niezliczone tłumy, te święta, pełne tajemniczych i wzniosłych uroczystości! – entuzjazmowała się miss Dolly.

– Dom Cooka et C. mógłby się nimi zająć, można by nawet zawiązać towarzystwo akcyjne do urządzania takich świąt, interes niezły, a gdyby się założyło specjalne pismo i ajentury po całym świecie, zniżono taksy, to interes poszedłby na pewno – drwił stary, ale obie ciotki, Betsy, a nawet i Joe rzucili się na niego w obronie

projektu, że zawiązała się nieco bezładna i gorąca rozmowa, bo
stary rzucał co chwila złośliwe uwagi. Zenon milczał, dopiero gdy
nieco przycichli, niespodzianie oznajmił:
– Moje marzenie musi pozostać czas jakiś tylko marzeniem, ale
tymczasem otwieramy teatr marionetek!
– Teatr marionetek? Ależ jest ich kilka!
– Nasz teatr nie będzie dla dzieci.
– Więc dla kogóż, u Boga, może być teatr marionetek?
– Ten będzie dla dorosłych, dla artystów i przez artystów.
– Dzieciństwo, dekadencja, francuskie wymysły! – krzyczał mr
Bartelet.
– Być może, ale te dzieciństwa są bliższe prawdziwej sztuki,
szczersze i głębsze dają wrażenia niźli dzisiejszy teatr.
Nie, nie chciało już mu się mówić, poczuł się ogromnie znużony,
więc prawie od niechcenia opowiadał bliższe szczegóły o tym
teatrze, zwracając się tylko do Betsy, bo stary zaczynał go już
niecierpliwić brutalnymi uwagami, gdy naraz, nie kończąc zdania,
porwał się na nogi, z okrzykiem:
– Ktoś wszedł tutaj!
Najwyraźniej zobaczył ruch portiery, odsłaniający drzwi, usłyszał
szmer kroków i szelest wlokącej się po dywanie sukni...
Zamilkli, strwożeni jego głosem i postawą, bo pochylony, blady, z
rozbłysłymi oczyma nasłuchiwał, jak ten szmer, ledwie pochwytny,
przesuwał się przez pokój ku oknom... słyszał wyraźnie,
rozróżniał... był najgłębiej pewny, iż ktoś przechodzi... że ktoś
wszedł ze schodów i teraz przemyka się mimo nich... że skoczył na
środek, jakby chcąc ująć niewidzialną...
Nie było jednak nikogo, szmer zgasł jak płomień zdmuchnięty,
wszyscy siedzieli w trwożnej ciszy, wpatrzeni w niego; obejrzał
cały pokój, otwierał szafy, zajrzał nawet za spuszczone story.
– Byłem pewien, że ktoś wszedł i wolno przechodzi przez pokój!
– Dick, przejrzyj jutro książki, musiały się znowu zagnieździć
szczury! – wołał wesoło stary, ale ukradkowym spojrzeniem
wodził po pokoju.
– Dałbym głowę, że to nie był szmer szczurów, nie, widziałem
odsłaniającą się portierę, słyszałem wyraźnie szelest sukni –
zapewniał.
– Po prostu zdawało ci się, coś w rodzaju słuchowej halucynacji! Ja
sam ulegałem temu dość często, w pierwszym roku mojego pobytu
w Indiach, to zwykły wynik upałów, ale wyleczyłem się prędko i
zupełnie – objaśniał spokojnie Joe chcąc usilnie zatrzeć niemiłe

wrażenie.

– Istotnie, jest tutaj wyjątkowo ciepło, gorąco nawet – zauważył Zenon.

– Dick, zakręć gaz w kominku! – rozkazał stary odsuwając się od ognia.

– Jeśli głowa boli, to zrobiłabym panu jaki kompres – proponowała Ellen.

– Ależ doskonale się czuję, dziękuję bardzo.

Lecz rozmowa nie mogła się już nawiązać, mówili monosylabami, jedynie po to, by zgłuszyć jakiś cichy niepokój wślizgujący się do serc; kłopotliwe milczenie coraz częściej zalegało i coraz trwożniej biegały podejrzliwe oczy po jasno oświetlonym pokoju. Stary przedrwiwał wszystkich, że tak łatwo ulegają sugestii, ale i to nie pomogło, nie przywróciło dawnego nastroju, nie rozwiało jakiejś posępnej mgły... a że już było po jedenastej, zaczęli się zbierać do rozejścia.

Ciotki najpierw poszły do swoich pokojów na drugim piętrze, zabierając Betsy, stary zaś odwiódł syna na stronę i o coś go tam prosił cicho, ale tak długo, że Zenon wyszedł nie chcąc im przeszkadzać.

– Mr Zen! – rozległ się za nim na schodach przyciszony głos Betsy.

– Mój drogi, mój złoty, niech się pan poradzi doktora! – prosiła serdecznie, gdy podszedł do niej nieco bliżej.

– Dobrze, pójdę do lekarza, będę się leczył, połknę całą górę lekarstw, uczynię wszystko, czego żąda tyrańska miss Betsy. Do widzenia! – wołał głośno.

– Do widzenia za tydzień, za strasznie długi tydzień – szepnęła żałośnie, schodząc po ciemnych schodach nieco niżej.

– O tak, czasem jeden tydzień zawiera w sobie parę tysięcy lat tęsknoty...

– I całą nieskończoność trwóg i niepokojów – powtórzyła echowo.

– I... do widzenia! – Posłyszał cichy skrzyp drzwi.

– Proszę tylko o długie i dobre listy.

– Jak zwykle mały tomik in 16-o – odpowiedział żartobliwie.

– To jest mój kalendarz, na którym obliczam pozostałe do niedzieli dni, bo ja nimi tylko żyję – ozwała się jeszcze ciszej i bliżej, już o parę stopni od niego.

– O Betsy! – drgnęło mu naraz serce miłością, skoczył ku niej, pochwycił ręce i zaczął je gorąco całować.

– Bo ja tak tęsknię za tobą, tak kocham, tak czekam – szeptała wzruszona.

– O Betsy moja, duszo moja serdeczna, jedyna! Gdybyś mogła wiedzieć, co się... – nie skończył, bo dziewczyna wyrwała ręce, dotknęła palcami ust jego i uciekła, gdyż w tej chwili u szczytu schodów rozległ się surowy głos miss Dolly.

I Joe również zaraz wyszedł z jakąś wzruszoną i tajemniczą twarzą, a Dick oczekujący na nich z paltami w sieni jeszcze coś szeptał do niego, gdy wychodzili na świat.

Na dworze ciemno było i zimno, mgły opadły, ale natomiast prosto w twarze zacinał skośnie drobny gęsty i przykry deszcz, miotany przelewającym się w ciemnościach wiatrem.

Ogarnęła ich nieprzenikniona ćma, gdy wychodzili na tak zwane ośle łąki, jakich jest pełno na krańcach Londynu, zgoła utonęli w nocy, że tylko w dali, przez szklane przędziwo deszczów, świetlił się nikłym kręgiem rząd latarń.

Błoto mimo żwirowych dróg chlupało pod nogami, ale przyśpieszali kroków, by się jak najrychlej dostać do ulic, już widnych na tle ciemności niby szyby olbrzymie, słabo prześwietlone, bo te milczące, ponure pustki, głuche i rozległe, wzbudzały mimowolną trwogę.

Ulice jednak tak samo były posępne; leżała w nich uśpiona cisza niedzielnego wieczora i smętek ciężkiego, niewolniczego jutra; domy stały martwym szeregiem, ociekające wodą, oślepłe i pełne rozpaczliwej nudy, wiatr hurkotał po niedojrzanych dachach, a często zwalał się na ulice rozmiatając do dna czarne, połyskliwe kałuże, rynny zaś grały bezustannie bełkotliwym ostrym rytmem spadającej wody; rzadkie, przygaszone nieco latarnie stały jak szyldwachy martwe ze znużenia, rozkrążając żółtawe koliska po czarnych, przemiękłych asfaltach.

Nigdzie człowieka ani dorożki, ani ruchu najmniejszego wśród tego morza kamieni, w tej ciszy uśpionego miasta, tylko sypki i boleśnie nużący szmer bezustannego deszczu i to wstrętne, przegniłe powietrze, które niby oddechem pokrywało im twarze śliską i lepką rosą.

Dostali się wreszcie do stacji, wsiadając do pierwszego pociągu, jaki dążył w ich stronę.

W przedziale było pusto i prawie ciemno, bo Joe przyćmił światła, siedzieli naprzeciw siebie w głębokim milczeniu, zapatrzeni w szyby, a dalecy od tych jaw wyzierających z nocy.

Pociąg leciał jak piorun, z hukiem i w błyskawicach, przelatywały jakieś parki, jak wizje majaczyły drzewa bezlistne i przepadały jakieś puste i czarne równie, migocące tablicami ogłoszeń, to jakimś domem, jawiącym się tak nagle, że nim się go spostrzegło, zapadał w no- cy; z krzykiem przelatywał tunele i wypełzał jak wąż na wysokie nasypy, zadyszany, spieniony, w kłębach białej pary skąpany. I jak smok zionący strugami krwawych skier.

Przystawał na jakichś stacjach poślepłych i śpiących, wyrzucał ludzi na pustych placach i zabierał ich z nierozpoznanych w ciemnościach miejsc i znowu biegł, w gromach cały i błyskach, aż począł wolnieć wdzierając się na olbrzymie wiadukty, rozpięte nad domami tak wysoko, że spodem, w głębi nierozplątanej masy domów, zalanych ciemnością, tylko linie ulic jaśniały nieskończonymi pasami, a dokoła, jak okiem sięgnąć, buchały przemglone, czerwonawe łuny miastapotwora.

– Powiedz mi, kto jest miss Daisy? – zapytał wreszcie Zenon po długim, wahającym milczeniu, nie patrząc jednak na niego.

– Nie wiem, a raczej wiem tyle co i wszyscy, że przyjechała z Kalkuty, oto wszystkie prawie moje wiadomości o niej. Dziwna kobieta, nie umiem zdać sobie sprawy z wrażenia, jakie wywiera na mnie, i to mnie często przejmuje niepokojem.

– O tak, roztacza magiczną posępność i lęk, dziwna kobieta, jakiś tajemniczy awatar nieznanego!... – szepnął trwożnie.

– Sądziłem, że ją znasz bliżej, uczestniczyła przecież w seansie?...

– Ale mimo woli, przypuszczam nawet, iż o tym zupełnie nie wie.

– Była i nie wie, nic nie rozumiem.

– Mahatma, gdyśmy rozmawiali o spirytystycznych seansach mr Smitha, zauważył, iż podejrzewa Daisy o wielkie siły mediumiczne; poradził nawet, by jej sugestionować nakaz przyjścia na seans, dlatego właśnie zgodziłem się na urządzenie go u siebie.

– No i przyszła?

– Ba, tego nie wiem do dzisiaj, czy była to ona, cielesna Daisy, czy też jej druga, astralna istota!

– Przecież ją dobrze pamiętam, a przypominam sobie, żeś ją brał za rękę, żeś dotykał jej oczów i twarzy, więc musiała być materialna!

– Pamiętam, ale i to pamiętam, coś mi opowiadał, gdyśmy jechali na obiad, o jej spotkaniu na schodach, w parę sekund po wyjściu z seansu... w chwili, w której wszyscy zebrani widzieli ją uśpioną...

– Musiałeś ją przecież budzić i widzieć wychodzącą?

– Przyszła do nas w kilka chwil po twoim wyjściu, widzieliśmy ją dokładnie w pełnym świetle żyrandola, mówiłem z nią...

– A potem? – pytał z nagłą i bolesną trwogą.

– Później zabroniła ruszać się z miejsc, światła same pogasły i wyszła.

– Nie, tysiąc razy niemożebne! Bajka czy obłęd! Jakże, spotkałem ją na korytarzu, idąc z przeciwnej strony, a ona równocześnie miałaby być pomiędzy wami, była tu i tam w tym samym czasie! A przecież daję głowę, że ją spotkałem, szedłem za nią, schodziłem aż na dół do odźwiernego; więc to wasze widzenie jej było tylko halucynacją, omamem! – wołał.

– Było takim samym rzeczywistym faktem jak i twoje spotkanie się z nią, i ty ją widziałeś, i pomiędzy nami była.

– Więc się rozdwoiła na dwie bliźniaczo podobne tożsamości? Nie żartuj ze mnie, nie przekonywaj nawet, bo to by przeczyło wszystkiemu, co wiemy, i bluźniło przeciw rozumowi! – wołał rozdrażniony.

– Czemu przeczy? Naszej wiedzy i rozumowi? A cóż wiemy? Nic. Utonęliśmy w głupich, nic nie tłumaczących faktach, których się trzymamy jak poręczy nad przepaściami, nie śmiejąc poruszyć się z miejsca, ba, pomyśleć nawet, że można się rzucić w otchłań i nie zginąć... nie przepaść... a właśnie tam znaleźć tę jedyną prawdę, duszę własną!

– Nie mów, bo nie mogę dzisiaj z tobą dysputować, tak jestem dziwnie znużony i wyczerpany, że padłbym jak kamień przez egzotyczne mgławice twoich hipotez. Jestem tylko człowiekiem, jedynie ufającym rzeczywistości dostępnej dla moich zmysłów.

– Jest jedna tylko rzeczywistość: Dusza; wszystko poza tym to tylko cień, jaki od niej pada w nieskończoność, majaki i złudzenia.

– Echa nauk Mahatmy Guru! – szepnął niechętnie.

– Wszak uczniem jego i czcicielem jestem...

– Boże, że to nigdy człowiek się nie obejdzie bez przewodników...

– Bo zbawców mieć musi, jeśli nie jest tylko Tschandalą, mierzwą ludzką, na której dopiero kiedyś może zakiełkują święte kwiaty ducha. Guru mnie zbawił, urodziłem się na nowo z jego mądrości; ślepy byłem – przejrzałem; jeno trupem ludzkim byłem – wywiódł mnie z martwych na rozwonione lotosem brzegi prawdy wiecznej, jedynej, więc do niego wszystek należę i z pokorą i szczęśliwością, i dumą mówię ci o tym.

– Pójdziesz za nim? – zapytał, ze drżeniem czekając odpowiedzi.

– Tak, nie opuszczę go już aż do dnia, w którym się "stanę i będę".

– Więc mógłbyś wyrzec się ojczyzny i swoich?

– Ojczyzną duszy jest "On", a jej pragnieniem i celem spocząć w "Nim". Zenon się nie odezwał, z podziwem i lękiem spoglądając na niego.

Wysiedli z pociągu i przeszli kilka pustych ulic w zupełnym milczeniu; dopiero na schodach hotelu Joe, podając rękę na pożegnanie, przytrzymał mu dłoń i nachylając się szepnął z naciskiem:

– Radzę ci: strzeż się miss Daisy! – I odszedł śpiesznie.

– Dlaczego? – zawołał, wstrząśnięty do głębi złowrogim jego głosem, ale Joe bez odpowiedzi zniknął w ciemnych już i długich korytarzach.

IV

...Zostali sami w reading–roomie.

Zenon czekał tej chwili z upragnieniem, nie wiedząc zupełnie dlaczego, a gdy przyszła, kiedy się drzwi zawarły za ostatnim wychodzącym, lęk go ogarnął i niepokój; podniósł się i zaczął gorączkowo chodzić. Czuł się niesłychanie zdenerwowany, nie był zdolny wyrzec ani jednego słowa i nie miał w tej dręczącej chwili nic do powiedzenia, poczuł tylko i miał nawet tę bolesną pewność, że oto stoi przed czymś, co się mogło za mgnienie wyłonić z milczenia, a przecież na nic określonego nie czekał!

Zaledwie przed półgodziną, wśród gwarnej i dosyć banalnej rozmowy, gdy się podnosił do wyjścia, ujrzał w jej źrenicach wyraźny nakaz pozostania, więc mimo natarczywych nalegań Joe pozostał, oczekując i drżąc w sobie tym bolesnym dygotem trwożliwej niepewności, co jak wąż zimnymi skrętami owija serce, dusi z wolna i krew wszystką, i myśl każdą wypija.

Miss Daisy grała jakąś ściszoną i zagmatwaną w rysunku piosenkę, jakby nie zwracając na niego uwagi, a on chodził wciąż, kołując błędnie wśród porozstawianych mebli, czasem spoglądał w szyby na szary i smutny dzień, ale patrzył nie spostrzegając niczego, daleki od wszystkiego, zasłuchany jedynie w ten rosisty opad dźwięków coraz cichszych, to wyrywając się spod ich dziwnego czaru, patrzył na jej włosy rude, jakby z miedzi wykute, i na jej białe, długie ręce, które się snuły po klawiaturze jak słodki sen.

Grała bez przerwy, odwracając niekiedy bladą, zadumaną twarz i wtedy oczy się ich spotykały na chwilę, na płochliwe i nieugięte mgnienie; z twardego i zimnego szafiru kute groty spojrzeń przebijały mu duszę na wskroś, że zatrzymywał się ze drżeniem, bo mu się wydawało, iż oto nadchodzi ta chwila, w której się to coś oczekiwane ziści, że tajemnica przemówi... ale ona grała dalej.

Czuł się coraz bardziej rozdrażniony i zaniepokojony, okrążał znowu pokój, czyhając na każde poruszenie jej głowy i na spojrzenie każde, ale było tak samo zimne, przeszywające i nieme. Już kilka razy powstawał w nim nagły bunt, że zbliżał się do drzwi stanowczym krokiem, lecz odejść nie potrafił.

I tak płynęły długie, długie chwile milczących oczekiwań.

Z wolna, niepostrzeżenie, mrok zaczął przesypywać światłości dzienne swoim pyłem popielnym, osnuwał wszystko we mgłę sennego zadumania, przygaszał barwy i lśnienia i zalegał puszystą, drgającą, ciężką mgłą.

Zenon, zmęczony i wyczerpany, upadł w fotel i siedział nieruchomo, ta niepokojąca cisza i milczenie rozdzwonione zaledwie dosłyszanymi dźwiękami biły w niego jak młotem, ubezwładniały smutkiem niepojętym.

Nie, odejść nie mógł; siedział jakby przykuty niewidzialnymi a potężnymi więzami do tej postaci, ledwie już dojrzanej w coraz gęstszym mroku, sam z wolna zapadając w senną martwotę milczenia, pełną smutku i dziwnych majaczeń rozpadających się w mroku kształtów.

Pokój stawał się jakby dnem, gdzie przez posępnozielonawe i wzburzone zwały morza zaledwie się prześlizgują widma nierozpoznanych rzeczy, nikłe połyski barw struchlałych, wiotkie wrzenia kształtów, zastygające i głuche wiry cieniów i zmartwiałe a rozchwiane ciemnice w otokach płynnych, szarych fal wieczoru, a skądś, niby z powierzchni dalekiej i zgiełkliwej, rozsącza się smuga dźwięków przygasłych i spada ciężkimi kroplami na jego duszę znużoną, spada kropla po kropli, bije z wolna i nieubłaganie, a każda jest grotem ostrym i warem, a każda zalewa go smutkiem i łka w nim nieukojoną, żrącą tęsknotą.

Ocknął się po pewnym czasie i spojrzał dokoła: mrok się już stawał nocą, pokój był prawie niewidzialny, tylko zwierciadła patrzyły na niego jak puste, zasypiające oczy, a wielka palma, stojąca na środkowym stole, majaczyła nikłym, tlejącym zarysem na sinym brzasku okien, zasnuwających się z wolna martwymi rzęsami cieni.

Miss Daisy już nie było widać w ciemności, grała jednak wciąż, ale jakoś sennie i apatycznie. Podniósł się nagle z niezachwianym zamiarem przemówienia do niej, ale nim się odezwał, przyszła mu naraz brutalna myśl, trzeźwiąca jak smagnięcie biczem, że może jej spojrzenie nakazujące mówiło tylko to, czego pragnął w skrytości, może to się nie miało stać dzisiaj ani nigdy, a on jak głupiec czekał z drżeniem ciekawości i lęku...

Bardzo często bowiem przychodziła grać do reading–roomu i grywała po parę godzin z rzędu, więc i dzisiaj robiła to samo, nie zważając na niego, nawet może gniewna, że jej przeszkadza swoją obecnością.

Poczuł gorzki smak rozczarowania i głębokie niezadowolenie z samego siebie, więc jak mógł najciszej, z pewną wstydliwością wysunął się z pokoju.

Mieszkał na tym samym korytarzu pierwszego piętra i właśnie otwierał drzwi, gdy rozległo się stłumione i przeciągłe wycie Bagh, a po chwili miss Daisy przeszła obok niego, ale jakby go nie spostrzegając zgoła, chociaż stał w pełnym świetle, twarzą zwrócony do niej.

To niewidzące spojrzenie dotknęło go tak niemile i tak zabolało, że wszedł do mieszkania, zatrzaskując drzwi ze złością, rozniecił zaraz światło, bo nie cierpiał w mieszkaniu ciemności i zaczął drżącymi rękoma rozrywać kopertę jakiegoś listu, który nań już od śniadania czekał na biurku.

List był od Betsy, ale mimo to nic z niego nie rozumiał, nie mógł powiązać słów ni wydobyć jakiej bądź treści, że zdenerwowany jeszcze bardziej, rzucił go z niechęcią i poszedł wyjrzeć na korytarz, pusty już i cichy.

Był już teraz zupełnie pewny swojej omyłki, a to sprawiało mu taką głęboką przykrość, że długo nie mógł się uspokoić.

– Bo i cóż mogła mi powiedzieć? Dlaczegóż miałaby chcieć, abym z nią pozostał sam na sam? Złudzenie i nic więcej! W tym domu wariackim i ja już zaczynam halucynować! – rozmyślał spostrzegając znowu list Betsy, ale zupełnie się nie wzruszył tym serdecznym, tkliwym szczebiotem narzeczonej, czytając jeno oczyma kartkę po kartce, bo całą duszę miał wypełnioną wspomnieniami tamtej; skończył czytać i chciał w pierwszym, poczciwym odruchu odpisać, nagłówek już nakreślił, ale zabrakło mu wprost treści, nie miał w tej chwili nic do powiedzenia i poczuł naraz nieprzepartą chęć wyjścia na miasto, powłóczenia się po ulicach zatłoczonych i szumiących wrzawą, zagubienia siebie, lecz nim zdążył wyjść, służący zameldował mr Smitha.

Wszedł chudy i żółty pan z oczyma ryby ugotowanej, pochylony nieco, ostrożny, uprzejmy niezmiernie i przesadnie skromny. Zenon dość niechętnie wskazał mu krzesło.

– Przychodzę aż z dwiema prośbami do pana, ale jeśli przeszkadzam, to wyjdę, chociaż mówiąc szczerze, sprawiłoby mi to przykrość niewymowną, gdybym nie mógł wyłuszczyć ich zaraz, więc...

– O, proszę pana, słucham z przyjemnością – zdziwił się jednak tym wstępem, bo znał go jedynie z sali jadalnej.

– Przepraszam – powstał naraz przygiętym, cichym ruchem i zbliżywszy się do brązowej Psychy, stojącej obok biurka, nałożył binokle i jął gładzić pieszczotliwie jej cudnie wysmukłą lędźwię.

– Przepiękna, najwyższy wyraz uduchowienia! – szeptał prowadząc z lubością dłoń po jej przeczystych, dziewczęcych kształtach.

– Sprawa pierwsza: proszę mr Zenona o uczestniczenie w naszym jutrzejszym seansie – przeczytał w notesie, siadając na dawnym miejscu.

– Niezmiernie jestem ciekawy i sprawy drugiej! – silił się na uprzejmość.

– Przepraszam. – Znowu się przesunął przyczajonym, kocim ruchem do miedzianego posążku Antinousa, stojącego w rogu na tle jedwabnej, jasnofiołkowej draperii. Pogładził go również po biodrach, pstryknął paznokciem w kolano, aż miedź zadzwoniła, i siadłszy z powrotem przeczytał: – Proszę mr Zenona, aby skłonił mr Joe do wzięcia udziału w tymże seansie – skłonił głowę wlepiając swoje rybie, w czerwonych obwódkach oczy w porcelanowe figurki, stojące na kominku.

– Żałuję bardzo, ale muszę panu zrobić zawód, bardzo przepraszam, ale na seansach nie bywam i spirytyzmem się nie zajmuję; byłem wtedy jedynie na prośbę Joe.

– Będzie i miss Daisy – wtrącił niby od niechcenia, uciekając z oczyma.

– Będzie! – zawahał się przez chwilę – co zaś do Joe, to zupełnie nie obiecuję wpływać na niego w tym kierunku, sądzę nawet, że i tak już jest za bardzo pochłonięty spirytyzmem.

– Niestety, ale to dawniej, bo od przyjazdu Mahatmy porzucił dawne święte zasady i bra– ci... O, z mr Joem jest obecnie bardzo źle, bardzo... pan wie?...

– O niczym i zupełnie!

– Nie jest to tajemnica, mówić o tym, choć z boleścią, mogę, ale jeśliby pan słuchać nie chciał, jeśliby... – i jąkał się lękliwie.

– Przeciwnie, Joe obchodzi mnie bardzo – zaniepokoił się jego trwożnym głosem.

– Oto wdał się w fakirskie eksperymenty, sposobi się po prostu pod przewodnictwem Mahatmy na joga. Dawno się pan z nim widział?

– Trzy dni temu. Myślałem, że wyjechał, bo w domu go nie ma.

– Z pewnością jest! Od dwóch dni siedzi zamknięty, siedzi na jednym miejscu bez ruchu, bez wody, bez pożywienia i siedzieć ma dotąd, dopóki samego siebie nie zobaczy, dopóki się nie rozdwoi... Eksperyment niebezpieczny.

– Z przerażeniem to słyszę, nic mi nie wspominał o takich praktykach.

– Myśmy się dowiedzieli o tym dopiero wczoraj na seansie. Miss Daisy nam zakomunikowała.

– Ależ, choćby mi przyszło drzwi wyłamać, a dostanę się do niego, muszę go wyrwać z obłędu. Bardzo dziękuję panu za wiadomość.

– Strwożeni jesteśmy o niego, nikogo z braci nie przyjmuje, zerwał już z nami wszystkie więzy, a przy tym, jeśli wpadnie w moc miss Daisy...

– To co? – porwał się nagle strwożony.

– To może być zgubiony na wieki! – szepnął posępnie mr Smith oglądając figurki porcelanowe na kominku.

– Więc kimże jest, na Boga, miss Daisy?

– Tajemnica... nikt o tym nie wie... i nie należy pytać... – prawie zakrzyczał zatykając sobie uszy, by nie słuchać pytań.

– Dlaczegóż tajemnica? Mnie się już po prostu jakimś szalbierstwem zaczyna wydawać taka sztucznie robiona tajemnica!

– Strzeż się jej odkrywać! Są pewne rzeczy, których się nie można dotykać zwykłą ciekawością, bo mszczą się! Jesteś "niewierny", więc jak dziecko bawisz się płomieniem, nie wiedząc, że może cię pochłonąć w każdej chwili... O, bardzo ostrzegam: trzymaj się z dala miss Daisy! To ogień złowrogi. My sami się jej obawiamy... zjawia się na seansach i robi cuda, o jakich nikt nie marzył, odkrywa rzeczy wstrząsające i głosi takie prawdy, że... że mamy powody do obaw... mamy powody lękać się jej mocy i podejrzewać, że nie jest to wysłanniczka Pana, a Jego... może nawet wcielenie...

– Kogo? – zapytał cicho, wstrząsając się bezwiednie.

– Bafometa!... – szepnął trwożnie i wyjąwszy z kieszonki w kamizelce szczyptę soli, siał nią dokoła zabobonnie.

– Bafometa? – powtórzył Zenon nic nie rozumiejąc.

 – Cicho, nie wymawiajmy tego imienia więcej! Boże! – krzyknął naraz głośno, padając na krzesło, bo rozległ się bliski, wstrząsający ryk pantery.

Zenon wybiegł na korytarz, bo wydawało mu się, że to tuż pod jego drzwiami zawyła Bagh, ale korytarz był zupełnie pusty.

– Musi ryczeć w klatce, może głodna! – tłumaczył usiłując zachować spokój.

– Nie, nie, w tym być musi jakiś znak porozumienia, bo zresztą ja nie wiem, czy Bagh jest tylko zwierzęciem, nie wiem...

– A czymże jest? chyba nie samym Bafometem? – zawołał urągliwie.

– Cicho... cicho... nieszczęsny, ani wiesz, że tak wymówione imię może w tej chwili stało się dla kogoś śmiercią, nieszczęściem lub chorobą.

– Cóż to? Porywa na rogi i ponosi na Blankenberg? – drwił złośliwie.

– Wszystko jest straszną zagadką. Dokoła nas leży mrok, w którym czyha lęk i śmierć wieczna! Są słowa zabijające, są imiona, od których dźwięku rozpadają się światy, są życzenia, które się stają bez naszej woli, są takie myśli, od których ruch gwiazd zależy! Błądzimy po omacku w wiecznym mroku, jak ślepi od urodzenia, aż po dzień wyzwalającej śmierci, jak ślepi, czepiający się z rozpaczną wiarą kurzawy głupich faktów i wołający wielkim głosem: nie ma nic poza naszą ślepą głupotą! Ale świat przejrzy, boleśnie przejrzy! Niech kamienuje proroków, niech się pastwi nad własną duszą; i tak zbawion być musi całą siłą naszej wiary i pragnień, bo my go wyprowadzim z odmętów, wywiedziem z niewoli grzechów... nasza prawda zbawi świat! Ale tymczasem jeszcze Tamten panuje i rządzi światem, jest we wszystkich sercach, czyha i toczy śmiertelny bój z Bogiem – szeptał gorąco, powstając z miejsca.

– Stare, rozwiane podania, pomarłe dawno mumie symbolów, zmartwychwstające w najtrzeźwiejszym wieku i wśród najtrzeźwiejszego z narodów, odwieczna tęsknota dusz za istnieniem, odwieczny strach przed śmiercią...

– Czytał pan Izys odsłoniętą? – zapytał niespodzianie mr Smith.

– Czytałem, a raczej Joe mi ją wykładał i doszedłem do wniosku, że Bławatska jest najzwyklejszą, ordynarną nawet szalbierką, a ta jej książka stekiem bredni i kłamstw świadomych, spekulujących na dobrej wierze i naiwności ludzkiej!

– Największa kobieta, jaką ród ludzki wydał, pierwsza święta naszego kościoła, a pan ją sądzi niby jakąś uliczną szarlatankę – jęknął.

– Bardzo przepraszam. Takie wrażenie wyniosłem z opowiadania o niej.

– Ręczę, że wielbiłby pan ją jak i my wszyscy. Przyjechała parę dni temu do Londynu. Jutro przyjdzie do loży wraz z pułkownikiem Olcottem. Chętnie pana wprowadzę, seans będzie nadzwyczajny, mają być aporty od samego Dalaj Lamy z Tybetu... ona jest największym medium na świecie!

– Dziękuję, jestem już syty cudów.

– Boże, co za bluźnierstwo.

– Tak, bo cóż, że ujrzę cud, kiedy nie wiem, cóż mi cud tłumaczy?

– Tak, pan bardzo nie wie, bardzo. Przepraszam, pomińmy tę kwestię. Muszę iść, ale może pan zechce powiedzieć Joe, że Ona pragnie go ujrzeć jak najprędzej.

– Nie wiedziałem, że znają się osobiście.

– O, dawny kult Joe, jeszcze z Bengalu – szepnął mr Smith, powlókł lubieżnymi oczami po Antinousie i wyszedł.

Zenon zaś pobiegł śpiesznie na drugie piętro do mieszkania Joe, wielce zaniepokojony o niego słowami mr Smitha; ale długo się dobijał, nim w końcu otworzył mu drzwi wysoki, cynamonowy Malajczyk, piękny jak Antinous, z włosami po kobiecemu zaplecionymi w warkocze i upiętymi na głowie, w których błyszczał wysoki, złoty grzebień, wysadzany szmaragdami.

– Mr Joe nie ma w domu – twierdził stanowczo, nie wpuszczając go do środka.

– Musi być, ponieważ dzisiaj mieliśmy się zejść tutaj, a od dwóch dni przecież nie wychodził z domu. – Używał podstępu, by się tylko dostać do mieszkania.

– Nie wiem, ale tutaj pana nie ma wypisanego, a są wszyscy, jakich miałem wpuścić. – Pokazał kartkę, poznaczoną hieroglifami.

– Widocznie zapomniał wpisać, wszak znasz mnie i wiesz, że zawsze przychodzę bez meldowania.

– Kiedy ofiara już się rozpoczęła...

– Spóźniłem się... – zupełnie nie rozumiał znaczenia jego słów.

– Nie można... nie... – bronił się coraz słabiej, nie wiedząc, co począć, bo dobrze wiedział o jego przyjaźni z Joe, ale mr Zenon, nie zważając już na jego opór, prawie siłą wszedł do przedpokoju. Malajczyk podrapał się frasobliwie za uchem, zamknął drzwi na cały system zatrzasków i wprowadził go do bocznego pokoju, gdzie na niskim stole, w siedmioramiennym, miedzianym świeczniku, paliło się siedem wysokich, woskowych i żółtych świec, dokoła pod ścianami stały szerokie sofy, pokryte żółtym jedwabiem, ściany również złociły się gorącym tonem chińskich jedwabiów, zahaftowanych złotymi smokami.

Malajczyk podał mu długi, cienki jak pajęczyna, przejrzysty jak woda woal barwy fiołkowej i otworzył drzwi do sąsiedniego pokoju.

Zenon miał w dłoniach szeleszczącą przedziwnie miękką materię, nie śmiejąc zapytać o nic, aby się nie zdradzić, że do wtajemniczonych nie należy, dopiero gdy służący wyszedł, poruszył się z miejsca.

– Co to wszystko znaczy? Co za ofiara rozpoczęta? – myślał rozglądając się ze zdumieniem, nigdy bowiem nie był w tej części mieszkania, nawet się nie domyślał jej istnienia... Zajrzał przez uchylone drzwi do sąsiedniego pokoju, ale się cofnął, ciemno tam było zupełnie, cały był jakby poprzegradzany parawanikami. Wziął świecę i poszedł w głąb mieszkania, przechodził pokój za pokojem; wszędzie panowała ciemność, pustka i cisza, nigdzie ani śladu ludzi, dopiero w pokoju, w którym odbywał się seans, dosłyszał jakieś przyduszone, niewyraźne szmery, jakieś jęki, jakby spod ziemi wychodzące... czasem coś jak krzyk mdlejącym echem się rozlegał i głucho zapadało wszystko. Zatrzymał się strwożony, nie mogąc pojąć, skąd te głosy się dobywają, w pokoju bowiem pusto było jak wszędzie, tylko przez szyby zaglądały cienie drzew i brzaski dalekich świateł złotymi pajęczynami pełzały po szkle. Po chwili te niewytłumaczone głosy znowu zadrgały i jakoś bliżej, wyraźniej, prawie tuż przy nim, że odskoczył przerażony, świeca mu zgasła, otoczyła go ciemność, ale dopiero wtedy rozpoznał, że to od okrągłego pokoju płynie ta stłumiona, dziwna wrzawa; odszukał drzwi i otworzył je bez szmeru, ale jeszcze za nimi wisiała gruba i ciężka zasłona, głosy splątane z dźwiękami muzyki, zabrzmiały tak blisko, że odchylił nieco zasłony, popatrzył nagle osłupiałymi oczyma – i cofnął się przerażony...

Prawie uciekł z powrotem do seansowego pokoju, zapalił papierosa i przytknąwszy czoło do szyby, trzeźwił się jej chłodem i rozróżnianiem drzew w ogrodzie.

– Dobrze widzę, to tu ja... czuję chłód... wiem, gdzie jestem... muszę być przytomny... – myślał wolno, bo to, co tam ujrzał, runęło na niego obłędnym strachem.

– Widziałem, ale to niemożebne... musiało mi się zdawać... jakieś uderzenie na mózg... – rozmyślał trwożnie, z trudem wydobywając się jakby z szaleńczego snu. Dopiero po dłuższej chwili, zupełnie uspokojony, utwierdziwszy się, że jest przytomny, poszedł tam znowu i zajrzał trwożnie.

Okrągły, wielki pokój tonął cały w łagodnej, błękitnawej światłości, błękitny dywan zaścielał posadzkę i błękitne były głuche, bez okien, ściany, pokryte gdzieniegdzie świętymi zgłoskami, malowanymi złotem; z brązowej, greckiej lampy, zwieszającej się od sufitu, rozlewały się przyciszone, mgławe brzaski, a w tym sennym nieco półświetle, w tym księżycowym lśnieniu, jakby gdzieś w nieskończonościach, prześwietlonych drganiem gwiazd, wśród upajającej woni orchidei, zwieszających się ze złotych koszów, stojących pod ścianami, wśród słodkich dźwięków jakichś nieznanych instrumentów poruszały się jakieś widmowe postacie bose i prawie nagie, bo zaledwie owiane barwnymi muślinami, jak woda przejrzystymi; tylko twarze i głowy mieli osłonione szczelnie, jakiś potępieńczy korowód mar tańczących rozchwianym, bezładnym i dzikim kręgiem i smagających się długimi wiciami zielonych bambusów.

Joe siedział w pośrodku na dywanie, nagi cały, zgięty we czworo, nieruchomy, zapatrzony tępym, jakby zamarzłym wzrokiem, był jak trup głuchy na wszystko; ślepy zgoła i nieczuły na ten wir wzburzony, toczący się dokoła coraz szybciej tęczą barw rozwianych i głosów schrypniętych, i świstów bolesnych, i tęczą ciał białych, falujących spod osłon tak nikłych, że zdały się tylko pajęczynami, oroszonymi światłem.

Siedem kobiet i mężczyzn krążyło dokoła w obłędnym, mistycznym tańcu, smagając się zaciekle wśród nieprzytomnych krzyków i płaczów spazmatycznych; biczowali się z upojeniem męki, ze świętą żądzą ran i bólów, z ofiarnym szałem męczeństwa, biczowali się nawzajem, gdzie kto kogo dosięgnął, zwarci w ciżbę wrzącą, w szaleńcze koła, taczające się z krzykiem, oślepłe, pijane szałem, miotające się konwulsyjnie, bezprzytomnie... Rózgi świstały coraz szybciej, ruchy stawały się już niepochwytne, czerwone pręgi jak węże wiły się coraz gęściej po białych ciałach, krew tryskała... a chwilami ktoś padał ze strasznym krzykiem i pełzał do nóg Joe, całował jego nagie stopy nie bacząc, że cały ten wir przewala się po nim, tratuje, rozgniata i leci dalej; to znowu ktoś wyrywał się z szaleńczego koła, bił głową o ścianę, krzyczał nieludzko, okropnie, obłąkanie i padał jak martwy na ziemię.

Naraz wszyscy padli na twarze i zerwał się wstrząsający chór śmiertelnie zmęczonych głosów, chór modlitewnych błagań i żałosnych, łzawych jęków:

– "Za grzechy świata weź mękę naszą!"
– "Za grzechy świata weź krew naszą!"

A potem rzucili się do biczowań w jeszcze sroższym, bardziej ekstatycznym szale; groza przepełniła pokój, stał się tylko bezprzytomny chaos krzyków, zapachów, dźwięków niewidzialnej muzyki, bolesnych smagań, splątany wir ciał, ociekających krwią, ślepa furia, straszny sabat dusz opętanych, wstrząsanych dreszczem obłędu i śmierci.

Zenon stał przy zasłonie, jakby wgrążony w dręczący i nieprawdopodobny sen, błądził oczyma, słuchał, a uwierzyć jeszcze nie mógł... przymykał oczy, szczypał się w ręce, sprawdzał swój stan, ale ta krwawa, szaleńcza wizja nie znikła.

Dopiero po tym hymnie, zrywającym się kilkakrotnie, zrozumiał, że to, co się działo przed jego oczyma, było najrealniejszą rzeczywistością.

Próbował rozpoznać kogo, ale żadnej twarzy nie można było wyrwać spod zasłony, tylko po wysmukłych kształtach, po stromych piersiach i długiej, łabędziej szyi, i po rudych kosmykach na olśniewająco białym karku domyślał się miss Daisy.

Nie wierzył, ale przeczuwał, że to ona, chwilami nawet zdawało mu się, że głos jej rozróżnia, wtedy zamierał w sobie w jakimś dzikim, wprost nieludzkim bólu i owładało nim takie szaleństwo, że chciał się rzucić do niej, wyrwać ją spośród szaleńców, unieść daleko, całować jej rany i zbierać gorącymi ustami strugi krwi spływające po nogach.

Opanował się jeszcze w porę, ale czuł, że go ogarnia gorączka i krwawy szał biczowania i ran, że dzika i lubieżna żądza krwi rozpręża się w nim do skoku jak głodna pantera, że chwila jeszcze, a nie powstrzyma się od rzucenia... więc całą nadludzką siłą woli wyrwał się i uciekał, gnany furiami zgrozy i strachu.

Ani wiedział, jak i kiedy się znalazł w środku miasta, na jakiejś szerokiej ulicy, wśród rozkrzyczanych tłumów i gorączkowego zamętu.

Oślepiające światła słońc elektrycznych, transparenty na balkonach, wstrząsające krzyki tłumów, szalony ruch i zgiełk, bezładne śpiewy tworzyły z ulicy jakby rzekę potężną i wzburzoną, w którą wpadł całą siłą bezwładu, na samo dno, nie rozumiejąc zgoła, co się dzieje dokoła i gdzie go niesie ta rozkołysana fala ludzka...

A tłumy wciąż się zwiększały, płynęły zewsząd jak lawina, parły się zgiełkliwymi potokami z bocznych ulic, zalewając całą Oxford Street nieprzeliczoną ciżbą falującą i rozkrzyczaną; tysiące gazet powiewały nad głowami, setki cabów i omnibusów wstrzymanych chwiały się nad gąszczem głów, a prawie z każdego jakiś człowiek krzyczał usiłując zapanować nad nieustannym wrzaskiem, tysiące kapeluszy podnosiły się w górę i tysiące gardzieli ryczały z całej mocy, bez przestanku, a chaos jeszcze się wzmagał, bo huczące potężne głosy trąb zbliżały się z góry ulicy; ale Zenon nie słyszał tego wszystkiego, bo mu przed oczyma wciąż tańczyły nagie, okrwawione ciała i słyszał świst bambusów nad sobą, że kurczył się bezwiednie, jakby chcąc uniknąć ciosów, i wciąż przyczajonymi trwożnie oczyma śledził jej długą szyję i wymykające się spod zasłony kędziory rudych włosów...

– A może to nie ona? – pomyślał naraz, odrywając się z trudem od wizji – przecież nie mam żadnej pewności, zdawało mi się tylko, przeczuwałem ją po włosach rudych i po figurze... głupstwo, tysiące musi być podobnych do niej w tym tłumie... Więc i tam mogła być podobna... ale mogłaż być i ona sama?...

Zaczął się w nim głuchy bój, bój srogi, zły i podstępny, bo całą mocą serca bronił się od przypuszczeń, ale już sama myśl, że ona mogła być wśród tej opętanej, biczującej się gromady, napawała go dziką męką, nieopowiedzianym udręczeniem... a głos podejrzeń, głos zawistny i zły, wzmagał się w nim i syczał jak węże.

– Któż wie, kto ona? Któż wie? – rzucił sam sobie urągliwie i z pogardą.

– Awanturnica, medium używane do różnych eksperymentów – dodawał smagając się coraz okrutniejszymi przypuszczeniami. – A zresztą, cóż mnie to obchodzi, może się biczować, kiedy chce, może się nawet zatłuc. Mam tego dosyć... – i naraz zapomniał o wszystkim, bo o parę kroków wychyliła się z tłumu głowa tak podobna do Daisy, że rzucił się do niej, ale przepadła w tłoku; bo właśnie w tej chwili tłum się zakołysał gwałtownie, orkiestra bowiem nadchodziła, trąby zabrzmiały przeraźliwie i "hymn królowej" runął z wszystkich piersi i huczał jak orkan.

Oprzytomniał zupełnie, przyparty do ściany, że omal mu żebra nie popękały, dowiadując się równocześnie, iż to zwycięstwo nad Arabim–baszą tak entuzjazmowało tłumy, że cały Londyn jakby się upił radością.

– A niech was diabli z waszymi zwycięstwami! – zaklął z wściekłością, ledwie trzymając się na nogach, popychany zewsząd, gnieciony i wałkowany po ścianach jak kloc, bo tłum pchał się bezmyślnym pędem za orkiestrą.

Wreszcie udało mu się przedostać do uliczki poprzecznej, gdzie mógł odetchnąć i zebrać nieco myśli, ale nie wiedząc, co zrobić z sobą, śmiertelnie znużony powlókł się jakimiś pustymi zaułkami; szedł, aby iść, aby dalej, aby głębiej zanurzyć się w miasto i uciec od tych strasznych przypomnień, od samego siebie i od ludzi; ale długo jeszcze jak odgłosy burzy szły za nim rozhukane głosy tłumów i wrzaskliwe dźwięki trąb...

I nie zapomniał o niczym, przyszło mu na myśl, że jakoś niedawno mówiono mu w klubie o istnieniu sekty spirytystycznych biczowników. Śmiał się wtedy i nie wierzył. A teraz! Sprawdził własnymi oczyma.

Wszak Joe był tam wśród nich i ona! Wzdrygnął się i znowu go ujrzał przed sobą, nagim, skulonym, znowu ujrzał okrwawione ciało Daisy i te jej cudne strome piersi, pocięte krwawymi pręgami... Ach, każda z tych ran głos miała swój, krzyczała mu w sercu boleścią i żalem, czuł je w sobie, paliły go i zalewały żywą, ciepłą krwią, smagały szaleństwem.

Z wściekłością roztrącał przechodniów i zaczął biec jak wariat, aż ludzie przystawali, a jakiś policjant popędził za nim; ale on biegł coraz prędzej, gnany tym świstem bambusów i jawą jej okrwawionego ciała, że tylko wyciągnąć ręce i schwytać.

Dopiero Tamiza zagrodziła mu drogę, a ubezwładniła ciemność i cisza panujące na wybrzeżu, siadł bezwiednie na jakichś schodkach wiodących do rzeki, pod nim pluskała woda obryzgując mu twarz zgorączkowaną, a niekiedy w ciemności powstawały z sykiem fale, chwiejne i długie jak węże, i szły cicho obejmować mu stopy; nie czuł tego, zapatrzony w ciemności.

Czarne, ruchome masy wód przewalały się w nieprzeniknionych mrokach, z posępnym szumem, bełkotały głucho i trwożnie i płynęły wciąż, bezustannie, jakby w wiecznej pogoni i w skardze wiecznej na trud nieustanny, na trud nieśmiertelny.

Nie było nieba ni gwiazd, tylko przyblakłe łuny tliły się rdzawym, wilgotnawym pyłem nad miastem; woda pusta była i cicha, po zgubionych, niedojrzanych wybrzeżach błyskały latarnie chwiejąc się jak kwiaty czerwone i złote, a dalekie mosty huczały sennie i połyskiwały łukami kolorowych świateł na rozdrganej, zasępionej rzece.

Czasem statek jakiś przesunął się wskroś ciemności, zamajaczył rozgorzałymi oknami i przepadał jak to, czego nigdy nie było.

A niekiedy z miasta napływały osłabłe echa zgiełków i wionęły drganiami sypkimi i martwe padały na wodę; to wiatr jakiś hukliwy, niesforny, przejęty zgnilizną i błotem, wydzierał się z ulic, zatoczył jak pijany i pełzał po wybrzeżu do nagich drzew stulonych w ciemność... i potem długo, długo słychać było ich dygot bolesny i cichy, łkający płacz...

Zenon siedział jak martwy z wyczerpania i tak zagubiony w sobie, a daleki od rzeczy zewnętrznych, że choć dość często rozlegały się jakieś kroki po granitowych wybrzeżach, nie słuchał ich zupełnie, nie wiedział i o tym, że już parę razy wyłaniała się za nim jakaś postać i przyczajone, zbójeckie oczy błyskały w ciemnościach... W tej chwili nie wiedział o niczym i nie pamiętał, dusza mu omdlała i padła w mrok, była jak ta łódź kołysząca się na fali pod jego stopami, martwa i pusta... Słyszał tylko ciche i trwożne szmery wód, jakby senne szepty własnego serca, czuł w sobie rozpościeranie się no– cy nieprzeniknionej, nocy kojącej i pełnej cichego płaczu drzew zziębniętych, bolesnych szamotań wody i dziwnej, nieopowiedzianej tęsknoty.

Zdało mu się, że leży wpośród fal i płynie w nieskończoność zatraty i zapomnienia, że jest już tylko tym nieutulonym, żałosnym płaczem, a noc obejmuje mu rozpaloną i ciężką głowę chłodnymi, matczynymi rękoma i kołysze pieściwie, kołysze upajającym, słodkim ruchem i śpiewa jakąś pieśń zapomnianą, pieśń dzieciństwa i umarłej tajemnicy...

Byłby tak może przesiedział noc całą w tej radosnej zagubie siebie, gdyby się nie rozległ nad nim surowy i grzmiący głos.

– Radzę stąd iść, zimno tutaj i niebezpiecznie.

– Ale cicho i dobrze! – odrzekł niechętnie, powstając, bo policjant wziął go pod rękę i uprowadzał daleko od rzeki.

– Czy i utopić się nie pozwalacie nikomu? – zapytał ironicznie.

Ale policjant doprowadził go do oświetlonych ulic, obejrzał i oddalił się bez słowa.

– Gdyby mnie aresztował, nie potrzebowałbym wracać do domu – myślał wahając się przez chwilę, czy nie iść za nim i nie prosić go o to jak o łaskę największą, ale policjant już zniknął. Pozostał sam, bezradnie rozglądając się po pustej uliczce, nie chciało mu się iść do domu, nie chciało mu się iść nigdzie; ot, chętnie siadłby pod pierwszą lepszą ścianą i tak pozostał, i gdyby nie pisk szczurów, przebiegających rynsztokami, który go przejął obrzydzeniem, byłby to zrobił z pewnością.

Powlókł się dalej, poczuwszy naraz, że jest mu niezmiernie zimno i że mu się chce jeść.

Na Strandzie było już prawie pusto, tylko niekiedy z szynków lub bocznych ulic wytaczały się gromady pijanych i zaczynały śpiewać chrapliwie, większość sklepów była zamknięta, już było dość późno; stały tylko otworem niezliczone bary, a po trotuarach spacerowało pełno wymalowanych kobiet, zaczepiały go ustawicznie spojrzeniami, a śmielsze brały wprost pod ramię, odciągając w ciemne uliczki; odsuwał je bez słowa, ale łagodnie, szukając, gdzie by wejść, aby się nieco posilić.

Zaglądał do wielu szynków, ale straszyły go te wnętrza buchające alkoholem i pijacką wrzawą, że cofał się i znowu szukał.

Ulicą snuło się dość podejrzanych i dziwnych postaci, latały jakieś słowa, rzucane z cieniów, to zbierały się w bocznych, ciemnych zaułkach tajemnicze gromadki, a pomiędzy nimi uwijał się jakiś stary, siwy człowiek i roznosił czerwone i zielone kartki ze świętymi sentencjami, głoszącymi o hańbie kalania ciała rozpustą, uśmiechał się smutnie i śpiesznie znikał, by jaka pięść nie spadła na jego garb.

Przeszedł na drugą stronę ulicy, bo tam w ciemnych zagłębieniach domów, pod licznymi teatrami, przed oświetlonymi jeszcze kantorami pism, gdzie się tylko gromadziło więcej ludzi, skąd tylko wyzierały czatujące sylwetki dziewczyn i rozlegały się wabiące psykania, ukazywała się wysoka, czarno ubrana kobieta, odważnie rozdająca wszystkim święte sentencje, a nieraz czaiła się wprost w jakimś cieniu i nagle zastępowała drogę parom, chwilowo skojarzonym, nie bacząc na obelgi, szturchańce i plugawe, okropne wymyślania, jakimi ją co chwila obrzucały rozwścieklone dziewczyny; przyjmowała je z pokorą, pochylała głowę i szła dalej niestrudzenie, czyniąc święte dzieło miłosierdzia i litości.

Zenon zatrzymał się przed nią, wyciągając rękę, podniosła na niego bladą, piękną twarz, podając mu całą garść kartek. Przemówił nieśmiało:

– Sieje pani niestrudzenie dobre słowo.

– Grzeszna byłam. Pan mnie oświecił i podniósł z dna hańby, przeto żywotem swoim pokutę czynię... – odparła z surowym namaszczeniem.

– Należy pani do Armii Zbawienia?

– Jestem z kościoła Pogromców Grzechu.

– Z kościoła, chcącego zwyciężać zło sentencjami!... – ironia zadźwięczała mu w głosie.

– Jeśli one nie nakarmią duszy, i chleb podany stanie się im kamieniem.

– A któż je wybawi z nędzy!...

– My, panie, nasz kościół, niszczący zło aż do dna i walczący dobrem... Oto szczegóły i wykazy naszej działalności. – Podała mu wąską broszurkę.

– Nie obawia się pani obelg ni niebezpieczeństwa?

– A ze mną jest Pan!...

– Być może, ale jest pani tak młoda, piękna i bezbronna – szepnął mimo woli. Zmierzyła go posępnie czarnymi, ogromnymi oczyma.

– "Piękność twoja to pozór, którym szatan przywodzi cię do grzechu, to maska kryjąca cuchnącego trupa, więc ją znienawidź i daj w pogardę samemu sobie" – powiedziała fanatycznie i odeszła. Wzruszył ramionami i nie wahając się już, wszedł do pierwszego z brzegu szynku.

Przed bufetem, okutym błyszczącą miedzią, stały dwie dziewczyny, wystrojone jaskrawo; nie zwracając uwagi na ich zaczepne słowa, poszedł na wielką, niską salę, poprzegradzaną niskimi przepierzeniami, że tworzyła szereg lóż odosobnionych, przeciętych wąskim korytarzem, i kazał dać sobie jeść.

Wkrótce w sąsiedniej przegrodzie zasiadły dziewczyny, często zaglądając do niego przez wierzch, ale nie zauważył tego, jedząc pośpiesznie i gęsto zapijając.

Prawie nigdy nie pijał, więc teraz odczuwał dziwnie bolesną i drażniącą rozkosz wypróżniając kieliszek po kieliszku; uspokajała go wódka, znużenie ustępowało, bezwładna myśl rozjaśniała się z wolna jak zarzewie, a całego przejmowało kojące ciepło.

Upijał się prędko, dolewając sobie bez pamięci, ogarniała go cicha rzewliwość i błoga, rozkoszna ociężałość, uśmiechał się sam do siebie głupim, pijanym śmiechem... A szynk porykiwał chwilami pijackim gwarem, przez cienkie przegrody rwały się szczęki butelek, pijane mamroty, schrypnięte krzyki dziewczyn i buchały niekiedy brutalne, ohydne wrzaski, dymy z fajek i cygar przysłaniały światła gryzącym tumanem, a obrzydły zapach dymu rozwłóczył się po sali; ale Zenon nic już z tego nie czuł, nie słyszał, objęło go bowiem takie pijackie rozrzewnienie, że chciało mu się płakać nad samym sobą, poczuł nagle niezmierny ciężar samotności i opuszczenia, niezmierne oddalenie od jakiegoś życia, którego nie mógł sobie teraz przypomnieć, a przy tym był już tak pijany, że się nie mógł poruszać, położył głowę na stole i usiłując sobie coś przypomnieć zapadał w gorączkową drzemkę, budził się z niej niekiedy, próbował wstać i znowu spał.

– Panie, pójdziemy razem! – szeptała jedna z dziewczyn wchodząc do zagrody.

– Czego, co? – wybełkotał po polsku, nie rozumiejąc, skąd się wzięła.

– Pan Polak? Rózia! Chodź tutaj, mr jest Polak! – nawoływała zdumiona.

– Tak, czego chcecie? Prędko... prędko...

– No, nic... niczego... myśmy już sześć lat nie słyszały po naszemu... my tu zaraz... Na Dorham Street... tam byśmy pogadali po naszemu... niech pan pójdzie... Obsiadły go, ale umilkły, onieśmielone jego wyniosłą, dumną twarzą i milczeniem, a może i jakimś utajonym w głębi serca wzruszeniem, dziwnie radosnym, jakie owładnęło nimi na dźwięk prawie zapomnianego języka, na dźwięk słów, co wskrzeszały nagle dawno pomarłe wspomnienia...

Otrzeźwiał nieco, wstrząśnięty tym spotkaniem nieoczekiwanym, kazał dla nich podać jeść i pić, zmuszając je prawie do jedzenia, bo się usilnie wymawiały nie śmiejąc się przyznać do głodu i wzruszone niezmiernie jego dobrocią, lecz wreszcie dały się namówić zabierając się dość łapczywie do krwawej baraniny, ale co chwila przestawały podnosząc trwożliwe, badające a wdzięczne oczy, bo troskliwie podsuwał im talerze i nalewał kieliszki rozmyślając na pół przytomnie, o czym by mówić z nimi. Dziewczyny zaś odzywały się niekiedy zawstydzonym, pokornym głosem, mieszając bezwiednie słowa angielskie z polskimi, o przykrym akcencie żargonowym.

Obie były jeszcze dość młode i przystojne, ale tak wymalowane, wyróżowane, obwieszone fałszywymi kosztownościami, zautomatyzowane w bezczelnych ruchach i pozach, zmartwiałe w rysach, że sprawiały wrażenie figur woskowych jakiegoś podwórzowego panopticum, wyszarzałych poniewierką i śmiertelnie znużonych pod maską bielidła, bo w oczach podczernionych i wyzywających taił się wyraz wiecznego lęku i długich lat głodu i hańby. Zrzuciły okrywki, prezentując z pewną bezwiedną dumą swoje śmieszne stroje, pełne świecideł; jedna z nich, wyższa, była dość głęboko dekoltowana.

Drgnął naraz, dojrzawszy na jej plecach czerwoną pręgę jakby od bata.

– Skąd jesteście? – zapytał przypatrując się nieznacznie.

– Mr jest sam dziedzic? Prawda?

– Znam, znam! – odpowiadał myśląc o tej dziwnej pródze.

– Pan zna Kutno? Rózia! Mr zna nasze miasto! – wykrzyknęła zdumiona.

– Cicho, Salcia, bo może mr jest sam dziedzic? – uspokajała ją przezornie.

– Mr jest sam dziedzic! Prawda?

Skinął potakująco nie rozumiejąc pytania, nie mogąc oderwać oczów od tej czerwonej pręgi, przeniesiony rozbłysłym nagle przypomnieniem tam, w szaleńcze koło biczowników, a one, rozradowane, wzruszone do głębi, ośmielone już, zaczęły opowiadać na przemian o tym mieście rodzinnym, wyrywały sobie z ust przeróżne szczegóły, rozbudzały wspomnienia, stając w olśnieniu szczęśliwości wobec jakichś dni nagle wyłonionych z pamięci, wobec lat przepadłych w kurzu poniewierki, a zmartwychwstających teraz radością samą i szczęściem. Przestały jeść, wrzeszczały coraz głośniej, śmiały się jak dzieci, upijając się wspomnieniami i wódką, której już sobie nie żałowały, zrywały się z miejsc i zmęczone, rozgorzałe, nabrzmiałe łzami, zapominając o nim, o sobie, o całym świecie, oszalałe zgoła, przycichły naraz, wybuchając długim, żałosnym płaczem, ale i wtedy nie przestając snuć wspomnień przełzawionych.

– Ty, Salcia, pamiętasz dziedzica? Pamiętasz: on miał cztery konie czarne jak smoki, karetą jeździł, co się świeciła jak lustro? Pamiętasz?

– A ty pamiętasz, Róziu, dom pana burmistrza?...

– Ja bym nie pamiętała! To nie dom, to pałac! Pokaż mi taki pałac w Londynie! Na całym świecie nie ma takiego drugiego!

– A ty pamiętasz tę górę za miastem, a za nią wieś?

Nic z tego nie rozumiał ani słyszał, ale naraz, budząc się z zapatrzenia, dotknął tej pręgi palcem i zapytał cicho:

– Od czego masz ten znak?

– To... zadrapałam się, to mój narzeczony – dodała spiesznie pod jego rozkazującym wzrokiem, przyginając się z trwogi.

– Nieprawda....musiałaś być tam – syknął nachylając się do niej.

– Gdzie? Gdzie ja miałam być? – wołała, przestraszona jego nieprzytomnymi oczyma.

– Byłaś... cała ociekasz krwią... cała jesteś w ranach... cała w pręgach... pokaż... – szeptał urywanie, wyciągając chciwe rozdrgane ręce; a gdy dziewczyna chciała uciekać, pochwycił ją jak w szpony i z błyskawiczną szybkością podarł jej stanik i wyłupał z niego jej nagie, sinawe plecy...

Opadły mu naraz ręce bezwładnie i zatoczył się na ścianę.

Dziewczyny zaś, zaskoczone błyskawicznością tego, co się stało, wpadły w osłupienie, nie śmiejąc się ruszyć ni podnieść głosu, patrzyły zamarłym wzrokiem, obłąkane prawie ze strachu i grozy.

– Nie bójcie się, nie, ja krzywdy wam nie chciałem zrobić, darujcie, nie – szeptał, sam przerażony tym, co się stało, i oddawszy im, co tylko miał pieniędzy, uciekł z szynku... W hotelu już wszyscy spali, światła były pogaszone, dom objęła ciemność i cisza, ledwie rozwidnione korytarze ciągnęły się ponurymi tunelami, w których jak przyczajone oczy pantery migały się gdzieniegdzie przyćmione światełka.

 Położył się zaraz, ale nie zasnął, leżał z otwartymi oczyma, daleki od snu, daleki od wszystkiego, jakby na dnie ostatecznego zamętu duszy; a na krawędziach lękliwej i rozchwianej świadomości czaiły się posępne, złowrogie zjawy nadchodzącego jutra–mary, lęku pełne, przepływały mu przez mózg, zatapiając w nim ostre, drapieżne szpony majaczeń bolesnych.

 – Coś się strasznego dzieje ze mną! – to jedno teraz czuł tylko i wiedział. Drzwi wchodowe trzasnęły tak silnie, że się wyrwał z odrętwienia, jakby ktoś szedł przez pokój, zatrzeszczała posadzka i meble zadrgały dość głośno.

 – Kto tam? – pytał donośnie.

Nie było odpowiedzi, kroki przycichły, ale jakieś ręce przebiegły po klawiszach, ciche, przebudzone dźwięki zadrgały na mgnienie; wyskoczył z łóżka i chwycił rewolwer.

 – Kto tam? – zawołał znowu i znowu żadnej odpowiedzi, usłyszał natomiast ostry i szybki skrzyp pióra po papierze i szelest przewracanych kartek...

Rozniecił światło i rzucił się do pierwszego pokoju, skąd szły te odgłosy, ale tam nie było nikogo, przeszukał wszystkie kąty, zaglądał nawet do szaf i pod łóżko, ani śladu. Próbował drzwi: były zamknięte, klucz tkwił w zamku... Powrócił do biurka, nie wiedząc już, co myśleć o tym, gdy wpadł mu w oczy arkusz nutowego papieru, porzucony na rozłożoną książkę, a na nim czerniały jakieś słowa, napisane jeszcze nie zaschłym atramentem: "Szukaj... idź za spotkanym... o nic nie pytaj... milcz... bądź bez trwogi... S–O–F otwiera tajemnice..."

Przeczytał kilkakrotnie, pismo było wyraźne, sztrychy energiczne i widocznie jakby dla zwrócenia uwagi szło w poprzek papieru; pióro jeszcze mokre leżało obok.

 – Cóż u diabła za żarty rebusowe, kto mi to nabazgrał! – wybuchnął, ani na chwilę nie przypuszczając czego innego; rzucił papier na biurko i poszedł z powrotem do łóżka, był pewny, że uległ złudzeniu, zgasił światło, okręcił się w kołdrę i próbował zasnąć... Znowu cichy, ledwie dosłyszany dźwięk fortepianu wionął z drugiego pokoju, ta tajemnicza, dziwna melodia, którą słyszał wtedy na seansie.

– Kto?... – ale zamilkł, zdławiony śmiertelnym przerażeniem.

V

Mr Zenon już od trzech dni cały prawie czas przepędzał na ulicach.

Nazajutrz po niewytłumaczonym zjawieniu się pisma obudził się rano, przeczytał znowu te słowa zagadkowe, ubrał się pośpiesznie i wyszedł.

I odtąd chodził wciąż, chodził bezustannie, nawet spać nie przychodził do swojego mieszkania, jadał również, gdzie mu wypadło i o ile głód go zmuszał. Bał się wracać do hotelu, zaglądał do niego codziennie, ale tylko po to, aby od odźwiernego odebrać listy Betsy, których zresztą nie czytał.

Błądził wciąż po mieście, uciekał szukając, unikał nie mogąc się wyrwać z tłumów i przepatrując z najwyższą uwagą każdą twarz spotykaną, zaglądając trwożenie w każde oczy i drżąc wiecznym czekaniem, że posłyszy jakieś słowo, dojrzy jakiś znak, zrozumie jakieś spojrzenie, a wraz stanie się to, co mu było zapowiedziane.

Nie zwracał uwagi na zimno, mgły, deszcze ni porę; włóczył się bezustannie z miejsca na miejsce, często całymi godzinami wystając na rogach ulic, to czając się, pod wystawami obserwował przechodniów, odgadywał w mrokach ich twarze, biegnąc na oślep za każdą postacią i za każdym spojrzeniem szczególniejszym; czasami zachodził do kawiarni i szynków zatłoczonych, aby wypocząć, ale skoro przejrzał twarze, zrywał się od niedopitej szklanki, bo czuł, że musi iść dalej, musi szukać, musi czekać...

"Szukaj – idź za spotkanym, o nic nie pytaj – bądź bez trwogi – S-O-F otwiera tajemnice" – brzmiały w nim ciągle te słowa bezwzględnym, mocnym nakazem.

Najsłabsza chęć oporu w nim nie powstała, był jak cios rzucony ręką nieubłaganego, biegnący po swojej linii niepojętej do niewiadomego celu, ślepo posłuszny i zamarły na wszystko, co nie było tą ciemną, nieznaną koniecznością.

A przecież był zupełnie przytomny i świadomy tego, co się dokoła niego działo, tylko że przerwał się w nim wszelki związek z przeszłym życiem; myślał o nim, jak się czasem myśli o dziwnych opowieściach zasłyszanych gdzieś bardzo dawno i już tonących w strupieszałych dalach zapomnień.

– Co się stanie? – myślał w rzadkich chwilach wewnętrznego przebudzenia i wtedy całą mocą chciał wyrwać z niewiadomego tę jawę jutra. Ale nie rozwiały się mgły, w których błądził, i nie rozerwało się błędne koło ślepego biegu za nieznanym, że znowu szukał, znowu czekał...

Krążył po City i tam nieraz całe godziny przewalał się wraz z ciżbą, porwany przez fale tłumów, ale obcy im i daleki, i wciąż czatujący naprężonym, głodnym spojrzeniem; zaglądał do muzeów, zagłębiał się w puste, przemiękłe i przemglone parki, błądził po wybrzeżach, jeździł wszystkimi napotkanymi omnibusami przesiadając się bezustannie, zwiedzał zatłoczone teatry i banki, okrążał Londyn podziemnymi kolejami, był wszędzie, niestrudzenie i bezustannie, gorączkowo goniący za niepochwytnym cieniem, ciągle czyhający i ufny niezmiernie, spokojny i pewny, że znajdzie to, czego szuka...

Nawet już policjanci zaczęli zwracać uwagę na jego twarz bladą i oczy błędne, a wciąż szukające wśród tłumów, oczy przenikliwe i puste zarazem, i na jego nieobliczone ruchy, bo już wiele razy rzucał się w pościgu w największą ciżbę powozów i omnibusów, wprost pod konie, ale zawsze jakimś cudownym trafem wychodził bez szwanku, nawet nie wiedząc, iż był w niebezpieczeństwie.

I z wolna, nie spostrzegając tego, w tej obłąkanej pogoni za nieznanym, a może i nie istniejącym, zaczął tracić poczucie nawet tej zewnętrznej rzeczywistości, bo czatując wciąż wyprężoną do ostatnich granic uwagą, przestał spostrzegać ludzi i wyodrębniać, wydawali mu się jakimś potwornym płazem o tysiącach głów i nóg, wijącym się bezustannie z głuchym i przerażającym szmerem...

A potem i Londyn stawał mu się jakąś puszczą fantastyczną, głuchą i martwą, a pełną dziwnych zjaw, pełną stawań się rzeczy tajemniczych i strasznych, których nie mógł zrozumieć, czuł tylko, że się stają dokoła niego, że są... więc chodził w ciszy podziwu i niewytłumaczonej, niejasnej zgryzoty, bo oto zaczął spostrzegać ukrytą przed zwykłym wzrokiem jakby duszę rzeczy wszelkiej...

Chodził po mieście niby po kamiennej, czarodziejskiej bajce, przepełnionej świecącymi, nigdy nie widzianymi drzewami, a co chwila spostrzegał jakieś cierpiące chore domy, pochylone z męki wiekowego trwania, pełne ran, jęków i znużenia... czuł bolesny dygot drzew, potopionych w mgłach i konających z tęsknoty do słońca, do rzeźwiących, wiośnianych powiewów, słyszał ich jęki nie milknące nigdy... nigdy, i łzy, spływające cicho po chorych gałęziach.

Zadumał się przed wieżą Towru, stała posępnie zamyślona,

72

tragicznie ostatnia z dni dawno pomarłych, ale wyniosła w osamotnieniu i dumnie pogardliwa wobec nowych spraw i dni nowych, dni plugawie pełzających u jej stóp nieśmiertelnego majestatu.

Uciekał trwożnie od płaskich, wielmożnych a głupich pałaców West Endu, które śmiały się z niego urągliwie tłustymi, bezczelnymi głoskami rozsądku, uciekał od składów olbrzymich i sklepów, gdzie zrabowane ziemie świata całego jęczały męczeńsko.

Gubił się, zasłuchany w leniwą gędźbę parków omglonych, w niewolniczy, strachliwie podły szept żywopłotów, wyprężonych i stróżujących, słuchał ptaków, przelatujących w niedojrzanych wysokościach i rozkrzyczanych żałosną skargą, rozmawiał z bezdomnymi psami, gnijącymi wśród śmietnisk, że wlokły się za nim gromadami, a wszędzie i we wszystkim czuł duszę bolesną, tragiczny przymus trwania, gwałt wiecznie żywy, brutalną przemoc losu; nawet te kamienie pomników w Hyde Parku skarżyły mu się na tych, którzy je wydobywali z prałona ciszy na jawę dni nieszczęsnych; nawet wody Tamizy, wiecznie goniącej, szumiały żałośnie, a te jakieś żelazne machiny, porzucone na brzegu, spracowane, ordzewiałe, omotane i skute przez myśl człowieczą, szamotały się bezsilnie, podnosząc ciche skargi na wieczny trud trwania.

A w końcu już chodził jak we śnie ledwie przypomnianym, rozchwiany w sobie i lecący w jakąś głąb jak padająca przez nieskończoność gwiazda.

Znalazł się bez wiedzy i chęci w Westminsterskim Opactwie i długo, prawie martwy ze znużenia, siedział pod jakimś posągiem, nic nie wiedząc o sobie ni o całym świecie.

Pusto było w tych mrocznych, posępnych obszarach katedry; niekiedy ktoś przeszedł nie dojrzany i ginął, a odgłos kroków rozlegał się echem pod wyniosłymi nawami w przygasłym świetle witraży, w smutnym brzasku stopionych i konających w mroku barw; jakby na wiec zebrane majaczyły niezliczoną ciżbą marmurów i brązów wszystkie wielkie duchy Anglii, sól tej ziemi odwiecznej, całe wieki historii, strupieszałe i zapomniane epoki obok dnia wczorajszego, nieustraszeni rycerze, zdobywcy, poeci, biskupi, prawodawcy, dusze szczytne i wywłoki, bohaterowie i kanalie, wieszcze i słynni szczekacze parlamentarni, tyrani świata i błaźni królów, święci i zbrodniarze, wyklinani przez wieki, cnoty, poświęcenia i zdrady, cmentarzysko wieków w proch rozwianych, a wiecznie żywe i zapładniające myśl ludzką, kamienne przypomnienia wieków, zebrane w tej prastarej katedrze na niemy sejm, radzący milczeniem o wczoraj, a czekający na nowe przyszłe dni i przyszłe dusze swoich następców, przeszłości rdzeń i przyszłości.

Zenon oprzytomniał nieco w tej świętej ciszy grobów; posągi zdawały się patrzeć na niego szeroko otwartymi oczyma, pochylać i mówić coś ciszą głęboką, aż zadrżał z trwogi i zaczął się z wolna przedzierać przez te tłumy kamienne, wśród coraz grubszych mroków, do wyjścia.

Ale w poprzecznej, wyjściowej nawie cofnął się prędko między tłum białych posągów, ledwie widnych w mrokach, bo jakaś znana, wysmukła i czarna postać wychodziła z drzwi głównych i przeszła, skręcając na lewo, w wysoką, wąską nawę, obiegającą prezbiterium; z lewej strony, jedna za drugą, podobnie ciągnęły się kaplice królewskie.

Poszedł za nią w mrok; tylko górą, w poczerniałym gąszczu gotyckich żebrowań, tliły się jeszcze trwożnie resztki dnia, ale dołem zalegała już zupełna noc, z gotyckich kaplic, oddzielonych kratami, sączyły się ostygłe brzaski fioletów, złota i purpur witrażowych, w których ledwie majaczyły królewskie łoża sarkofagów w ciszy niezgłębionej, marzyły nieprzespany sen śmierci królewskie pary, w kamienny spokój wgrążone smugi światła tęczowym, martwym i przygasającym pyłem owiewały kamienne profile, złożone sztywnie ręce, ciężko przymknięte powieki i twarde, dumne głowy; berła i korony połyskiwały posępną barwą odwiecznych złoceń, a na wszystkim leżał ciężki majestat śmierci i kamienny spokój obojętności.

Daisy stanęła przed jedną z kaplic i wsparta o kratę zapatrzyła się w sarkofag.

– Wiedziałem, że muszę spotkać panią – szepnął przystając obok niej.

Spojrzała na niego surowo, jakby okazując ciszę.

Nie czuł już znużenia, zsunął się z jego duszy obłędny nastrój jak łachman; był znowu zwykłym, normalnym człowiekiem.

– A jednak im jest lepiej w królestwie wiecznej ciszy – szepnął znowu.

– Któż wie? A jeśli dusze są przykute do ich wyobrażeń cielesnych, to muszą się błąkać na uwięzi materii, muszą być tutaj, muszą zaludniać te nawy nie dosłyszanym przez śmiertelnych jękiem i tęsknotą oczekiwań, póki trwania tych brązów i marmurów, póki czas nie rozsypie wszystkiego w gruzy i nie uwolni ich, nie wróci przeznaczeniu.

– Byłoby to zbyt okropne! – wzdrygnął się mimo woli na te obrazy.

– Któż wie, od czego zależy śmierć jego lub życie, co go wiąże i zbawia?

– S–O–F – wyrzekł wolno, prawie mimo woli, jak się mówi nieraz słowa tkwiące uparcie w mózgu i same płynące z ust.

Czuł, że się zachwiała i wsparła na mgnienie o jego ramię, ale nie rozumiał powodu.

Poszli już w milczeniu dalej, przystając kolejno przed kaplicami, które mrok coraz gęstszą zasnuwał przysłoną, że widniały w cichych brzaskach witraży, jak przez gąszcz leśną widać ostatnie zorze zachodów.

– Dawno nie widziałam pana – ozwała się dziwnie miękko, jakby z wyrzutem.

– Dawno? – zdziwił się przypominając sobie naraz scenę biczowań i wszystkie podejrzenia, które w tej chwili usilnie odpędzał.

– Ze trzy dni chyba nie było pana. Mrs Tracy już się niepokoiła.

– Trzy dni!... nie... wczoraj czy nawet dzisiaj wyszedłem... nie... doprawdy pierwszy raz mi się to zdarza, że dobrze nie pamiętam...

– Zgubił pan pamięć tych dni? – pytanie dyskretne zadźwięczało w jej głosie.

– Nie... Skądże... wiem już, że dzisiaj po śniadaniu grała pani na fisharmonii w reading– roomie – mówił szybko, z trudem wiążąc wspomnienia.

– Myli się pan; od trzech dni nie tknęłam nawet klawiszów.

– Więc... cóż się ze mną działo? Przez trzy dni... przez... – wyszeptał trwożnie. Zamajaczyły w nim nagle porwane i senne przypomnienia czegoś, czego nie mógł skupić i wydobyć na jawę zrozumienia i świadomości.

– A jednak... jednak czekałem na panią...

Nie odpowiedziała, klucznik zaczął dzwonić, a po katedrze błądziły światła obszukujące przed zamknięciem kąty; wyszli na skwer.

– Czasem zapominamy własnego istnienia lub patrzymy na nie jak na obce nam, poza nami będące... A czasami dusza, porwana jakimś tajemniczym wirem, gubi ciało ani spostrzegając tego – mówiła w zamyśleniu.

– Więc i ja musiałem się zagubić w czasie, musiałem...

Wyciągnęła do niego rękę, gdy doszli do rogu Victoria Street.

– Pani nie do domu? – pytał wyrywając się przez siłę z tych sennych omotań.

– Muszę jeszcze przed obiadem odwiedzić moich kalkuckich

przyjaciół – mówiła wesoło, a w świetle latarni i wystaw dojrzał na jej cudnej twarzy wyraz dziwnie słodki, dziwnie przyjazny, jak nigdy dotychczas.

Patrzyła mu prosto w oczy cichym i prawie tkliwym spojrzeniem, wyjrzała nawet za nim z caba, że przejął go dreszcz radosnego wzruszenia i długo, długo patrzył za nią.

I natychmiast pojechał do domu, przynaglając woźnicę do pośpiechu.

Odźwierny powitał go radośnie i oddając całą pakę gazet i listów opowiadał dyskretnie, że jakieś dwie panie dowiadywały się o niego już dwa razy dzisiaj; po pewnych szczegółach domyślił się, że to musiała być Betsy z którąś z ciotek. Sprawiło mu to odkrycie niewymowną przykrość.

– Cóżeście paniom powiedzieli?

– Że pan wyjechał na parę dni z Londynu.

– Przecież... Mr Joe u siebie? – zakończył śpiesznie.

– Przyszedł niedawno na górę.

Pobiegł do mieszkania, pozapalał światła i stanął zdumiony przed zwierciadłem, prawie przerażony własnym widokiem, był bowiem brudny, zarosły, obszarpany i tak ubrany, jakby sypiał w parkach lub pod mostami.

– Gdzież ja się tak urządziłem?

A gdy się po przebraniu zabrał do czytania listów, pierwszą rzeczą, którą spostrzegł, był ten papier z tajemniczym nakazem; przypomniał go sobie natychmiast, nic już nie wiedząc, jak bardzo był mu posłuszny.

– Muszę się dowiedzieć, kto to napisał – pomyślał chowając go do kieszeni. Zmartwił się szczerze listami Betsy, nie rozumiał zgoła, dlaczego było ich aż tyle. Sprawdzał daty i cofał się przed rozwiązaniem zagadki, bo ile razy jakieś słabo tlejące przypomnienie tych dni zamajaczyło w nim, czuł zamęt w głowie jakby nad przepaścią, uciekał prędko i zatapiał się w tych dobrych, słodkich wołaniach Betsy, skarżącej się na brak wieści i zapomnienie.

Odpisał obszernie, starając się ją uspokoić z całego serca i obiecując przyjść jeszcze przed niedzielą.

Służący zameldował o podaniu obiadu przynosząc jakąś depeszę.

To Betsy, nie mogąc się doczekać listu, telegrafowała długą, pełną niepokojów skargę, błagając o parę słów odpowiedzi, co się z nim i Joe dzieje.

A w przypisku donosiła lakonicznie o chorobie ojca.

Napisał kilka uspokajających słów, wysłał depeszę i poszedł na obiad.

Mrs Tracy, przyciskając czule koty do obszernego łona, jęła go tkliwie wypytywać o zdrowie i co się z nim działo.

– Wyjeżdżałem – odparł krótko, spostrzegając miss Daisy siedzącą już na swoim miejscu, ze łbem Bagh na kolanach; zielone oczy pantery wpijały się w niego z taką siłą, że usiadł zmieszany i niespokojny.

– Co się z tobą działo? – pytał Joe siadając obok.

Nim odpowiedział, podał mu depeszę Betsy.

– Pojadę tam zaraz po obiedzie... niepotrzebnie się niepokoi. Pojedziesz ze mną?

– Nie wiem... cóż to za świta przy Mahatmie?

– Profesorowie z Eton i różni uczeni – szepnął wskazując nieznacznie kilku starych panów, siedzących dokoła Guru przy końcu stołu.

– Odbędzie się prawdziwie platońska biesiada! – dodał z naciskiem.

– Tak, oślica Balaama przemówi mową wyroczną – rzucił ironicznie.

– Nie odpowiedziałeś mi na pierwsze pytanie.

– Ale i ciebie nawzajem nie pytam o nic... o nic...

Rozdrażniał go ten wytężony wzrok pantery, że nie mógł się powstrzymać od złośliwości.

– Pytaj, nic nie ukrywam przed tobą – powiedział łagodnie, zdziwiony jego tonem opryskliwym.

– Czy i miss Daisy była z wami?

– Gdzie, nic nie rozumiem, powiedz otwarcie...

– No, wtedy, na tej krwawej ceremonii biczowania... nie zaprzeczysz przecież... nie powiesz także, iż zapomniałem – szeptał twardo, ale dojrzawszy w jego oczach szeroko rozwartych najszczersze i głębokie zdumienie, przerwał.

– Że mówisz rzeczy zgoła niewiadome mi, na to daję ci słowo honoru.

– Opowiem ci je szczegółowo, jak powrócisz z Bartelet Court... a tymczasem powiedz, czy nie znasz tego pisma? – Podał mu ów nakaz tajemniczy.

Joe przeczytał i długo rozmyślał, nieznacznym, cichym a badającym spojrzeniem ogarniając Daisy wyjątkowo dzisiaj rozmowną, prawie wesołą.

– Nie znam tego pisma... pomyślę jeszcze o tym – odpowiedział wreszcie, nie podnosząc na niego oczu i skoro się obiad skończył, wysunął się cichaczem, nie zauważony, bo uwaga była zwrócona na spór, jaki coraz głośniej prowadzili uczeni z Mahatmą.

– Przejdźmy do reading–roomu; oni krzyczą jak karnakowie na nieposłuszne słonie – zaproponowała Daisy Zenonowi.

Pantera cicho, z przygiętym do ziemi łbem, węsząca, ostrożna, pobiegła przodem, skoczyła na fotel i zwinąwszy się w kłębek, zdawała się drzemać.

– Obrzydliwy czas w Londynie! – zaczęła mrs Tracy, patrząc przez zadeszczone okno.

– Luty, wszędzie tak samo zimno, deszcze i mgły.

– Nie wszędzie, mistress Barney. Rok temu byłem na dalekim południu i pamiętam, jak tam było słonecznie i ciepło – zaprotestował Zenon.

– We Włoszech? – zapytała Daisy siadając obok niego.

– Tak, w Amalfi, za Neapolem. – Zaczął z zapałem opisywać cuda dni słonecznych, cuda mórz lazurowych, posianych słonecznymi skrami, gaje cytryn dojrzewających w amfiteatrach gór, opłyniętych błękitem i zapatrzonych w nieskończoność; dale pełne słodyczy, gdzie wskróś topieli nieba pogodnego i morza przemykają czerwone żagle jak skrzydła ptaków nieznanych; wysepki podobne do przejrzystych szmaragdów; zatoki wśród skał zielonych, opleśniałych, opiętych w bluszcze, jakby drążone w jednej sztuce olbrzymich turkusów; stare, umarłe wieże, pełne zielonych jaszczurek i mew białych jak śnieg; ciche i słodkie życie tych zapomnianych wybrzeży, gdzie nawet śmierć nie jest straszna nikomu, bo przychodzi jak zmierzch wieczorny i klei do snu słodkiego olśnione blaskami oczy; gdzie nie ma fabryk, nie ma miast zgiełkliwych, nie ma chaosu sfory ludzkiej, zażerającej się nawzajem o byle ochłap, gdzie się odczuwa samą rozkosz istnienia!... gdzie panują jeszcze w sercach dobre bóstwa Grecji wespół z Madonną zawsze czuwającą nad dolą człowieka.

Mówił długo, rozpłomieniał się, unosił zapałem, nagle poczutą tęsknotą porwany, że rozrzewnienie dzwoniło mu w głosie, a łzy błyskały w oczach.

Nie przerywali pogrążając się w słodką wizję, a Daisy gładząc czarny łeb pantery patrzała w niego i jakby przez niego na te dalekie; czarodziejskie widnokręgi, uśmiech dziwnie tęskny wykwitł na jej ustach gorących, a szafiry oczu, jak te morza dalekie, zasnute były słoneczną pajęczyną melancholii, a przez jej bladą, cudną twarz przepływały wiotkie cienie tęsknot nagle rozkwitłych, rozmarzone pragnienia i namiętne, nieme wołania – była jak toń przejrzysta, spokojna, a w głębiach rozchwiana, że przez gładzie powierzchni majaczyły zarysy tajemniczego dna.

– Tak pan opowiada kusząco, że zatęskniłam do poznania tych cudów.

– Pani, która zna baśń świata, Indie?...

– Nieznane jest zawsze bardziej upragnione.

– Ale również zawieść może i rozczarować.

– O nie, bo widziałabym to wszystko oczyma pana, oczyma poety, a pod takim kątem patrząc, wszystko jest cudem i baśnią czarodziejską.

Te słowa, wymówione szczególnym, hipnotyzującym dźwiękiem, uderzyły w niego ciosem rozkoszy niewypowiedzianej, podniósł na nią dziękczynne, olśnione oczy, spojrzenia ich się zbiegły i zatonęły w sobie jak dwie rozgorzałe przepaście; naraz pantera ziewnęła, skoczyła na ziemię i szczerząc straszliwe kły czołgała się do jego nóg.

– Niech się pan nie obawia, ręczę za nią.

Bagh położyła ciężki łeb na jego kolanach, dotknął się go dość lękliwe, bo była bez kagańca i te czerwono–zielone migoty jej oczu przejmowały niepokojem.

Daisy, szepcząc do niej jakieś pieszczotliwe słowa, zaczęła ją gładzić po grzbiecie, pochyliła się w tym ruchu tak nisko przed nim, że prawie dotykał ustami jej włosów miedzianych, muskały go drażniąco po twarzy, miał tuż przed oczyma jej biały kark wychylający się z kołnierzyka, że ogarnął go spojrzeniem i chciał dojrzeć ślady biczowania, ale pantera warknęła groźnie, a Daisy, cofnąwszy się prędko, pochwyciła jeszcze kierunek jego spojrzeń...

– Cicho, Bagh! Ona wszystko wie... wszystko przeczuwa i za każdą moją krzywdę gotowa się zemścić... – powiedziała z lodowatym uśmiechem, zatapiając w nim dzikie, przeszywające jak nóż oczy. Nie zrozumiał słów, ale poczuł, że się stosują do niego i groźnie ostrzegają. Podniósł się machinalnie, głęboko dotknięty.

– Ja pani nie obraziłem ani jednym słowem, miss Daisy! – szepnął pokornie.

– Są spojrzenia bardziej obrażające niźli najbrutalniejsze słowa...

– Chyba gdy obnażają starannie ukrywaną tajemnicę – dodał jeszcze ciszej.

– Albo pod tym pozorem, jeśli jak węże obwijają się plugawym dotknięciem.

– To się nie do mnie stosuje – rzekł surowo i szczerze.

– Ma pan w oczach pioruny! – zwróciła się do niego z dawnym uśmiechem.

– Niesprawiedliwość rani najboleśniej i gniewa!

– Bezwiedna tylko, więc się zamienia w prośbę o przebaczenie – mówiła cichutko i prosząco.

Burza przeszła, ale nie powrócił już dawny nastrój swobody i wesela.

Siedzieli niemi, nawet mrs Tracy nie wiedziała, co mówić. Zenon zaś wyszedł korzystając z tego, że profesorowie z Mahatmą na czele przenosili się do reading–roomu krzycząc i kłócąc się już na dobre.

Ale Joe nie powrócił jeszcze z Bartelet Court; było dość wcześnie, zaledwie dochodziła dziesiąta, lecz dziwnie nie chciało mu się tam jechać, czuł się niesłychanie znużony, a ta ostatnia scena z Daisy rozstrajała go do reszty.

Rozważając jej dziwny, nierówny stosunek do siebie, tę chwilami lodowatą obojętność i te prawie wyzywające spojrzenia, a może i coś więcej, gubił się w niepewnościach, w jakiejś tajemniczej, niepokojącej mgle, pełnej zarysów ledwie dojrzanych i męczących zagadkowością.

Nie zapalał w mieszkaniu światła, nie miał sił na żaden ruch świadomy, upadł w jakiś fotel i zapatrzony w mętną, czarniawą noc, z której sączyły się złotawe brzaski latarni ulicznych, rozmyślał chwiejąc się oczyma wraz z cieniem drzew kołyszących się sennie czarnym zarysem po szybach.

– A jednak ona tam była! – myślał spostrzegając ją znowu przed sobą, całą w pręgach opasujących jej ciało niby rojowiskiem krwawych wężów.

– Była tam, była! – powtarzał sycąc oczy jej pięknością i sromem tego obnażenia, i tą bolesną rozkoszą stwierdzeń, jakby się mścił nad nią, czując się zarazem jej bliższy o tę wydartą tajemnicę.

– Medium do biczowań! – szepnął z pogardliwą goryczą i porwał się nagle: drzwi wchodowe trzasnęły i wszystkie światła zajaśniały w żyrandolach.

Rozglądał się ze zdumieniem, bo drzwi stały zamknięte i w pokoju nie było nikogo, tylko na biurku leżała rozłożona mapa kolejowa z podkreślonymi punktami grubym, czerwonym ołówkiem, a obok leżał przewodnik po Włoszech, otwarty na Amalfi, również opatrzony licznymi podkreśleniami...

Przyglądał się temu ze skupioną ciekawością, nie mogąc zrozumieć, kto to mógł zrobić i kiedy, bo musiał ktoś być przed chwilą... może nawet był jeszcze... gdyż ciężkie portiery u drzwi drgały w ostatnim, konającym ruchu, jakby ktoś tylko co przeszedł... posadzka zaskrzypiała w drugim pokoju... odsunęło się jakieś krzesło... ktoś tam był z pewnością... ktoś przechodził z pokoju do pokoju... drgały sprzęty... szelest cichych kroków rozlegał się wyraźnie...

– Annie! – zawołał myśląc, że to pokojówka.

Nie było odpowiedzi, szelesty ucichły, ale natomiast, jakby z ostatniego pokoju, rozległ się przyciszony, daleki śpiew...

Rzucił się tam gorączkowo.

Również nie było nikogo, lecz śpiew spotężniał i brzmiał donośnie w ciszy mieszkania, że poznał głos Daisy i tę dziwną, tajemniczą piosenkę...

Stał osłupiały w cichej trwodze, wodząc przyczajonymi oczyma po mieszkaniu...

Nie, z pewnością nie było nikogo, a dźwięki płynęły wciąż, tylko już nie wiadomo skąd, brzmiały tuż przy nim, to płynęły górą, to okręcały się falą leniwą, przygasającą i znowu rozbrzmiewały pełniej i silniej, gdzieś dalej, jakby w pierwszym pokoju... Pobiegł za nimi bezwiednie, ale już rozlegały się w jakiejś dali, jakby za oknem, w gąszczach drzew potopionych w mroku, a może i w nim samym...

Był zupełnie przytomny i absolutnie zdawał sobie sprawę ze wszystkiego, co się z nim działo w tej chwili, więc nie bacząc na żadne względy, zapragnął dowiedzieć się, skąd ten śpiew płynie, przypuszczał bowiem, że Daisy musi być u siebie, w przyległym mieszkaniu.

Zapukał energicznie do drzwi, odpowiedziało mu krótkie i złe warknięcie pantery, a potem dopiero, nie otwierając, upewniła go pokojówka, że miss Daisy wyjechała na miasto. Nie uwierzył temu i poszedł do reading–roomu.

– Z pewnością wyjechała na miasto, samam ją odprowadzała do schodów! – tłumaczyła mu mrs Tracy, zdziwiona jego natarczywymi pytaniami, odwodząc go nieco na bok, bo profesorowie rozprawiali namiętnie, Mahatma siedział pośrodku i jego przenikliwe, czarne oczy spoczęły na nim przez chwilę jakimś złym spojrzeniem. Odwrócił się i mówił wzgardliwym tonem:

– Wasza kultura materialistyczna, wasze wynalazki, wasze odkrycia prowadzą do jednego: do uwielbienia brutalnej siły i złota, służą Złu, Zło sieją... Jesteście jak sępy krążące w przestworzach, ślepe na blaski cudów, a chciwie wypatrujące w nizinach padliny... Przepadniecie w niepamięci czasów rychlej i bardziej bez śladów niźli...

Zenon nie słuchał więcej, podrażniony jego ostrym tonem, wyszedł prędko, ale na korytarzu, jak słabe, dalekie echo, usłyszał znowu ten śpiew dziwny.

– Woła mnie! Tak, wyraźnie mnie woła! – pomyślał naraz, przypominając sobie to, za czym gonił dni tyle na próżno.

– Idź za spotkanym... idź za spotkanym – powtarzał zbielałymi wargami i już nie rozmyślając, bez wahania ni najmniejszej chęci oporu, spokojny, zimny prawie, zupełnie świadomy, powstał w sobie posłuszny, by iść za tym nakazem nieubłaganym, jaki znowu nim owładnął. Poszedł w jakimś niewiadomym kierunku za tą piosenką, co się niekiedy odzywała cichym kwileniem z cieniów i była mu drogowskazem do Nieznanego.

– Idę... idę... – szeptał niekiedy, przyśpieszając kroku.

Dopiero na Piccadilly rozwiały się zupełnie te dźwięki tonąc w tłumie ulicznym i zgiełku. Stanął wtedy bezradnie, rozglądając się po ulicy.

Po drugiej stronie, w świetle wystawy sklepowej wyraźnie zobaczył idącą Daisy, pobiegł natychmiast za nią, nie mogąc się jednak zbliżyć z powodu gęstwy ludzkiej, nad którą widział jej głowę.

– Niechaj się stanie, co się ma stać – pomyślał, zupełnie niezdziwiony tym spotkaniem, pewny już, że po to tutaj przyszedł, że tak być miało...

Szedł za nią o parę kroków zaledwie, nie zbliżając się nawet wtedy, gdy tłum cały gdzieś się podział, gdy szli jakimiś prawie pustymi ulicami, że tylko ich kroki rozlegały się głucho, szedł za nią jak cień nieodstępny i nigdy nie zgubiony, jak konieczność...

Jakieś ulice przeszli, jakieś puste place, jakieś parki uśpione i pełne cichych szmerów, i po szerokich schodach wchodzili na jakiś dworzec kolejowy.

Kupił bilet do tej samej stacji, której nazwę ona przedtem rzuciła kasjerowi.

Nie krył się przed nią zupełnie, weszli do poczekalni prawie razem, ale ona patrząc nań jakby go nie spostrzegała, błądziła oczyma po jego twarzy niby po rzeczy obcej, jak się błądzi po kamieniach przydrożnych i przedmiotach niepostrzeżonych; nie czuł się tym dotknięty, rozumiał, iż tak być musi, a nawet chwilami wydawało mu się, że ona jest nim samym, taką dziwnie zgodną tożsamość rytmu czuł z jej duszą... Snuli się obok siebie jak dwa cienie przenikające się nawzajem albo jak dwa światła patrzali na jednakie rzeczy i z pewnością z jednakim uczuciem niepostrzegania niczego byli jak te drzewa obumarłe w czas zimowy i wynurzające się z mgieł pierwszej budzącej się wiosny; któreż z nich wie, którym jest i gdzie...

Bezwiednie chciał wsiąść do jednego z nią przedziału, ale nim doszedł, zamknęła drzwi, więc siadł do sąsiedniego i stał w oknie całą drogę, przesuwając się pustymi oczyma po widmowych zarysach krajobrazów, wynurzających się z nocy chmurnej, po tych sennych wizjach natłoczonych obłoków, przez które księżyc przepływał wolno, zapadając co chwila w przepaście postrzępione i sine, a jeśli co spostrzegł, to tylko jej cień, czarną sylwetkę jej głowy, leżącą na kręgu światła padającego z okien i biegnącego po ziemi obok pociągu, snadź cały czas stała tak samo w oknie.

Wysiedli na jakiejś głuchej, uśpionej stacji, przeszli milczące i puste sale, mroczny i również pusty podjazd i zanurzyli się w czarną aleję drzew ogromnych.

Wiatr zahuczał, drzewa zakołysały się ciężko, powiał senny trzepot i szum gałęzi, jęk się rozległ posępny, trwożny i cichy szept przeleciał nad ziemią, zatrzęsły się przydrożne żywopłoty, załkały smutnie twarde liście laurów, trwoga jak puchacz załopotała skrzydłami i przyczaiła się w ciemnościach.

Weszli w jakiś park śpiący, w nieprzeniknione i czarne gąszcze; tylko pasy nieba jaśniały nieco nad głowami, wlokły się jak długie i kręte drogi, zawalone postrzępionymi chmurami, a obrzeżone rozchwianymi konturami drzew, księżyc wychylał się niekiedy, a wówczas cienie drzew waliły się na drogę martwą ciemnicą i przerzynały ją jak trupy czarnymi progami.

Zenon szedł bez trwogi, zapatrzony w nikłą, ginącą co chwila w mrokach sylwetkę Daisy i zasłuchany w ponurą gędźbę drzew rozkołysanych...

Nie myślał w tej chwili o niczym; cienie pełne tajemniczych jaśnień zalały mu duszę rozkołysanymi, nieujętymi jawami tego, co się stać miało, te przyszłe chwile rodziły się w niewiadomych głębiach i osuwały go w mroczny, nieuchwytny lęk tajemnicy...

Wyszli na jakąś pustą przestrzeń; w głębi wynurzał się z cieniów ogromny czarny dom, księżyc znowu ukazał się na chwilę, że spostrzegł wyraźne, twarde zarysy wież porozwalanych i ścian prześwitujących powybijanymi oknami, i stare bluszcze opinające rozpadające się mury.

Ale nim zdążył się rozejrzeć, skądciś, jakby z piwnic, wyrwała się smuga oślepiającego światła i rozległ się huk zatrzaśniętych drzwi. Daisy zniknęła na jakichś porujnowanych olbrzymich schodach. Pozostał sam, rozglądając się bezradnie. Dokoła stała ciemna, postrzępiona w górze ściana drzew rozchwianych, wiatr uderzał w nią raz po raz, że przyginała się z jękiem jak tłum smagany batami, a nad nią, w głębiach nieba, tliły się łuny Londynu niby przygasający, daleki a olbrzymi, pożar.

A nigdzie nawet śladu człowieka, nigdzie światła ni żywych głosów, ponure milczenie strupieszałych murów, w których tłukły się świszczące głosy wiatrów i ciężkie jęki drzew, a wszędzie pełno krzewów przyczajonych w ciemnościach i jakby chwytających niespodzianie gałęziami, pełne głazów i rumowisk zastępujących drogę, a gdzieniegdzie, w jakichś jamach, migotały poślepłe oczy wód zmartwiałych.

Obszedł z wolna cały dom, ale wszystkie wejścia były zabite na głucho, iż powrócił na te schody olbrzymie, na których czerniały potrzaskane złomy kolumn i balustrad, do jakichś drzwi wielkich i stanął przed nimi, nie wiedząc, co począć.

Wiatr się wzmagał stopniowo i huczał coraz posępniej w ruinach, a chwilami jakiś złom muru spadał na ziemię, drzewa z krzykiem rzucały się na siebie, szumiąc i świszcząc w zmąconych, ślepych ciemnościach, bo księżyc utonął już w zwałach chmur podobnych do spiętrzonych, rozsrożonych fal, a jakieś głosy przyduszone, dalekie, jakby głosy grobów, przerażającym brzmieniem przeciekały z ruin czy spod ziemi, z przestrzeni płynęły nieznanych czy też z dna nocy powstawały – nie wiedział.

– "Bądź bez trwogi... milcz... S–O–F otwiera tajemnice" – powtórzył naraz, przypominając sobie tajemniczą formułę i już śmiało, bez wahania, ujął za młotek wiszący na łańcuchu i uderzył w drzwi. Milczenie... tylko brąz jęknął i echa zagrały długie i głuche... Powtórzył i wyrzekł akcentując każdą literę:

– S–O–F.

Drzwi się otworzyły cicho i skoro wszedł, zatrzasnęły się z hukiem. Znalazł się w ogromnej, prawie ciemnej hali, na środku niski trójnóg podtrzymywał miedzianą olbrzymią kadzielnicę, wypełnioną rozżarzonymi węglami, z których buchały upajające ciężkie wonie, a za nią majaczył jakiś kolosalny posąg, przysłoniony fiołkową draperią – i nic poza tym, nagie ściany, gładkie, lśniące kamienie, z których gdzieniegdzie wyrywały się zgaszone w nocy malowidła, jakieś głoski złote, tajemnicze symbole ognia, wody i powietrza, halucynacyjne skręty jakichś potworów i zwierząt, larwy krzyczące w trwodze, wszystko ledwie dojrzane przez pasma krwawych dymów, przez roztlałe purpurą ciemności.

Rozglądał się, nie mogąc dojrzeć nikogo, przerażony tą martwą ciszą, co jak grobowa płyta przywaliła mu duszę, gdy poczuł, że kamienna tafla, na której stał, drgnęła i z wolna zaczęła z nim płynąć, z jakimiś ledwie odczutym spadkiem. Nie poruszył się, nawet nie drgnął, tylko przymknął oczy, bo strach go zdławił i zatrząsł lodowatym dreszczem, ale wnet oprzytomniał uderzając sobą o ścianę, zupełna noc go oprzędła w nieprzeniknione mroki, nie miał pojęcia, gdzie jest, przez to mgnienie obawy stracił poczucie, co się z nim stało, to zrozumiał tylko, że jest w jakimś niskim i wąskim korytarzu. Trzymając się ścian, przychylony, zaczął iść naprzód nieustraszenie.

Chór głosów odległych, stłumionych i głębokich, podobnych do szmerów fal konających u dalekich wybrzeży rozbrzmiewał gdzieś przed nim... łkał jakby w głuchej próżni... drgał coraz ciszej i bliżej, bliżej... biegł ku tym brzmieniom sennym i niewytłumaczonym, pełen lęku i ciekawości zarazem.

Korytarz urwał się nagle przy jakiejś ścianie zimnej i śliskiej, dźwięki rozwiały się w ciszy, zaczął po omacku, gorączkowo odszukiwać drzwi, gdy znowu podłoga się pod nim ugięła... poczuł, że się zapada... że leci w przepaść z błyskawiczną szybkością... ubezwładnił go lęk i to przerażające czucie zapadania bez możności ratunku.

Kiedy ochłonął, siedział na jakiejś ławie kamiennej, ostrożnie jął suwać rękoma po ścianach: zimne były i gładkie jakby z porfiru, pokój był mały, kwadratowy i bardzo wysoki, bo stanąwszy na ławie nie mógł dosięgnąć sufitu, tylko jedna ze ścian wydała mu się zimniejsza, jakby ze szkła, i pełna dziwnych wypukłości i twardych, poskręcanych linii, a nigdzie ani śladu drzwi ni okien.

Upadł śmiertelnie znużony i jakby zabity niezgłębioną, straszną ciszą; przywaliła go kamienna noc i cisza pustki absolutnej; nieopowiedziana groza martwego milczenia.

Siedział odrętwiały, bez ruchu i zgoła bez myśli, jakby na samym dnie umarłego od milionów lat świata, w wiekuistych przepaściach ciszy, zdało mu się niejasno, że marzy mu się kamienny sen, że śni wieczystą martwotę, z której się nigdy nie powstaje, że jest jak źdźbło żywe, porwane nagle w samą głąb wiecznego milczenia i nocy wiekuistej.

I tak mu w bezpamięci i w bezczuciu przepływały chwile

niewiadome, jak musi upływać czas bazaltom na dnach oceanów albo duszom błąkającym się w nieskończonościach, albo gwiazdom pomarłym i spadającym wiecznie, wiecznie....

Był już tylko milczeniem skamieniałej trwogi, śniąc bezprzytomny sen o sobie i jak przez sen majaczył, że oczy jego zaczynają coś spostrzegać, że staje się coś w nim widmowymi zarysami... ściana naprzeciw wyłaniała się z wolna z nocy, czyniła się przejrzystą, stając się jak toń zielonawa, przez którą chwieją się blade kontury dna... dziwaczne groty... fantastyczna roślinność i cicho przemykające larwy jakiegoś potwornego życia... blaski rozpierzchłe zjaw nierozpoznanych.

Był już pewny, że tylko śni; nie poruszył się z miejsca, aby nie pierzchły widzenia, ciężkimi oczyma patrzył w jeden punkt, w dno tych wyłaniających się z wolna przestrzeni... w jakąś skałę sterczącą pośrodku, a spowitą w krwawe płomienie i podobną do ognistego wytrysku, do rozpalonej pochodni, targanej wichurą, tak rwały się płomienie wzburzonym rojowiskiem krwawych wężów, a dokoła w zielonym mroku jakby dna morskiego leżały kręgiem bezładnym głazy ogromne... chwiały się jakieś drzewa o gałęziach podobnych do pazurów... drgały jakieś ruchy rzeczy niewiadomych...

Tak, snem tylko musiała być ta grota olbrzymia, zasnuta stalaktytami, co jak sople potworne zwieszały się ciężkimi spływami, zalana zielonym mrokiem, w którym zaczęły się poruszać nikłe, złote mżenia jak rój motyli świetlistych, a spoza nich wynurzały się ciężkie, nierozpoznane postacie, wypełzały jakby spod głazów z tych jam zielonych, z gąszczów zielonych cieniów, i procesją cichą, ledwie dojrzaną, poruszały się w szmaragdowej toni niby w wodzie rozedrganej... jakby płynęły okrążając krwawą wizję płomieni... dźwięki jakieś zadrgały, jakby tysiące harf naraz zajękły i skonały... rozsypali się po głazach niby rdzawe ropuchy... a zaraz potem wysunął się znowu długi orszak biało ubranych postaci o bosych nogach i obnażonych piersiach kobiecych... głowy wężów... głowy ptaków... głowy zwierząt... cały piekielny orszak złowróżbnego Seta, szli wolno, rytmicznie, dźwigając na ramionach długie, czarne mary nakryte, okrążyli płomień i ustawiwszy mary tuż przed nim, rozwinęli się po jego bokach jak dwa skrzydła białe...

Nagle rozległ się przerażający huk, błyskawica złotą pręgą przewinęła się wskróś groty, wszyscy padli na twarze, krwawe płomienie trysnęły w górę jak wulkan i opadły cicho, a natomiast jęły bić kłęby złotawych dymów kadzielnych, z których z wolna, w śmiertelnej ciszy stawania się... wyłaniała się postać Bafometa... wynurzał się z tych wylękłych, rozchwianych, z pobladłych płomieni... wyrastał jak groźna chmura z dogasającej otchłani... aż się zjawił cały, jak noc posępny i jak śmierć straszny... przykucnął na koźlich nogach...

Złote rogi półksiężyca rozbłysły na wąskiej, obnażonej czaszce... nagi był cały, wysmukły, młodzieńczy... siedział z szeroko rozwartymi kolanami, między którymi jak wąż jadowity wiła się krwawa błyskawica... opuszczone, długie ręce dotykały zakrzywionymi pazurami całunu mar stojących mu u kopyt złotych... czerwone, jakby z rozżarzonych karbunkułów, oczy błysnęły światłem i zdały się błądzić po głowach leżących przed nim w prochu wylękłej pokory... był okropny w piękności zimnej jak ostrze i zatrutej czarem śmiertelnym... posępny jak nieubłaganie... dzika słodycz lśniła się w boleśnie zaciętych ustach... brwi, ściągnięte i groźne, były jak łuki napięte pomstą i gniewem... a w twarzy chudej i wyniosłym, dumnym czole leżała utajona męka wiecznego buntu, nocy nieskończonej, krzywd niepomszczonych i wiekuistych błąkań, ciało miał przygięte i naprężone w przyczajonym skoku, że wydawało się, iż jawił się na mgnienie i zaraz rzuci się znowu w przepaście, przebiegać lodowate pustynie milczenia i biec zawsze, nieskończenie, wiecznie.

Zenon oprzytomniał wobec tego widziadła, czuł, że nie śpi, a nie mógł uwierzyć... bronił się przed szaleństwem... chciał uciekać... otaczały go zimne, nieubłagane, nieustępliwe mary, chciał krzyczeć z nagłej, obłąkanej trwogi, nie wydobył głosu, dźwięki pomarły mu w krtani jak poduszone w gnieździe pisklęta, zaczął bić i łomotać w tę ścianę przejrzystą, jakby szklaną, nawet nie zadźwięczała pod razami, poranił tylko boleśnie ręce i kolana i padł wyczerpany.

Dopiero po jakimś czasie uniósł głowę, ściana jeszcze jaśniała, jakiś śpiew przeciągły brzmiał monotonnie, słowa dziwne, ciężkie jak kwiaty spadały cicho, splatając się w modlitewny, uroczysty wieniec płomiennych szeptów:

– "Panie nocy i milczenia".

– "Bądź z nami" – odbrzmiewały echa.

– "Panie trwożnych i uciśnionych".

Łkały coraz namiętniej głosy; podniósł się, przytknął twarz do poczerniałej nieco ściany: grota była prawie niewidzialna, noc ją zapełniła, tylko pośrodku posąg Bafometa jaśniał niby skamieniała

w biegu błyskawica, a czarne mary stały wciąż pod nim, w kręgi
świateł z głębin cieni ów rwała się wolno uroczysta, przejmująca
psalmodia.
 – "Który zbawiasz wyklęte".
 – "Jedyny" – odpowiadały konające echa.
 – "Który utulasz pobite przemocą".
 – "Zemsto nieśmiertelna".
 – "Któryś rówien potęgą".
 – "Cieniu bolesny".
 – "Światłości, mściwie zepchnięta w otchłanie".
 – "Mocy spętana!"
 – "Mocy litosna!"
 – "Mocy święta!"
Zrozumiał naraz tę dziwną litanię, pamiętał ją, to była ta sama
melodia, jaką usłyszał wtedy na seansie, to były te same słowa,
których nie mógł sobie przypomnieć dotychczas... gdzie on je
słyszał i kiedy...
 Śpiewy się rozwijały, w stłoczonych i mętnych ciemnościach
zaczynało się coś dziać... nie mógł rozróżnić chwiejnych zarysów...
mgliste, białawe cienie wiodły się korowodem... opływały posąg...
snuły się jak drgające światła... a jakiś cień nachylił się nad
marami... wyraźnie rozróżniał stąpanie niewidzialnych nóg po
ostrym żwirze.. szepty jakieś... syczenie płomieni... ruchy
niedojrzane!...
 Naraz rozległ się przeciągły, żałosny ryk.
 – To Bagh! Bagh! – szepnął spostrzegając zarys pantery rzucającej
się na mary... opadła z nich płachta cieni ów i naga, wysoka postać
podniosła się wolno... Zadrżał do głębi, dałby w tej chwili całe życie
za możność dojrzenia jej twarzy... widział tylko jak przez gęstą
mgłę wysmukłe nagie ciało, owiane płaszczem rdzawych w oddali
włosów, stojące między kolanami Bafometa!
Głos mocny spiżowym dźwiękiem rozległ się donośnie.
 – "Czego chcesz?"
 – "Umrzeć dla niego!" – odpowiedział śmiało drugi.
 – "Chcesz poślubić śmierć?"
 – "Poślubiłam zemstę i tajemnicę".
 – "Przeklinasz A?"
 – "Przeklinam".
 – "Przeklinasz O?"
 – "Przeklinam".
 – "Przeklinasz M?"

- "Przeklinam!" - padały dźwięczne, nieustraszone słowa odpowiedzi.

Nie rozumiał już dalszej litanii przysiąg straszliwych i zaklęć mrożących krew, bo zasłuchał się całą duszą w oddźwiękach przysięgającego głosu, czuł po dreszczu, jaki w nim budził, że już go gdzieś słyszał... łowił go więc w sobie jak motyla, nie zwracając uwagi na przerażający rytuał, ciągnący się bez przerwy, aż w końcu zrozumiał jasno, że to była Daisy, że to ją poświęcono Bafometowi w tych tajemniczych obrzędach, ale nie zdziwił się temu, jakby już wyzbyty zdolności zdumiewania się czymkolwiek.

Ciemności pobladły i grota zaczęła się nieco rozjaśniać.

Daisy siedziała między kolanami Bafometa w takiej samej jak i on pozycji, opuszczone ręce dotykały pantery siedzącej u jej nóg, a nad jej głową, opłyniętą w złoty dym kadzielny, pochylała się zielonawokrwawa, smutna twarz Diabła, a jego ręce długie zdawały się obejmować ją wpół i przytulać do siebie, to jedno tylko widział dobrze, a reszta majaczyła przed olśnionymi oczyma jak korowód sennych, ledwie przypomnianych mar i zjaw.

Nie wiedział, skąd płyną, i nie wiedział, czy są poza jego duszą.

- Oto na poły zwierzęcy, złowrogi orszak Seta przywiódł białego baranka, którego jakiś człowiek z głową psa zabijał ciężkim, krzemiennym nożem i wśród ponurych śpiewów i przekleństw rzucono go na pożarcie panterze...

- Oto palono siedem ziół czarnoksięskich, skropionych krwią niewiniątka, i popioły rozsiewano w siedem stron świata.

- Oto zamajaczył korowód płazów i ropuch olbrzymich, wlokąc za sobą na słomianych sznurach rozpięte drzewo krzyżowe i wśród urągowisk i plwań, wśród piekielnego chóru chichotów i naigrawań podarto je w drzazgi, rozdeptano i rzucono pod kopyta posągu.

- Oto gromada potworów nieopowiedzianych, rozwyte stado strachów, wampirów, mar, zjawiła się jakby wylęgła z obłąkanego mózgu, niosąc na wiekach spróchniałych trumien symboliczną białą Hostię i wśród przerażających wrzasków, znieważań i wycia zwalono ją przed Bafometem.

- Oto zaczęły się wychylać na światło jakby wszystkie potwory katedr średniowiecznych, wszystkie larwy pokuszeń i lęków, tające się w duszach świętych, zjawiały się milczące, posępne, niosąc księgi święte, symbole, znamiona, wizerunki, szaty rytualne, zwalając wszystko na jeden stos ogromny; siedem krwawych błyskawic trysnęło z oczu Bafometa, siedem gromów runęło w stos, buchnęły płomienie, a wszystkie zjawy piekielne zawiodły dziki, rozchwiany, okrążający tan.

Gryzące czarne dymy przysłoniły postać Daisy i wzbijały się wysoko rozwichrzonymi słupami, zaciemniając grotę ponurym, nieprzeniknionym tumanem.

A Zenon pochylił się w sobie, jakby nad krawędzią świata nieznanego, spoglądał w tajemnice i jego oczy duszy pierwszy raz wybiegły poza siebie, poza głupią i leniwą myśl, poza fakty i rzeczy widome; pierwszy raz leciały przez jakieś nieprzejrzane obszary, przez jakieś dale czarowne, przez jakieś wyże i przepaście nieskończone, iż cofnął się olśniony, pełen świętej cichości przeczuwań i widzeń, jakiś wiew nieśmiertelnej mocy przewiał mu przez duszę.

– Nie trwóż się! Jestem przy tobie! – zadźwięczał tuż przy nim głos Daisy. Ukorzył się nagle w sobie, padł na twarz jakby u stóp niewidzialnej i głosem pokory najwyższej i oddania szepnął:

– Nic nie wiem, nic nie rozumiem, ale czuję, że jesteś przy mnie.

– Myśl, a znajdziesz mnie zawsze i wszędzie!

Dusza mu się zawarła na wszystko i padła w długie odrętwienie.

Kiedy powstał z ziemi, grota była w bladych, błękitnawych jasnościach skąpana. Bafomet stał jak krzew purpurowych ogni, a u jego stóp na rozkrzyżowane, białe ciało Daisy wpełzał czołgający się cień, jakby pantery, biorącej ją w uścisk.

Grota była pusta; nadludzki strach o nią tak sprężył mu siły zwątlałe, że krzyknął z całej mocy trwogi, i szaleństwa, rzucając się na przejrzystą ścianę, jakby chcąc biec na ratunek.

Wszystko naraz przepadło, brązowe drzwi zatrzasnęły się z hukiem, znalazł się znowu przed tą ponurą ruiną, niepewny, wahający i bezradny jak przedtem, jakby tam nigdy nie wchodził.

– Gdzie ona mogła zniknąć? – rozmyślał jak przedtem, niepamiętny niczego zgoła, wodząc zdumionymi oczami po rozwalinach, obszedł znowu dom i znalazłszy jak poprzednio wszystkie wejścia zabite na głucho, stanął zniechęcony, nie wiedząc, co z sobą począć. Świt się już stawał, łuny Londynu zaledwie się tliły przygasłymi zorzami na wzburzonym i pobladłym niebie, przesianym martwą jeszcze i szarawą jasnością, gwiazdy zamierały jak oczy przysłaniane martwiejącymi powiekami, chmury, ogromne, postrzępione, sinawe, leciały nisko z jakimś niemym krzykiem, wichura targała drzewami, które ze snu ciężkiego podnosiły przemoczone, czarne i rozbolałe gałęzie, dzień wstawał wolno i ciężko, boleśnie przemokły i odrętwiały z zimna;

wszędzie lśniły sinawe kałuże wody, twarde zarysy ruin potężniały w brzaskach, głuche i ślepe jeszcze pola dźwigały się z ciemności, świt stawał się w chaosie mroków blednących...

I Zenon jakby się podniósł z nocy niepamięci o sobie, zbudziło go zimno i wicher, więc nie namyślając się już, oderwał się od ruin i poszedł śpiesznie do stacji.

Pod drzewami noc się jeszcze tłukła strwożona. Szedł aleją drzew ogromnych, szarpanych wichurą i wyjących dziką pieśń zimowego poranku... jakiś paw zabłąkany krzyczał w żywopłotach... stado wron zerwało się z gałęzi, ginąc w mrocznej kurzawie świtów, posypały się nań połamane gałęzie i przysiadł bezwiednie w jakimś gąszczu, aby przeczekać huragan szalejący coraz potężniej.

I pozostał już tam, jakby uwięzły w wichurze i oczarowany rozwieją żywiołów, zespalał się z nimi, łączył w ponurych wyciach huraganu, śpiewając razem dziką, bezładną i przepotężną pieśń bez słów, pieśń upojeń, pieśń ślepych a nieśmiertelnych sił przyrody.

Zapomniał o powrocie, poszedł w park, błądził między drzewami, utonął w rozmytych ciemnościach, był przytomny, a nie wiedzący, co się z nim dzieje, dojrzał jakiś kwiatek roztlały w zwiędłych trawach i przycisnął go do ust rozpalonych; nagła, niezmożona tęsknota rozparła mu duszę taką miłością i taką głodną żądzą stopienia się ze wszystkim, że podniósł się, zbratany z nocą i wichurą, podobien w czuciu drzewom i niebu, spotężniały mocą tkliwości niezmiernej, że przytulał się do drzew, klękał przed krzakami, obejmował gałęzie, całował trawy zeschłe, oblewając serdecznymi łzami szczęścia te istoty najdroższe i najświętsze, zagubione dawno i odnalezione niespodziewanie.

VI

Pokój był szary i smutny od dnia rozdeszczonego i mgieł, co jak pasma dymów wciskały się do mieszkania, osnuwając ściany i sprzęty w popielną, lepką i zimną przesłonę, deszcz brzęczał po zapoconych szybach i był jedynym głosem szemrzącym nieustannie w zmartwiałej ciszy.

Joe siedział przy łóżku Zenona razem z doktorem, który co chwila badał puls śpiącego i niecierpliwie spoglądał na zegarek.

Milczenie stawało się już nieopowiedzianie nudne i senne.

– Ciekawym, jak jeszcze długo potrwa ten sen? – szepnął doktor.

– Najdłużej z pół godziny.

– Trzy dni i trzy noce to sen wprost niepojęty!

– Dla medycyny!

– Dla nikogo! – odparł z naciskiem, podnosząc dumnie głowę.

Joe uśmiechnął się ze słodką, lecz zabijającą pobłażliwością.

I znowu zapadła cisza i przydławione zniecierpliwienie; doktor patrzał w okno na szklane, skośne włókna deszczu, trzepiącego w czarne, pochylone drzewa. Joe siedział nieruchomie, z przymkniętymi powiekami, a chodzący w drugim pokoju mr Smith zaglądał co chwila przez rozchylone portiery, aż wreszcie wsunął się cicho i rzekł lękliwie:

– Trzeba, aby zapomniał; to go najpewniej uleczy...

– O czym mam zapomnieć? – ozwał się naraz Zenon otwierając oczy.

– O... własnej chorobie! – pośpieszył z odpowiedzią Joe biorąc go za rękę.

– Jak to, ja jestem chory? – Zdumienie go ogarnęło.

– Już przeszło wszystko, nie sil się na przypomnienie, nic strasznego.

– Ależ niczego sobie nie przypominam.

– Omdlał pan widocznie z przepracowania! – szepnął mr Smith.

– Nie, nie, mr Smith żartuje – zaprzeczał energicznie Joe.

– Omdlałem, kiedy? – usiłował nawiązać porwane przypomnienie snujące się po mózgu, ale znalazł się nagle w ciemni, nikłe błyski wymknęły mu się ze świadomości jak ratunkowe sznury z rąk tonącego, spojrzał na Joe i zadrżał... usiłował powstać z pościeli... chciał krzyknąć... pragnął coś powiedzieć i pozostał zesztywniały, z wyciągniętą ręką... z pustym dźwiękiem na zbielałych wargach... z przewróconymi oczami... porażony do rdzenia jego stalowym, hipnotyzującym wzrokiem, rozprężył się naraz i padł uśpiony.

– Będziesz spał do rana mocno i spokojnie, obudzisz się zdrowy, nic już nie pamiętasz o niczym, o niczym! – sugerował mu z siłą, czyniąc nad nim długie, usypiające ruchy rąk. Doktor chciał protestować, ale było już za późno. Zenon zapadł w kamienny sen, głuchy na wołania i próby budzeń.

– Tylko mnie słyszysz i mnie rozumiesz, i mnie odpowiadasz! – szeptał mu Joe naciskając mu palcami skronie i oczy.

– Chciałem, aby wypoczął nieco i pożywił się; jest straszliwie wyczerpany –tłumaczył się doktor.

– Czekałem na jego przebudzenie, aby go uśpić zaraz, zanim zdoła się w nim rozbudzić świadomość, potem byłoby za późno, już by nikt nie spętał rozbudzonej myśli.

– A czyż można ją tak uśpić, że przebudzony nie będzie pamiętał o niczym?

– Ale można ją wyrwać i zatracić w niepamięci.

– Ciekawy, ale wątpliwie skuteczny eksperyment!

– Konieczny dla jego ocalenia i najpewniejszy! – rzekł twardo. Przeszli do drugiego pokoju. Doktor jeszcze obmacał puls, zmierzył temperaturę, zajrzał śpiącemu w przewrócone białkami oczy i wyszedł, a mr Smith zamknąwszy za nim drzwi szepnął trwożnie:

– Co mu się stało? Czy to wpływ Daisy?

– Nie wiem... boję się, że tak... sprawa zupełnie zagadkowa... sam nic nie wiem i niczego nie rozumiem... ale będę nad nim czuwał ze wszystkich sił... posiedzę przy nim do rana. Mr Smith zakręcił się po pokoju, obejrzał swoim taksatorskim, głodnym wzrokiem wszystkie obrazy, popieścił lubieżnymi palcami brązy i przysunąwszy się krętym, kocim ruchem, zapytał pokornie:

– Czy naprawdę występujesz z naszego kościoła?

– Wszak napisałem wam o tym wyraźnie i stanowczo.

– Zrywasz z nami na zawsze?

– Nie zrywam, tylko odtąd idę swoją własną drogą.

– Proszę cię w imieniu całej braci, abyś szedł z nami.

– Po co, gdzie, dokąd? – odrzekł niecierpliwie, prawie z gniewem.

– Ty wiesz, któryś razem z nami wznosił świątynię...

– Tak, ale przejrzałem i wychodzę na światło.

– Runie, jeśli ją przestaniesz podtrzymywać.

– Niechaj runie wszystko, co samo nie stoi, czego nie wspiera potęga własnej treści. Byliście mi etapem w ciężkim pochodzie ku prawdzie, jestem wam za to wdzięczny, ale muszę iść dalej koleją swego przeznaczenia.

– Pogardę czuję w tobie – szepnął ze smutkiem.

– Nie, mam tylko dosyć wirujących stołów, pukań, zagrobowych bełkotów i tego kręcenia się wśród kurzawy głupich faktów! Wasz spirytyzm jest tylko wulgarnym i dzikim fetyszyzmem sił przypadkowych i zjaw halucynacyjnych, jest wiarą ślepych i słabych. Stworzyliście kościół, w którym króluje medium mniej lub więcej oszukujące; kościół, który nie wiedzie do niczego, nic nie rozjaśnia i nikogo nie zbawia!

– Zali nie byłeś jego apostołem? – jęknął mr Smith.

– Wczoraj jest tylko cieniem na jaśni d z i s i a j, marzącego

o j u t r z e...
– Zali nie pracujemy dla jutra?

– Nie, świat gnije w zbrodni i hańbie, a wy żebrzecie o zmiłowanie u mar struchlałych i pragniecie cudów jedynie na karm rozgorączkowanych wyobraźni. Jutro wytęsknione przez miliony nie wstanie z tego, bo to tylko poniżający strach przed nieznanym. Nie zbawia się jękiem ni łzami... Zły świat należy zdruzgotać i rozwalić do fundamentów, aby nowy mógł powstać z ruin, a trzeba go stworzyć czynem, czynem woli spotężnionej ł a s k ą. Kto jej nie osiągnie, nawozem jest tylko dla przyszłych pokoleń... Kto chce być, musi zabić własnego trupa; aby się mógł stać, musi zwalczyć życie i samego siebie. Nieśmiertelność płynie przez wszystko nieskończoną rzeką, ale nieśmiertelna jest tylko wola, prześwietlona ł a s k ą i powracającą tęsknią do Niego. Mówię za wiele i za mało równocześnie, daruj, streszczę się: oto rozeszły się nasze drogi na krzyżowym rozstaju, przy rozpiętym drzewie niechaj pozostaną trwożni i słabi, niechaj oczekują zmiłowania, my pójdziemy w otchłanie!

– Pycha jest wiarą twoją! – rzekł drżąco i wyszedł.

– Nie... nie... – szeptał Joe pogrążając się w zadumie.

Zmierzch zaczął z wolna zapadać, turkoty ulic milkły, oddalały się, światła jęły błyskać w mgłach przez nieruchome, oprzędzone w szarość drzewa.

Zenon spał snem równym i mocnym, przygaszone, lękliwe światełko przy jego łóżku żarzyło się złotym brzaskiem w ciemnościach, a reszta mieszkania zanurzała się w gruby, nieprzenikniony mrok.

Joe pozamykał drzwi, pospuszczał story u okien i długo stał w najgłębszym skupieniu, w niemej modlitwie, jaką odprawiał zawsze przed seansem, aż wreszcie poszedł do pierwszego pokoju i usiadł na podłodze obok kominka, wspierając się grzbietem o ścianę – w głębi, przez pootwierane drzwi i rozchylone portiery, widniał słaby zarys śpiącego.

Przysiadł na podwiniętych nogach, by się zapaść w siebie i rozdwoić, by się wyłonić na zewnątrz sobowtórem i ujrzeć siebie poza sobą, nie zrywając jedni rozszczepić się i być tej jedni dwiema tożsamościami, podwoić się w rozdwojeniu nie przestając być sobą; były to wstępne praktyki Joe, prowadzone z żelazną konsekwencją pod wpływem i kierunkiem Mahatmy.

Wnet znieruchomiał i jakby zastygał; mimo męki tej pozycji skurczowej nie poruszył się jednak ni razu, nie zadrgał z bólu, przemagał z wolna ciało, zabijał wrażliwość i krzepiąc się cierpieniem znoszonym bez drżenia ściągał rozproszone myśli w jeden punkt, w jedno przerażające mocą pragnienie je zamykał: ujrzenia samego siebie.

Daremnie rozedrgane życiem przypomnienia jakieś budziły się w głębi mózgu; daremnie tłumny szereg obrazów, zdarzeń, zarysy twarzy, dźwięki głosów wydzierały się zgiełkiem na pole świadomości, obsiadając mu duszę zjawami prawie widzialnymi, zabijał je spychając na samo dno zapomnienia, ogarniał siebie coraz potężniej, krzepnął zapadając w świadomie wywoływaną katalepsję.

Otwarte szeroko oczy patrzyły nieruchomo, szklisto a czujnie, napięte strasznym oczekiwaniem widzenia.

Parł się z wolna z siebie, wydzierał z więzów ciała, smagał z nieubłagalnością własnego trupa, szponami woli wyłupywał z siebie własną duszę, stwarzając z niej drugi, swój własny i tylko przez siebie widziany i czuty byt.

Godziny płynęły wolno, cicho, niepostrzeżenie, przesuwały się jak sen nocy po oślepłym zwierciadle, stawały się nie będąc, przychodziły z nieznanych głębin i marły niezapamiętane, wydzwaniał je zegar, gdy już ich nie było i jeszcze nie nadchodziły, stwarzały wszystko same, nie stając się niczym, znaczyły swój ślad błędny tęsknotą i rozmarzeniem, a czasem łzami, a niekiedy śmiercią...

Miasto spało ciężkim snem spracowanych kamieni, spowitych w niepokojące marzenia, głucha noc patrzała ślepą twarzą w ostygły świat.

Zenon spał bez przerwy, w mieszkaniu leżało odrętwiałe, senne milczenie, tylko niekiedy ciemność i cisza przemawiały nikłym cieniem nieopowiedzianego, szemrały dawno pomarłe dźwięki i barwy... jakieś utajone trwożnie życie poczynało się zjawiać... martwe zdawało się żyć... ściany szeptały... brązy śpiewały żałośnie, jakby jękiem dusz błądzących koło swoich cielesnych, awatarów... twarde mahonie podnosiły tęskny glos... a z muszli leżących na kominku promieniowały roztęsknione szumy mórz dalekich, obszarów pławiących się w słońcu, emanacje rozkołysanych głębin, życie inne, życie rzeczy wszelkiej drgało w ciemnościach.

...W cieniach zawsze się kryją straszne zjawy, noc ma wieczną swoją tajemnicę.

Samotność i cisza odkrywa niekiedy nieznane łono, stare

zwierciadła zaczynają przemawiać, pokazując to wszystko, co się w nich niegdyś jawiło.

Wszystko, co jest, ma swoją duszę, poślubioną milczeniu i tajemnicy...

Joe siedział wciąż w najwyższym, prawie skamieniałym napięciu woli, był już tylko snem poczynającym samego siebie poza sobą...

Obtulała go cisza mrących z wolna godzin, nie wiedział o niczym, zapatrzony w głąb strasznego pożądania, jego zgięta i we czworo złożona postać zaczynała się wyłaniać z nocy fosforencyjnym obrazem, jaśniał jakby obsypany błękitnawym brzaskiem, oczy mu gorzały zastygłą strugą sinego światła... a z palców zaciśniętych, z włosów, ze wszystkich stawów wydzielał się pył świetlany, promieniował cały!

Naraz drgnął w sobie i jakby jeszcze natężył marzenie... oto zamajaczył przed nim cień jakiś... w czarnej otchłani zawirował mgławy i rozpryśnięty zarys... chwiał się płomieniem... stawał się z wolna... przyjmował kształt ludzki i nieruchomiał... zaczął widzieć kogoś siedzącego naprzeciw i zapatrzonego przed się...

Zrozumiał, że stał się ten cud upragniony, widział się już bowiem siedzącym na pdwiniętych nogach, skupionym i nieruchomym, takim samym i tym samym, we własne oczy patrzał i we własną twarz, jakby zwierciadlane odbicie oderwało się i siadło naprzeciw niego...

Zachwiał się naraz, jakaś mgła przysłoniła mu świadomość na mgnienie... że gdy się znowu podniósł w sobie, nie mógł zrozumieć, gdzie jest, którym jest z tych dwóch rozszczepień...

Podniósł się nagle z ziemi pod wpływem świętej radości cudu, ten drugi on podniósł się również, stali naprzeciw siebie z tym samym cichym, szczęsnym uśmiechem, z tym samym czuciem siebie.

Każdy ruch duszy, każda myśl i każde drgnienie czucia było w nim podwójne i tożsame, rozdzielone a jedne.

– To ja tam jestem, ja! – myślał, czuł raczej, pochylając się naprzód – sobowtór uczynił toż samo i z tym samym uczuciem zdumienia. Posunął się do siebie o krok jeden i przystanął, tamten również, zajrzeli sobie w oczy i długo, mocno, do najtajniejszych głębin patrzyli z tym uczuciem trwożnego podziwu, z jakim człowiek spogląda w siebie niekiedy, bo nie ma nic bardziej przerażającego nad usuwanie się świadome w przepaście własnego ja.

– I gdzie ja jestem – Spostrzegł nagle wiecznie czuwającą myślą, że cały pokój widzi równocześnie z dwóch przeciwległych sobie punktów, że rozpatruje siebie z dwóch przeciwnych stron... czując się w obu zjawach z jednaką mocą i zupełnością.

Przymknął oczy, aby ciszej i radośniej śnić ten cudowny sen o sobie, pogrążał się w marzenie niewyrażalne zgoła, w marzenie o marzeniach.

Niekiedy powracał z nieśmiertelnych krain tęsknoty, jak ptak znużony samotnym lotem w bezmiarach, krążył nad życiem i odlatywał strwożony w nowe otchłanie snów o snach.

Niekiedy otwierał oczy, przyglądał się sobie z uśmiechem niewysłowionej tkliwości, z uśmiechem nadludzkiego szczęścia i znowu śnił nieśmiertelność.

Niekiedy zaś całą pamięcią ciała powracał na ziemię, przypominał sobie życie i wszystko ogarniał, a wtedy to drugie jego ja unosiło się przed nim, krążyło z wolna i nieustannie po mieszkaniu, zajmowało się czymciś nie bardzo rozumianym przez niego, czymciś błahym, pewnie życiowym, bo on spostrzegając ten swój awatar życiowy szeptał prawie rozkazująco:

– Idź, myśli moja... stawaj się życiem... wypełniaj konieczność i przeznaczenie... idź... ja wracam do Niego...

I pochylał się roztęskniony w ramiona nieskończoności, padał w tajemnicze, samotnie królujące M i l c z e n i e.

Noc już dochodziła swego kresu, pokój napełniał się z wolna szarym świtem, jakby popielnym brzaskiem rozwianych w pył, pomarłych godzin ciszy... z mroków poczynały się leniwe zarysy sprzętów...

Jeszcze senny ruch budził się w odrętwiałym domu... życie codziennie przytomniało po ciężkim śnie odpoczywania... zjawiały się pierwsze, nieśmiałe głosy dnia... jakiś poranny wiatr z szumem otrząsał zimną rosę z drzew pokurczonych... ulice poczynały bełkotać głucho... dzień spadał na budzących się jak głodny wilk i porywał w drapieżne pazury trudu krwawego.

Tylko Zenon spał wciąż, a Joe siedział pod ścianą na podwiniętych nogach, zesztywniały, z szeroko otwartymi oczyma, ale w zupełnej katalepsji.

Dopiero ostre i gwałtowne dzwonienie u drzwi wchodowych wyrwało go nagle z odrętwienia; porwał się na nogi.

Malajczyk stał w progu, zakłopotany wielce.

– Czego chcesz? – mówiłem ci, abyś czekał na mnie w domu!

– Miss Daisy kazała mi obudzić pana i powiedzieć, że mr Zenon ma już dosyć snu i że trzeba go zostawić samego.

– Spotkałeś ją na schodach? – zdumiony był tym szczególnym nakazem...

– Przychodziła na górę... kazała mi iść – tłumaczył się lękliwie.

– Dobrze, naszykuj kąpiel, zaraz przyjdę.

Zdumiał się jeszcze więcej ujrzawszy Zenona siedzącego na łóżku i zgarniającego palcami rozsypane na kołdrze fiołki.

– Dawno nie śpisz?

– Przed chwilą się przebudziłem. Kto to przyniósł i rozsypał?

– Właśnie o to samo chciałem cię zapytać.

– Śniło mi się, że Daisy rzuciła na mnie pękiem kwiatów, śniło mi się przed chwilą, że przebudziwszy się myślałem, iż to sen te kwiaty.

– Nie, to są rzeczywiste kwiaty, jakiś tajemniczy aport! – szepnął pomagając mu zbierać fiołki, bo pełno ich było na łóżku, świeżych, wonnych, jeszcze rosą błyszczących, iż zapełniły mieszkanie wiośnianym aromatem.

– Jak się czujesz?

– Zupełnie dobrze, ale co mi się stało właściwie, bo nic nie pamiętam?

– Ależ prawie nic, omdlałeś na ulicy... to wszystko...

– Omdlałem?... dziwnie nic nie mogę sobie przypomnieć... mam jakieś przypomnienia w sobie, ale tak zamglone, że nic dojrzeć nie mogę, czuję tylko ich ruch zgiełkliwy i niepokój... otacza mnie mrok... a teraz te fiołki...

– Są od niej!

– Była tutaj, była u mnie? – wykrzyknął zdumiony.

– Zwykły aport. Nie potrzebowała przychodzić aż tutaj, aby ci je rzucić na piersi.

– Być może, ale nie bardzo wierzę w te cudowne aporty.

– Cuda się z tobą dzieją, cuda stają się dokoła ciebie, ty zaś nic nie spostrzegasz, jesteś ślepy na światło – mówił z pewną goryczą.

– Prawda, że ze mną dzieją się rzeczy nadzwyczajne, niewytłumaczone... Przypomniał sobie naraz jakieś rozproszone strzępy zdarzeń i uczuć.

– Czuwałeś dzisiaj w nocy nade mną? Bo coś sobie przypominam.

– Byłem przy tobie, byłem... – drgnął nagle i rzucił się gwałtownie w tył, bo oto znowu ujrzał samego siebie stojącego naprzeciw.

– Co ci się stało?

– Nic... nic... Powiedz mi, gdzie ja jestem? – wyszeptał trwożnie, śledząc to drugie swoje ja, również pochylone nad Zenonem i szepczące mu do ucha.

– No, tutaj, przy mnie... Nic nie rozumiem... – zaniepokoił się jego wzburzeniem.

– Weź mnie za rękę... mocno trzymaj... silniej... – Jęknął żałośnie, padając na krzesło; z zamkniętymi oczyma, na pół przytomny, długo siedział bez ruchu, w najstraszniejszej trwodze, że skoro otworzy oczy, znowu siebie ujrzy.

– Czy sami jesteśmy? – .zapytał ledwie dosłyszalnie.

– Ależ najzupełniej, nikt nie wszedł...

– Przejrzyj mieszkanie, proszę cię... – strach dygotał mu w głosie.

– Zapewniam cię, że prócz nas nie ma nikogo więcej.

Otworzył wtedy oczy i ze strachem przyczajonym rozglądał się dokoła.

– Strasznie czuję się zmęczony i senny – rzekł po chwili.

– Co ci się stało?

– Zdawało mi się przez chwilę, że ktoś wszedł tutaj – wstrząsnął się nerwowo, rozglądając się po pokoju – ale, jeśli będziesz mógł, jedź dzisiaj do Bartelet Court, tam czekają na ciebie z upragnieniem.

– Z pewnością pojadę; wczoraj nie mogłem przyjechać za tobą, późno, było i...

– Wczoraj! trzy dni temu byłem... przypomnij sobie... przypomnij... – powtórzył mocno, uderzając w niego stalowymi oczyma.

– Trzy dni... więc ja cały ten czas byłem bezprzytomny... Nie mogłem wtedy pojechać do Betsy, bo... tak, wiem już... pamiętam... Zerwał się, olśniony przypomnieniami, mrok się w nim rozdarł, że nagle ujrzał to wszystko, co przeżył i widział.

– Pamiętasz teraz? – pytał cicho, chcąc mu wydrzeć tajemnice.

– Wszystko, wszystko...

– Opowiedz kolejno, mniej się zmęczysz... – podsunął mu podstępnie, nie zdejmując z niego oczu hipnotyzujących.

– Nie, nie mogę, nie... – bronił się zajadle, bo naraz zabrzmiało mu, jakby tuż nad uszami: "Bądź bez trwogi, milcz".

– Jeśli to tajemnica, nie żądam jej... ale jeszcze ci raz powiem, że się strzeż Daisy, ona stanie się twoim nieszczęściem – szepnął groźnie.

– To będzie, co przyjdzie... Niechaj się stanie, co się stać ma... Nie w mojej mocy odwrócić przeznaczone – odparł z nieoczekiwaną stanowczością.

– Daruj, ale musiałem spełnić swój przyjacielski obowiązek...

– Nie żal, ale wdzięczność mam tylko dla twoich ostrzeżeń...

– I niczego się nie lękasz? – zapytał jeszcze.

– Nie wiem; zadaje mi się, że zamarła we mnie sama możność obawy.

Joe uścisnął mu rękę i odszedł w milczeniu.

– Niechaj się stanie, co ma się stać – szepnął sam do siebie z jakąś cichą i zupełną determinacją. Nie bronił się już i nie wydzierał przeznaczeniu, poczuł nagle w głębiach swej istności, jakby w rdzeniu duszy, że musi być posłuszny, więc pochylił się kornie przed n i e z n a n y m i czekał na wyrok bez drżenia.

Pamiętał teraz wszystko i w najdrobniejszych szczegółach, lecz się nie dziwił niczemu ni przerażał, ni chciał zrozumieć otaczające go tajemnice...

Nawet mu na myśl nie przychodziło pytanie: dlaczego? kto?

Zdawał się trwać jak człowiek zabity w bitwie, ściśnięty w szeregi i porwany wichurą żywych, który idzie razem ze wszystkimi, patrzy, spostrzega, coś czyni bezwiednie, coś nawet myśli automatycznie, a gdy się rozerwą szeregi, pada martwy.

Czuł się tylko dziwnie słaby fizycznie i tak roztkliwiony, że odczytując listy Betsy, rozpłakał się nad jej troskliwością.

– Biedne dziecko – rozmyślał o niej ze współczuciem bardzo silnym, nie wiedząc sam, dlaczego się nad nią lituje.

Niedługo to jednak trwało, ustępując miejsca niewytłumaczonemu niepokojowi i zdenerwowaniu; nie potrafił myśleć o niczym i nie był wstanie zająć się czymkolwiek; zrywał się co chwila z miejsca, bo zdawało mu się, że go ktoś woła w przestrzeni, że musi gdzieś biec... coś robić... z kimś się spotkać... Przypomniał sobie jakieś pilne sprawy i zapomniał o wszystkim, bo ten nawołujący głos brzmiał w nim coraz wyraźniej. Ale kto wołał i gdzie, nie mógł zrozumieć.

Stawał bezradnie, nasłuchując w skupieniu najgłębszym.

Tak, był już zupełnie pewny, że woła go jakiś głos przytłumiony, daleki, że ktoś na niego czeka i myśli o nim.

Tysiąc razy rzucał się wytężoną, szukającą myślą w próżnię odgadywań i tysiąc razy opadał, zniechęcony daremnym wysiłkiem.

– Kto mnie woła? – pytał głośno w najwyższym zniecierpliwieniu...

Odpowiedzi nie było, ale i to wołanie głuche nie ustawało ani na mgnienie, drgało mu w sercu jak daleki, daleki krzyk tęsknoty.

A chwilami słyszał tak wyraźnie, jakby kto wołał za oknem, przez ścianę lub na korytarzu, ale pod oknami drzewa szumiały rozkołysane i szczebiotały tylko zziębłe ptaki, a na korytarzach było prawie pusto.

Wracał do mieszkania rozdrażniony coraz więcej i tak znużony wysiłkami daremnych odgadywań, że położył się w końcu na otomanie i zasnął.

Przeszło południe i zmrok już zapadał, gdy się przebudził.

– Pójdź! – zabrzmiał mu głos jakiś nad uchem. Śpiesznie się podniósł i rozglądał nieprzytomnymi oczyma po pokoju. Nie było nikogo, mrok się już rozpościerał gęsty, szare, smutne tumany przysłaniały wszystko, meble zaledwie widoczne były zarysami, a zwierciadła szarzały jak mętne tafle lodowe.

Jeszcze słuchał tych mrących w ciszy dźwięków, gdy nagle zwierciadło zamigotało błyskawicą; w lustrzanej głębi poczęło się coś stawać, gąszcze drzew i kwiatów wyłamały się jakby z przesłonecznionych mgieł.

Obejrzał się trwożnie, pokój ciemniał z wolna i zapadał w nocy, ale tam, za zwierciadlaną powierzchnią, w dziwnej rozbłyskującej jaśni, wychylała się jakby wizja podzwrotnikowego lasu, wyniosły tłum palm pierzastych osłaniał nieskończoną drogę jakby tunel zielony. Przysunął się bliżej, nie mogąc oderwać oczu, bo z tych głębin, wprost ku niemu, nadchodziła Daisy.

– Pójdź!

Widział poruszenie jej ust i przyzywające, rozgorzałe oczy.

Zadrżał do głębi, rozpoznał głos i poszedł jakby wprost przed siebie do niej, poszedł jakby w tę głąb zwierciadlaną, straciwszy świadomość, co się z nim dzieje, ale z tym radosnym drżeniem, że odnalazł wreszcie poszukiwaną.

Przeszedł jadalnię ciemną, niby przez zwały nierozpoznanych rzeczy, wpatrzony wciąż w Daisy zbliżającą się ku niemu.

Oprzytomniał naraz, znalazłszy się w oranżerii.

Tak. Daisy tam czekała na niego przy fontannie z kwiatem magnolii w ręce; Bagh tuliła się miłośnie do jej kolan, zaglądając w oczy.

– Jestem! – szepnął stając przed nią.

– Ma pan oporną duszę.

Spojrzał na nią nie rozumiejąc.

– Dawno pragnęłam pana ujrzeć, dawno już przyzywałam.

– Słyszałem nie wiedząc, kto mnie woła!

Fontanna szemrała cicho, rozpryskując rosisty pył na kwiaty migdałów, które jak różowy obłok wznosiły się z zielonych głębin gąszczów; mocne, przenikające zapachy kwiatów przepełniały oranżerię.

– Pamięta pan? – zapytała dotykając jego ręki.

– Wszystko...

– Kto tam był ze mną, jest Jego!

– Jestem twój, pani, twój! – powtórzył chyląc przed nią głowę.

Uśmiech jak radosna błyskawica rozjaśnił jej twarz bladą, oczy strzeliły potężnym płomieniem, a purpurowe usta zaszemrały:
– Więc niechaj się stanie, czy tak?
– Co się ma stać! Tak, tak, myślałem, tego pragnę.
– I jesteś gotów?
– Choćby na śmierć! – zawołał namiętnie, zapominając o całym świecie. Utopił w niej całą duszę.
Patrzał w nią pokornie niewolniczymi oczyma oddania i zależności, czując, iż jest związany z jej duszą na zawsze, że jeśli ona powie: Umrzyj! – to spełni ten nakaz z rozkoszą.
Ujęła go za rękę, wiodąc w zaciemnioną głąb, pod bambusowe krzewy. Tam usiedli: pantera patrzała na nich zielonymi, stróżującymi oczyma.
– Mam kilka słów do powiedzenia, kilka ważnych słów.
– Czekałem na nie z utęsknieniem...
– Jeżeli chcesz, możemy pojechać na ten słoneczny brzeg, o którym niegdyś opowiadałeś... Parę tygodni... przepadniemy dla ludzi... będziemy śnili nadludzkie szczęście...
– To droga wykreślona wtedy na mapie tam wiodła?
– Do wykradzionego od życia szczęścia wiodła!... – szepnęła.
– Nie mogę się przebudzić! – ozwał się ściskając sobie głowę.
– Zginiemy na kilka tygodni, ale potem pamięć tego czasu musi w nas umrzeć... Będziemy dla ciebie tak obcy i dalecy jak dotychczas.
– Jakże pamięć szczęścia może w nas umrzeć!
– Chcesz?... – zapytała znowu, zaglądając mu z bliska w twarz. Pochwycił jej ręce i przycisnął do ust.
– Mów do mnie, obudź mnie, niech uwierzę, iż to nie sen, błagam cię... – szeptał nieprzytomnie i gorączkowo.
Wpatrzyła się w niego rozgorzałymi jak płomienne otchłanie oczyma, stała się jak kwiat cudny, rozkwitły nagle przepychem barw i dyszący upajającymi aromatami, usta jej drgały, aż nachylając je prawie do jego ust, szepnęła:
– Tylko sen możemy śnić razem; życia nam nie wolno.
– I kiedy się ma to stać? – pytał z lękiem, że wnet się rozwieje wszystko.
– Może dzisiaj jeszcze... może jutro... Nie wiem, ale kiedy nadejdzie ta chwila, zjawię się przed tobą, i ty...
– A ja pójdę za tobą! O Daisy! O Daisy! ja śnię rzeczy nieopowiedziane...
– Będziemy śnili o sobie... prześnimy nasze dawne istnienia i awatary.

– Słowa twoje mnie budzą, zmartwychwstaję w tobie...
– Bom jest tobą, jak kwiatem jest jego aromat!
– Musiałem cię już dawniej kochać, dawniej i zawsze...
– Bo zawsze byłam przy tobie i zawsze byłam twoją duszą...
– Wiem... przed czasami... przed istnieniem... musiałem być
słońcem i zgasłem, utonąłem w bezmiarach twojej źrenicy świętej.
– Pójdziesz ze mną? – wsparła oczy swoje ma jego oczach
nieruchomych.
– Choćby w śmierć! Kochasz mnie? – zamierał z nadludzkich
wzruszeń.
Ale Daisy porwała się z miejsca, bo pantera podniosła się nagle i
wsparłszy się łapami o basen fontanny, zaczęła ponuro wyć... a
jemu się wydało, że spoza strug wody wychyla się smutna i groźna
twarz Bafometa, rozbłysła krwawymi oczami...
– Idę w wieczny sen o tobie! – majaczył padając na ławkę.

VII

– A potem już chyba śmierć! – myślał po długim milczeniu,
podnosząc rozgorzałe oczy. Daisy już nie było, tylko Bagh,
czołgając się po wrębie basenu, skomlała tęskliwie, a rozmotany
pióropusz fontanny dzwonił trwożliwym, rozełkanym szmerem;
chwiały się liście palm i z zielonych gąszczów przebłyskiwały
jakieś kwiaty, podobne oczom zaczajonym tak niemo a drapieżnie,
że zatrząsł się i śpiesznie wyszedł z oranżerii.
Ale głos Daisy wciąż w nim śpiewał; wciąż słyszał jej słowa
spadające mu na duszę rosą wonną i palącą; wciąż widział jej oczy,
przenikały go niby ostrza dręczące bolesną rozkoszą... Przepalał go
straszliwy żar ekstazy, miotał nim wicher szczęsnego szaleństwa,
unosił w nieba i rzucał w odmęty niepojętej zgrozy, na jakieś
głuche, umarłe dna wyczerpania. A wśród tego chaosu i strzępów
myśli wiło się przez niego tylko to jedno mocne i świadome
uczucie, że musi być posłuszny jej woli, musi, i że ta konieczność
ofiary z siebie i zatracenia się ma niewypowiedzianą słodycz
zamierania.
– A może ja śnię? A może wszystko jest tylko halucynacją? –
Zachwiał się w nagłym przypływie wątpliwości. Za oknami słaniał
się smutny, zadeszczony dzień, chaos miasta, zatopionego w
strugach wody spływającej nieustannie i mgłach.

Naraz obejrzał się na zwierciadło, połyskiwało martwą, sinawą taflą, odbijając w sobie cały pokój i jego twarz dziwnie pobladłą i zmienioną.

– Ale czy to ja jestem? – Wydał się sobie tak niepojęcie inny, tak strasznie obcy i nieznany, że aż się cofnął w bezradnej trwodze.

– Przecież jestem! Widzę, czuję, stwierdzam! – myślał dotykając różnych przedmiotów; czuł chłód brązów, miękkość jedwabnych obić, rozróżniał barwy i kształty, spostrzegał różnice i nieco tym uspokojony, usiadł do fortepianu, ale nie potrafił nad nim zapanować, gdyż spod palców rwały się jakieś bełkotliwe, splątane krzyki. Uderzył klawisze z mocą, władczo, aż fortepian zajęczał i popłynęła dzika melodia, podobna do jęków i chichotów szamocących się szaleńców.

– Radosny jestem i szczęśliwy, a coś we mnie płacze, coś się trwoży, ale co? Co? – pytał z uporem i nie znalazłszy odpowiedzi rzucił się na otomanę i ukrywszy twarz w poduszkach, usiłował zapomnieć o wszystkim. Nim jednak pogrążył się w niepamięci, odezwał się jakby tuż nad nim głos Daisy. Zerwał się gwałtownie, głos brzmiał już w pewnej odległości, ścichał.

– Gdzie jesteś? Gdzie? – wołał przeszukując całe mieszkanie, a musiała gdzieś być, poczuł bowiem zapach jej perfum, słyszał jej kroki, szelest sukien roznosił się wyraźnie.

– Daisy! O Daisy! – wybuchnął naraz, wyciągając ręce do zwierciadła, w którym zamajaczył jej zarys, niby utkany z perlistej mgły, błysnęły jej fiołkowe oczy, uśmiech rozkwitnął wskroś bielm i nim dobiegł, wszystko się rozwiało i przepadło.

Długo czekał zapatrzony w pustą taflę, jakby w zamarzłą toń, zazdrośnie kryjącą przed okiem śmiertelnych swoje cuda i dziwy niepojęte. A potem spadła nań jakaś cicha i szara zaduma, że jakby utonął w bezwładzie i trwał, próżen już wszelkich szamotań, radości i bólów, zapomniany i zapominający, daleki nawet siebie i tyle o sobie wiedzący, co mogą wiedzieć gwiazdy lecące przez nieskończoność.

Zbudził go dopiero bełkot życia, szturmujący dziką, brutalną wrzawą do okien, lęk ścisnął mu serce i oczy napełnił łzami niewytłumaczonego smutku. Włóczył po mieszkaniu trwożnymi oczami, gdyż mu się wydało, że ze wszystkich stron wyciągają się ku niemu drapieżne szpony życia i że jego własny głos woła srogo i nakazująco:

– Nie, już nie wrócę do ciebie, nie wrócę – odpowiadał, zapatrzony w jakiś brzeg majaczący coraz słabiej i dalej.

– Pójdę swoją drogą! Pójdę w sen o życiu nowym – dumał.

Wszedł służący meldując jakiegoś nieznajomego pana.

– Nie ma mnie! – zawołał niecierpliwie i drugimi drzwiami poszedł na górę do Joe. Malajczyk bardzo stanowczo zastąpił mu drogę.

– Nie można!

– Czy tam jest kto?

– Nie można.

– A może już zaczęli seans? – pytał podstępnie.

– Nie można – powtarzał uparcie, zasłaniając sobą drzwi.

– Jakieś spirytystyczne praktyki – pomyślał Zenon wzgardliwie i poszedł na miasto.

– A może znowu biczowania? A może i ona? – błyskawica wspomnień wstęgą ohydnych obrazów przewinęła mu się przez mózg.

– Samo podejrzenie już jest szaleństwem.

Błąkał się długo we wrzaskliwym odmęcie miasta, przypatrując się murom i twarzom z jakiegoś niezmiernego oddalenia i jakby po raz ostatni, jakby oczami pożegnań na zawsze. Daleki się już poczuł od wszelkich zabiegów i spraw, dla których żyły i umierały te niezliczone rzesze, tak bardzo daleki, iż tylko majaczeniem wydawał mu się wszystek ich żywot, majaczeniem zgoła niezrozumiałym i zupełnie obcym.

– Kto z nas halucynuje? Ja czy oni? – zapytywał się niekiedy, usiłując pojąć swój stosunek do nich, ale wtedy wypełzały przypomnienia Daisy i te trzeźwiejące myśli rwały się w strzępy, że znowu zapadał w tuman nieokreślonych marzeń i dręczącej tęsknoty. I znowu przechodził wśród ciżb i wrzasków niby zahipnotyzowany, poruszając się automatycznie, odruchami nawyków i przyzwyczajeń, błądził jak żywy trup w niepojętych pustkach i milczeniu. Dopiero w jakimś posępnym zaułku oczy jego, ślizgając się martwo po wszystkim, zatrzymały się machinalnie na białym, jaskrawo świecącym się szyldzie: "Tu sprzedają rosyjskie papierosy". Przeczytał parę razy i pchnięty jakimś ciemnym odruchem, wszedł do sklepu. Stara Żydówka w peruce drzemała za bufetem, gromada dzieci w łachmanach kłębiła się z piskiem po podłodze, w bocznej izbie, niskiej i straszliwie brudnej, klekotały maszyny i kilkunastu ludzi, kiwając się nad robotą, ciągnęło jakąś przesmutną pieśń.

Ale skoro wszedł, owionęło go takie przegniłe i jakby zropiałe powietrze, że ledwie zdołał wykrztusić jakieś słowo, na które Żydówka porwała się z miejsca, maszyny przycichły i wszystkie oczy podniosły się na niego.

– Pan może ze samej Warszawy? – spytała nieśmiało i jej wynędzniała twarz rozjaśniała się cichym rozradowaniem.

– Tak, tak! – odpowiadał, zmieszany ciżbą, jaką go zaraz otoczyli, i natarczywymi spojrzeniami. Naraz wszyscy zaczęli mówić i pytać się jeden przez drugiego, podniósł się niesłychany gwar; ktoś mu podsunął stołek, ktoś trzymał jego kapelusz, ktoś podawał wodę, a ze wszystkich stron dotykały go delikatnie jakieś palce i zaczerwieniane oczy wpijały się w niego z żarłocznością. Odpowiadał machinalnie, gdyż gwałtowna fala przypomnień zalała mu duszę, wołały w nim jakichś dawnych lat majaki, jakieś dnie przebrzmiałe zamigotały i jakieś bolesne widma chwil pomarłych, i echa dalekiej ojczyzny...

– Gdzie ja jestem? Co robią tutaj ci ludzie? Dlaczego? – myślał rozglądając się trwożnie dokoła, bo nędza wyzierająca z każdego kąta, z każdej twarzy i z oczów każdych odpowiadała mu wielkim głosem, dlaczego i po co! Taka głęboka litość wtedy nim zatargała, że przemógłszy obrzydzenie i wstręt do ich brudu i łachmanów, zawiązał z nimi dłuższą rozmowę. Nie skarżyli się, nie narzekali, nie złorzeczyli, ale każdy z nich w paru cichych i niezdarnie wypowiedzianych zdaniach rozsnuwał straszną litanię bólów, krzywd, poniżenia i niesprawiedliwości, całą gehennę wydziedziczonych. Słuchał jakby fantastycznej opowieści z tysiąca i jednej nocy, od której powstawały mu włosy i dusza kurczyła się z gorzkiego, palącego wstydu. Po wiele razy chciał już uciekać, ale nie mógł się poruszyć z miejsca, ubezwładniony zdumieniem i zgrozą. Pierwszy raz w życiu zajrzał na samo dno rzeczywistości, na samo dno człowieczej nędzy.

– Straszne! Straszne! – szeptał i odwracając twarz od ich zaczerwienionych oczów, spostrzegł jakąś małą dziewczynę, skuloną pod stołem, która co chwila biła piąstkami lalkę uwitą z gałganków i coś do niej groźnie szeptała.

– Co ona tam robi?

– Pan wie, ona ma trochę słabość w głowie! – wyjąkała stara.

– To wasza córka?

– Nie! nie! – obejrzała się podejrzliwie i zaczęła szeptać jakby w tajemnicy: – Pan wie, jak był pogrom w Kiszyniewie, to zabili jej tatę, zabili jej mamę, zabili jej familię, jej twarz rozcięli, zrabowali cały towar i jeszcze dom podpalili! Co to było, to nawet nie można opowiadać. Znaleźli ją pod trupami ledwie żywą! Taka sierota została, żeśmy ją wzięli ze sobą! Ale od tego czasu ciągle się boi, a jak zobaczy sołdata, to zaraz płacze, krzyczy i ucieka! Bardzo się boi! Róziu, chodź do nas, Róziu! Nie bój się, ten pan nic ci złego nie zrobi! I mimo oporu wyciągnęła ją spod stołu i przyprowadziła. Dziewczyna wystraszona trzęsła się i płakała, wielkie łzy spływały po jej bladej twarzy, przeciętej krwawą pręgą, w niebieskich oczach o złotych rzęsach tail się obłęd i przerażenie. Chciał ją pogłaskać po rudych, podkręcanych w pierścionki włosach, ale ona zakrzyczała strachliwie i uciekła w głąb mieszkania.

I Zenon miał również dosyć tego.

– A mimo wszystkiego chce im się jeszcze żyć – myślał powróciwszy do mieszkania i dosyć długo nie mógł się otrząsnąć z przykrego wrażenia, długo pamiętał tę dziecinną twarzyczkę z krwawą pręgą, jej błędne, zdziczałe oczy i te męczeńskie, wynędzniałe głowy nędzarzy.

– Co się tam dzieje? – Buchnęły mu znowu do mózgu przypomnienia ojczyzny. Spychał je na samo dno niepamięci, lecz nie dały się zatracić, podnosiły się pieśnią tęsknoty i w coraz boleśniejszej tonacji powracały. Stanął przed biblioteką, czytając machinalnie polskie tytuły, już nawet wyciągnął rękę po jakiś tom, ale cofnął się śpiesznie.

– Nie, po co wskrzeszać pogrzebane? Umarłem dla nich, nikt już tam nie pamięta, że byłem kiedyś pomiędzy nimi! Nikt! – powtarzał smutnie i z pewną goryczą.

– I ja nie pamiętam nic i nikogo! – wmawiał w siebie bardzo usilnie, gdyż właśnie w tej chwili pamiętał wszystko!

– Straszny kraj i straszni ludzie! – bronił się przed tęsknotą, sączącą mu się przez serce ostrym spazmem bólu.

– Wszystko przez tych Żydów! – szarpał się gniewnie. – Po licha właziłem do nich! Głupi sentymentalizm! – wyrzucał sobie niecierpliwie, ale dopiero wieczorem, przy obiedzie, w ognistych spojrzeniach Daisy zapomniał doszczętnie i o wszystkim. Daisy była milcząca i jakby owiana melancholią, tylko Bagh co chwila czołgała się do niego, kładła mu głowę na kolanach i jakoś miłośnie patrzała zielonymi źrenicami.

– Mam dzisiaj u Bagh jakieś nadzwyczajne łaski!

– Ona wie, kogo ma nimi darzyć! – odpowiedziała Daisy ogarniając go jakimś długim, a nie widzącym spojrzeniem.

– Chyba dlatego, że służymy jednej pani – wyrzekł cicho.

– Nie, ale dlatego, że my troje służymy Jedynemu...

Nie miał czasu prosić o wytłumaczenie, gdyż wstawano od stołu i Daisy zaraz wyszła. I życie znowu potoczyło się jak zwykle, jak co dzień.

Jak zwykle, dnie wlokły się wolno i nudnie; poranki wstawały senne i mgliste, południa przychodziły blade, wyczerpane i smutne, wieczory były rozdygotane gorączką i znerwowane, a noce ciągnęły się bez końca, zasłuchane w pluski nieustannych deszczów i w krzyki szamoczących się drzew, nieskończony korowód chwil niepamiętanych, tysiące twarzy i rzeczy niezauważonych, tysiące rozpryśniętych myśli przesuwało się jakby głębią zwierciadła przez jego mózg niezdolny do żadnego skupienia i przez jego oczy ślepe na wszystko zewnętrzne, a wytężone wciąż w jakąś tajemniczą, czarowną dal oczekiwania.

Czekał na znak Daisy.

Na to obiecane j u t r o, tam, nad błękitami mórz dalekich. Czekał spokojnie, ufny, że zjawi się i powie: "Chodź!"

I codziennie wstawał z płomienną nadzieją, że to zaraz się spełnił, że to dzisiaj otworzą się wrota wymarzonego raju, ale po kilku dniach ekstatycznych wyczekiwań Daisy wyjechała z Mahatmą do Dublina na pewien czas. Zaniepokoił się nieco, lecz odprowadził ich na kolej wraz z Joe i wielu wyznawcami. Już w ostatniej chwili odjazdu Daisy zatopiła w nim rozgorzałe potężnie oczy i szepnęła:

– Wkrótce... pamiętasz?...

– Czekam! Czekam! – odpowiedział niemymi ustami.

I tak długo a uporczywie patrzył za pociągiem ginącym w oddali, aż Joe, zrozumiawszy jego stan, ścisnął mu rękę w kostce i lekko dmuchnął w oczy.

– Chodźmy już, zimno – zawołał rozkazująco.

Zenon wstrząsnął się febrycznie i jakby się budząc pytająco patrzył dokoła.

– St. Pancrace–Station! Nie poznajesz?

Zenon zaśmiał się dziwnie nerwowo.

– To dziwne, ale przez jakieś mgnienie nie wiedziałem, gdzie jestem, miałem wrażenie, iż jadę pociągiem i rozmawiam. Nie rozumiem, co mi się stało! – przecierał czoło usiłując skupić rozpierzchłe strzępy jakichś przypomnień.

– To resztki jakiejś choroby albo jej początek...

– Być może, istotnie, ale od paru dni czułem się tak niesłychanie podniecony! Byłem pewien, że mnie coś nadzwyczajnego spotka. Prawda, przecież ja czekam... – nie skończył.

– Powinieneś wyjechać! Nawet nasz doktor mówił do mnie, abym ci poradził zmienić klimat i otoczenie, a zwłaszcza otoczenie.

– To prawda, że nasz pensjonat jest nieco wariacki.

– A niektóre osoby mają na ciebie wpływ bardzo niebezpieczny.

– Mylisz się... – powstrzymał na ustach jej imię.

– Tak mniemam. Ty nie znasz całej potęgi jej woli, nie wiesz, kto ona jest, nawet nie przypuszczasz!

– Mówmy otwarcie. Przypuszczasz, iż Daisy mnie zaczarowywuje i urzeka? – zaśmiał się drwiąco.

– Jestem tego pewien! – odpowiedział z twardą stanowczością.

– Kiedy wiesz, to może mógłbyś mi z taką samą pewnością wyłuszczyć, dlaczego to robi?

– Betsy mówi, że ona się w tobie kocha! – zaczął wymijająco.

– Betsy? Skądże Betsy może wiedzieć?

– Przeczuła to intuicyjnie.

– Jeszcze tego brakowało, żeby ona się tym zajmowała.

– Ale ja myślę, iż miłość jest tylko przynętą, że to tylko pozór, bo Daisy idzie o co innego... Zenon przystanął z zapytaniem w oczach.

– O twoją duszę! – dokończył Joe poważnie.

– Czy wskrzeszamy czasy cyrografów i zaprzedawania się diabłom?

– Nie wskrzesza się tego, co nigdy nie umierało. Zło jest również nieśmiertelne jak i O n.

– Przebacz mi, co teraz powiem, ale widzę, że istotnie powinienem zmienić na czas jakiś otoczenie. Dawno już spostrzegam, że żyję wpośród obłąkanych. Daruj mi tę szczerość, ale słuchając ciebie i drugich, a przy tym wiedząc o waszych czarodziejskich praktykach, można by wkrótce i samemu dostać bzika. Jestem wprawdzie dosyć trzeźwy i oporny, czuję jednak, iż ta mistyczna gorączka może być zaraźliwa.

– Ulegniesz jej z pewnością... Nie pomoże twoja oporność, skruszy ją wola Daisy... ulegniesz... Dlatego właśnie radzę ci wyjazd. Czasem w ucieczce leży największe zwycięstwo! Wiesz, ojciec z Betsy planują podróż na kontynent, jedź z nimi! Uciekaj z tego domu, póki jeszcze czas! Ratuj się! – prosił żarliwie, patrząc błagalnie mu w oczy.

– Więc zagraża mi takie straszne niebezpieczeństwo?

– Żartujesz, nie wierzysz, a ja ci mówię, że już się chwiejesz nad przepaścią i lada chwila możesz w nią runąć.

– Lubię aforyzmy i symboliczne przenośnie, ale słucham tylko siebie i własnego rozumu – odpowiedział dosyć cierpko.

– Tak ci się wydaje, a pójdziesz za nakazem potężniejszej woli...

– Na szczęście, nie tak łatwo poddaję się sugestii, a już właściwości mediumicznych zgoła nie posiadam.

- Jesteś największą siłą mediumiczną, jaką znam!
Zenon musiał tego nie dosłyszeć, gdyż wchodząc do Boarding-
House był zajęty odbieraniem jakiejś depeszy od portiera.
- Nie odpowiedziałeś mi nic na projekt wyjazdu z ojcem!
- Będę u nich jutro.
Rozeszli się dosyć chłodno.
Zenon niecierpliwie otworzył depeszę.
"Czekamy na ciebie od dwóch dni. Przyjdź lub odpowiedz. Henryk"
Depesza była po polsku i mimo srogich przekręceń zrozumiał jej
treść, nie mogąc tylko pojąć, od kogo pochodzi?
- Widocznie jakiś rodak! A skończy się na prośbie o parę funtów! -
pomyślał złośliwie, wchodząc do mieszkania.
- "Czekamy od dwóch dni". Są jakie listy?
- Wszystkie leżą na biurku! - objaśnił służący.
- To dzisiejsze?
- Od czterech dni składam...
- Tak... od czterech dni... prawda, zapomniałem przejrzeć...
Na samym wierzchu błękitniała jakaś koperta, adresowana
nieangielskim charakterem pisma. Ważył ją w ręku, oglądał na
wszystkie strony, wreszcie rozerwał, list przeczytał jednym tchem i
osłupiał.
Pisał do niego brat stryjeczny, który przyjechał przed paru dniami
do Londynu i usilnie chciał się z nim widzieć. U spodu listu czerniał
krótki dopisek:
"PS. Bardzo proszę i bardzo czekam. Ada"
- Ada! Ada! - Wpatrzył się w sznur drobnych, wykwintnych liter,
od których podniósł się zapach jakichś przywiędłych wspomnień.
- Czekają na mnie! Ada! Muszę iść, trzeba, koniecznie...
Chwiał się przez chwilę, nie wiedząc, co począć, ale tak go coś
ciągnęło do nich, że ani wiedział, kiedy się znalazł w cabie i polecił
się zawieźć do Cecil Hotel.
- Dziesięć lat! Upiory mnie gonią! Umarłe powstają! - myślał
przypominając sobie jakąś twarz dawno zapomnianą.
- A jednak tamto umarło już we mnie! Umarło! - powtarzał, jakby
broniąc się przed wspomnieniami. Na próżno, rozdarły się nagle
mroki, a spod całych lat niepamięci, spod burzliwych zwałów
nowego życia wydzierały się echa dawnych czasów i coraz
tłumniej, i potężniej, i zgiełkliwiej.
- Zaledwie pamiętam o tej miłości, zaledwie pamiętam! - rzucił
wyzywająco własnemu sercu, oczekując z niepokojem jego
odpowiedzi, lecz serce ani drgnęło, nie zabiło żywiej, nie szarpnęło

się tęsknotą, tylko zjawiła się pamięć jakichś strasznych chwil. Ostatni dzień przed ucieczką z kraju wpełznął mu do mózgu i żarł kolczastymi kłami przypomnień.

Cab toczył się wolno, ściśnięty w nieskończony łańcuch powozów, omnibusów i automobilów. Ulice szumiały wrzawą i ruchem. Miasto majaczyło w szarych i zimnych mgłach. W głębiach sklepów połyskiwały światła. Czarne mrowie ludzkie płynęło jakby rzekami bez końca i liczby.

– Jak ona wygląda! Jak mnie przyjmie! –dumał zopatrzony w larwy tamtych dni, wynoszących się coraz wyraziściej. Wszystkie słowa pomarłe znowu zadźwięczały w mózgu, wszystkie jej spojrzenia kłębem błyskawic przewinęły się budząc strupieszałe przypomnienia cierpień. Godziny ciężkich walk, godziny zwątpień i rozpaczy, chwile nadludzkiej męki, cała kalwaria tamtego życia przepływała przez niego gorzką, trującą falą. I chociaż przechodziły korowodem mar, do snów tylko dręczących podobne, w wyblakłą grozę przyodziane i w proch się rozsypujące, ale syciły mu duszę jakimś smutkiem daremnego żalu.

– Każde dzisiaj jest grobem dla wczoraj! To bardzo mądra konieczność! – westchnął jednak smutnie i wchodząc do hotelu, postanawiał niezłomnie, że się nie pozwoli wytrącić z równowagi i nie da się urokom przeszłości.

– Jestem im obcy i obcym pozostanę. Dziesięć lat czasu leży między nami! Ale czego chce ode mnie ta marmurowa pani? Czy jeszcze mało zapłaciłem? – pytał wrząc głuchym, buntowniczym gniewem i niechęcią, ale kiedy wszedł do przedpokoju i służący poszedł go oznajmić, poczuł szaloną chęć ucieczki.

Było już jednak za późno, ktoś biegł pośpiesznie, drzwi się otwarły i Ada stanęła przed nim.

Wyciągnęła ręce gwałtownym ruchem radości.

Nie potrafił również wykrztusić ani słowa, tylko ręce się ich zwarły, oczy zatonęły w sobie i stanęli nieprzytomni prawie z dziwnego wzruszenia.

– Chodźcież! – ozwał się jakiś głos z głębi mieszkania.

Pociągnęła go do środka, naprzeciw szedł o kiju ktoś, kogo nie poznał na razie, i rzucił mu się w ramiona.

– Henryk! – zawołał z przykrym zdumieniem.

Tamten objął go jeszcze raz i szepnął bardzo serdecznie:

– Nareszcie! Takeśmy czekali!

– Od dwóch dni liczyliśmy każdą godzinę – odezwała się cichym, przedławionym głosem. Zaczął się usprawiedliwiać, lecz Henryk,

nie puszczając jego ręki, pociągnął go na fotel i zawołał radośnie:
– Nie tłumacz się, wszystko już jedno. Jesteś z nami, a resztę
wyrzucimy za burtę. Ileż to lat nie widzieliśmy się?
– Prawie dziesięć! – szepnęła cichutko, przymykając oczy.
– Straszny kawał czasu. Nie przypuszczałem jednak, że spotkamy
się w Londynie.
– Ja byłam pewna, że pan wróci do kraju...
– Cóż, kiedy jeszcze nie zatęskniłem do drogiej ojczyzny! – odezwał
się ironicznie, był już spokojny, panował nad sobą.
– Jak to, nigdy nie zatęskniłeś do kraju? Nigdy?
– Nigdy, bo tutaj znalazłem to wszystko, czego na próżno
pożądałem w ojczyźnie.
– I spokój? – spytała podnosząc na niego oczy.
– Tak, i spokój – dorzucił z naciskiem.
– I nigdy pan nie żałował niczego?
Zawahał się przez mgnienie i rzekł cierpko:
– Nie. Przebrałem się zupełnie z przeszłości, a resztę
zamordowałem w sobie. Zresztą, czego mógłbym żałować? Polskiej
doli? Nawet szatan nam jej nie zazdrości, chociaż to jego pomysł!
Przepraszam, niepotrzebnie poruszam tego rodzaju kwestię.
– I popełniasz głęboką niesprawiedliwość względem swoich
przyjaciół.
– Nie mam w kraju żadnych przyjaciół i nigdy nie miałem.
– Więc i my się nie liczymy?
– Nie miałem na myśli rodziny.
– Niech Ada powie, jak boleśnie odczuliśmy twój wyjazd.
– Naturalnie, ubył partner do winta.
Henryk żachnął się, boleśnie dotknięty.
– I nie zdobyliście się ani na jedno słowo do mnie!
– A czy pan dał nam jaki znak życia? – Głęboko skryta skarga
brzmiała w jej głosie.
– Więc to moja wina? – wyzywająco patrzył na nią.
Ada pochyliła głowę i wyszła do drugiego pokoju.
– Dajmy spokój wyrzutom. Nie trujmy się i przekreślmy wspólne
winy! Na usprawiedliwienie powiem ci to, że dopiero przed paru
laty dowiedziałem się, iż jeszcze żyjesz. Ada nigdy o tym nie
wątpiła, zaś dopiero od roku zdobyłem twój adres.
– Musiał go zdradzić mój dzierżawca!
– Nie, mordowaliśmy go nieraz i nie zdradził. Twój zaś adwokat
nieustannie nas przekonywał o twojej śmierci, a jako
najważniejszy dowód przytaczał to, że cały majątek, obciążony

tylko jakimś dożywociem, zapisałeś na cele publiczne. Musieliśmy w końcu uwierzyć, tylko Ada nie dała sobie wmówić. Ona jedna przeczuwała prawdę. Przed paru laty w Kairze poznaliśmy pana W. P. Greya.

– Poeta! Mój przyjaciel. I on wam powiedział?

– Zrobił to mimowolnie i potem bardzo żałował zaklinając nas, abyśmy o tym nie mówili.

– Więc w kraju wiedzą już o mnie?

– Nie, nikt nie wie, kto się kryje pod angielskim pseudonimem Waltera Browna. Ada twierdziła, że nie mamy prawa zdradzać twojej tajemnicy.

– Jestem wam nieskończenie wdzięczny!

– Ale zrobiła jeszcze więcej, bo kilka twoich książek przetłumaczyła, i jesteś w kraju znany, panie Walterze Brownie.

– Nawet mam te tłumaczenia, wspaniałe, ale nawet nie przyszło mi do głowy podejrzewać Adę! To niespodzianka!

– Umyślnie nauczyła się po angielsku i od czasu, jak wiemy, kto to jest Walter Brown, wiemy wszystko o tobie. Nie uwierzysz, jak cieszyliśmy się twoim powodzeniem, jak dumni byliśmy.

Zenon milczał, miotany najsprzeczniejszymi uczuciami.

– I czekaliśmy wciąż twojego powrotu, ale lata szły i moja choroba czyniła takie postępy, że przestałem już liczyć na twój powrót do kraju. Byłbym się pewnie ciebie nie doczekał?

– Nigdy nie myślałem o powrocie – szepnął posępnie.

– Przeczuwałem to w końcu! Pamiętasz, iż zawsze byłem chorowity, lecz od paru lat nerki i serce zaczęły mnie zjadać coraz pośpieszniej. Na próżno szukałem zdrowia po świecie i wreszcie dałem spokój, ale tym bardziej chciałem się z tobą zobaczyć.

– Przyjechaliśmy do Londynu umyślnie.

– Dla mnie?

– Tak, a czy wiesz, że umierającemu niczego się nie odmawia?

– Nie rozumiem, co to ma za związek z tobą!

– Taki, że mam do ciebie wielką, ostatnią prośbę.

– Chyba żartujesz ze mnie. Przesadzasz swój stan.

– Niestety, znam go lepiej niźli doktorzy i wiem, że mogę umrzeć w każdej chwili. Dlatego właśnie tu jestem i proszę cię, jak prosi umierający, zaopiekuj się moją żoną i córką!

– Ja? Twoją żoną i córką! – zerwał się ze zdumienia.

– Po mojej śmierci zaopiekuj się nimi! – powtórzył z mocą i patrzał w niego serdecznym, przełzawionym spojrzeniem. – Pomyśl, po mojej śmierci nie będą miały nikogo prócz ciebie.

Pomyśl!

– Chyba nie wiesz, co mówisz! – wykrzyknął nie mogąc jeszcze uwierzyć własnym uszom.

– Myślałem o tym długo! Cóż w tym widzisz nadzwyczajnego?

– Tak, istotnie, ale spadło na mnie tak nieoczekiwanie...

– Usiądź przy mnie, pomówimy obszerniej. Nie obawiaj się kłopotów opieki, wszystkie sprawy uregulowałem. Daj mi rękę na zgodę, tak, wiedziałem, że mi nie odmówisz, dziękuję ci z całego serca. Nie mogę zwlekać i odkładać na później. Ucałował go serdecznie i cicho, przemęczonym głosem zaczął się zwierzać ze swoich trosk o przyszłość Ady i dziecka. A Zenon słuchał patrząc na niego z pewnym przerażeniem.

Jak to, Adę oddaje mu w opiekę? Adę? Własny jej mąż! Co za zbieżność! Teraz, po tylu latach, kiedy już w nim wszystko umarło? Ohydna zemsta czy naigrawanie się losu! Leciały błyskawicami oślepiającymi myśli i uczucia, skłębione i tak mętne, że chwilami był pewien, że ulega dręczącej halucynacji! Ale nie, Henryk siedział tuż przy nim, słyszał jego głos, patrzył mu w twarz, czuł na swojej dłoni jego rękę zimną i spoconą. Wzdrygnął się gwałtownie. Zgadzał się już na wszystko i wszystkiemu potakiwał nie śmiejąc niczego odmawiać. Tylko pod spływem jego słów bezgranicznej ufności zaczął nim władnąć jakiś palący wstyd i bolesne upokorzenie przeżerało mu serce.

– Nie wiedziałem, że macie córkę! –przerwał mu w nadziei skierowania rozmowy na inne tory.

– Zaraz ją zawołam! Wandziu!

– Ileż ma lat? – ciągnął dalej w tym samym celu.

– Zaczęła dziesiąty! Urodziła się w parę miesięcy po twoim wyjeździe! – ogarnął go dziwnie zagadkowym spojrzeniem.

Zenon ściągnął brwi, jakby oślepiony nagłą błyskawicą, i zaczął prędko zapalać papierosa, gdy weszła Ada ze smukłą dziewczynką, całą w lokach jasnych jak len, prześliczną.

– Wandziu, to twój wujaszek!

Dziewczyna zatopiła w nim ogromne, błękitne oczy.

– Przywitajcież się! – komenderował Henryk.

Dziewczynka przemógłszy nieśmiałość rzuciła mu się w ramiona. Całował ją z wymuszoną czułością i zbyt nieco ostentacyjnie, żeby pokryć jakieś niewytłumaczone wzruszenie.

– Bardzo ładna; typowe polskie dziecko!

– Nadzwyczajnie do ciebie podobna.

– Zupełnie odmienny typ! – poczuł się niemile dotknięty.

- Właśnie że zupełnie ten sam typ familijny! przecież dawniej, przed chorobą, Henryk był bardzo podobny do pana – mówiła Ada przytulając głowę dziecka, lecz w jej oczach tliło się coś zagadkowego, a usta opylał nieodgadniony uśmiech, Henryk też miał w twarzy jakiś smutny wyraz rezygnacji, tylko Wandzia, przytulona do matki, rzucała na Zenona wesołe, rozbawione spojrzenia.

Rozmowa utykała, wlokła się ciężko, skacząc ustawicznie z przedmiotu na przedmiot, nie mogąc się zaczepić o nic stałego. Leżała bowiem pomiędzy nimi tyloletnia rozłąka, a łączyły tylko dawne, zatarte nieco wspomnienia, których dotykano niejednokrotnie, lecz jakby z obawą. Oboje byli dla niego niezmiennie serdeczni, ale on wciąż trzymał się odpornie, zbywając krótkimi, chłodnymi odpowiedziami. Czuł się tak daleki i obcy wszystkich spraw poruszanych i nawet ich samych, że znużony spojrzał na zegarek, ale jej oczy strzeliły taką niemą i rozpaloną prośbą, iż pozostał jeszcze, próbując zainteresować się nimi i pokryć nudę, jaka go ogarniała coraz uporczywiej.

Naraz Henryk ze szlachecką otwartością zapytał:

- Powiedz nam szczersze, dlaczego wyjechałeś z kraju?

Był na to przygotowany, bo odparł z uśmiechem:

- Miałem już dosyć Polski, chciałem się poczuć Europejczykiem!
- U nas mówiono o tym inaczej, zupełnie inaczej...

Rozdrażnił się jego głupim, domyślnikowym uśmiechem.

- Jakże mówiono? To może być ciekawe.
- Przede wszystkim podejrzewano cię o nieszczęśliwą miłość! Wielu znowu dowodziło, że wypędził cię z kraju jakiś pojedynek amerykański. Ale byli i tacy, którzy przypuszczali bardziej skandaliczne powody...
- Morderstwo lub kradzież! Poznaję w tym lotność moich kochanych kolegów literackich.
- Coś w tym rodzaju, głównie jednak mówiono o samobójstwie z powodu zawodu w miłości.
- Najgłupszy powód, ale za to romantyczny. U nas bardzo chętnie tłumaczą sobie podobne sprawy miłością lub łajdactwem.
- Bo tak przeważnie bywa.
- Bywa, nie przeczę, ale bywa i wiele innych przyczyn. Mogą być powody tysiąc razy głębsze i ważniejsze.

Ada odwróciła się nieco, rumieniec krwawą łuną oblał jej twarz.

- Ludzie wolą sobie tłumaczyć tym, co najłatwiej rozumieją.
- Słusznie. Gdybym był powiedział: wyjeżdżam, bo mi się znudziło

życie między wami, nikt by mi nie uwierzył. Za proste.

– I miałby rację!

– A jeślibym cię upewniał, że tylko taki powód był mojego wyjazdu?

– Uwierzyłbym, oczywiście, musiałbym uwierzyć, ale...

– Cóż znaczy powód wobec samego faktu? – odezwała się Ada.

– Fakt był ważny, nie przeczę, ale tylko dla mnie jednego! – rzucił niechętnie, lecz widząc jej twarz nagle schmurzoną zaczął żartobliwie: – Musicie mi kiedyś opowiedzieć wszystkie plotki, jakie krążyły po moim zniknięciu! No, i jak mnie tam żałowano? Smutek musiał być powszechny, nieutulony żal i głęboka żałoba!

– Żartujesz, a corocznie twoi wielbiciele zamawiają żałobne nabożeństwo za twoją duszę.

– Aż tak, to pewnie moi wydawcy w obawie, abym nie ożył i nie upomniał się o swoje prawa, chcą mi zapewnić niebo.

– Nie umiał pan dawnej żartować ze wszystkiego...

– Człowiek się wciąż uczy czegoś nowego, wciąż...

Podniosła się i zaczęła chodzić po pokoju wyzierając co chwila przez okno. Nie mógł oderwać od niej oczów. Była wyniosła, piękna i dumna jak niegdyś. Niekiedy zbiegały się ich oczy i rozlatywały niby spłoszone ptaki. Czasem stawała pod oknem, cudowne jej brwi napinały się jak węże gniewne, a usta, dziwnie wygięte w kątach, nabrzmiałe purpurą, zacinały się jakoś żałośliwie. Zdawała się nie słyszeć rozmowy, jaką wiedli, a tylko chwilami podnosiła na Zenona mądre, badające oczy i wtedy jakimś głębokim westchnieniem podnosiły się jej piersi.

Pozostał u nich na obiedzie, gdyż po przełamaniu pierwszych lodów nastrój stawał się coraz swobodniejszy i milszy. Ożywili się wszyscy i obiad przechodził bardzo wesoło.

Miał jej twarz przed sobą, puszyste, czarne włosy ocieniały ją niby chmurą, spod której błyskały ogromne, przepaściste oczy, a niski, przecudowny głos budził w nim całe pokłady wspomnień wskrzeszając przeszłość z niesłychaną mocą.

– Chwilami mam wrażenie, jakbym siedział u was na wsi... przed laty. Nawet ten garson podobny jest do Walentego...

– Wrócisz i wszystko znowu będzie po dawnemu! U nas w domu nic się nie zmieniło. Nie poznasz, żeś tak długo nie był.

– Nie wróciłbym już do dawnego!

– Nie lubi pan przeszłości... – uśmiechnęła się melancholijnie.

– Bo nie miałem nigdy ani jednej chwili, do której pragnąłbym powrócić.

– Ani jedynej chwili? – zapytała prędko.

– Jeśli nawet i była, to zalało ją całe morze goryczy.

Rozdrażnił się nagle, gorycz osiadła mu na ustach i zaostrzyła spojrzenie, a stary żal tak zaszarpał sercem, że skoro tylko wstali od stołu, chciał natychmiast odejść.

– Mamy lożę na operę i pragnęliśmy ten wieczór spędzić razem z panem! Czyż pan może nam odmówić?

Znowu ten dziwnie słodki, przejmujący głos, znowu te oczy nakazujące w prośbie i ten obezwładniający uśmiech, nie, nie potrafił się wymówić i pojechał z nimi do teatru.

Widowisko było już rozpoczęte.

Siedział w przyćmionej głębi loży, patrząc tylko na nią chłodnymi, badającymi oczami, na jej cudowną głowę o suchym, orlim profilu. Miała twarz muzy i zarazem grzechu. W półmroku i tak blisko, tak kusząco blisko, krwawiły się jej usta, te niepokojące, jakby wiecznie spragnione usta. Patrzył na nią niby na dzieło sztuki, sycił oczy jego pięknem, radował się najczystszą radością artysty i dlatego z pewnym niepokojem zauważył, iż nieco przytyła i jej wspaniały biust nabiera pełności gron dojrzewających. Zdawała się nie widzieć przedstawienia ni jego oczów, gdyż spojrzenia jej niosły się gdzieś błędnie, daleko, jakby do wspomnień minionych leciały.

– Czy pamięta? Czy zawsze z tą samą obojętnością pozwala się uwielbiać? Czy i innym w nagrodę rzucała okruch łaski królewskiej? Czy zawsze tak samo zimna i obojętna? – rozmyślał.

Na scenie śpiewano Romea i Julię.

Teatr był przepełniony. W lożach bieliły się obnażone ramiona, połyskiwały rozgorączkowane oczy, skrzyły się brylanty i ustawicznie szemrały wachlarze. Zapach perfum i kwiatów przesycał powietrze.

Na sali panował mrok, tylko na jasnej scenie udani kochankowie śpiewali udawaną miłość. Słodkie kantyleny sączyły jad podrażnień budząc szalone tęsknoty pocałunków i dreszcze namiętnych pragnień. Żądza śpiewała bezwstydną i nigdy nie nasyconą pieśń rozkoszy.

A w jakiejś chwili, gdy kochankowie na scenie rzucali się sobie w objęcia, Ada upuściła wachlarz i kiedy go podawał, szepnęła ledwie dosłyszalnie:

– Pamiętasz!

Właśnie był wskrzeszał wspomnienia tej jedynej i nigdy niepojętej chwili, więc na jej słowo zadrżał i spojrzał zdumiony. Siedziała spokojna, zimna, jakby z marmuru wykuta.

Jakże teraz pamiętał tamten wieczór grozy i szału!

Był u nich na wsi.

Wiosenna burza szalała na świecie, niekiedy deszcz lał strumieniami, niekiedy wicher łomotał o ściany, park jęczał, biły pioruny i migotały błyskawice.

Całe towarzystwo grało w karty w przyległym pokoju, a on w wielkiej, mrocznej sali grał na fisharmonii Bacha; grał dla niej, jak zawsze, i jak zawsze śpiewał o swojej beznadziejnej miłości.

Przyszła, przyciągnięta dźwiękami, i snuła się po sali niby biała, cicha błyskawica. Noc stawała się coraz straszniejsza i grzmoty huczały złowrogo, jakby się walił cały świat. Patrzyła w burzę i oślepiające migoty bez trwogi, jednako spokojna, wyniosła, milcząca i tak martwo obojętna, że jak zawsze pomarły mu na ustach słowa wyznań, a duszę zalały łzy beznadziejnej rozpaczy.

Tego wieczora nie zamienili ze sobą ani słowa.

Został u nich na noc, gdyż z powodu szalejącej burzy niepodobna było wracać do domu.

I kiedy się znalazł w swoim pokoju i zgasiwszy świecę zaczął rozmyślać, że trzeba iść precz z tego domu, iść zaraz i na zawsze... Otworzyły się drzwi... Ktoś wszedł bosymi nogami... i nim się zdołał unieść i zapytać, ktoś padł mu na piersi... ktoś go objął... czyjeś usta pożerały go chciwymi, głodnymi pocałunkami... czyjś głos zduszony... głos objawienia... głos upojeń i szału...

Nie mógł teraz myśleć o tym spokojnie, zerwał się bezwiednie z miejsca, brakowało mu tchu i jakieś szalone pragnienie rozprężyło mu ramiona...

Na szczęście, akt się skończył, kurtyna zapadła i grzmiące brawa oprzytomniły go natychmiast.

Wyszli oboje na foyer, gdyż Henryk wolał pozostać w loży.

– Wiem, o czym pan myślał! – zaczęła nie parząc na niego.

– Mógłżebym myśleć o czym innym?

Przenikliwy, nieodgadniony uśmiech przewiał po jej ustach.

– Gdyby nie to spotkanie, byłbym zapomniał – szepnął jakby z wyrzutem. – Byłbym zapomniał na zawsze.

Fala ludzi rozdzieliła ich na chwilę.

– Musimy się jutro spotkać. Przyjdę do British Museum o jedenastej. Będzie pan na mnie czekał!

– Rozkazuje pani, więc będę.

– Ależ ja proszę, ja proszę – powtórzyła z tkliwością.

– Długo będziecie w Londynie? – spytał już spokojniej.

– To zależy od tego, co mi pan jutro powie – zajrzała mu w twarz lękliwie, wyczekująco.

– Ja mam decydować! Nigdy nie chciała mnie pani nawet słuchać, a teraz... Jakąż nową krzywdę szykuje pani dla mnie? – uśmiechnął się z bolesnym szyderstwem. Przybladła, oczy się jej zatrzepotały, jęknęła prawie.

– Nienawidzi mnie pan!

– Tylko się bronię, bo zbyt dobrze jeszcze pamiętam dawną.

– A więc do jutra. Wszystko panu powiem i wyjawię...

– Dziesięć lat na to czekałem – szepnął wracając do loży.

Nowy akt się rozpoczynał; na scenie działy się przeróżne rzeczy, ale on nie spostrzegał niczego, nawet jej płomiennych spojrzeń, jakimi go ogarniała. Siedział skulony, przeżuwając te dawne krzywdy; pasł się męką przypomnień tamtych czasów i tamtej niepojętej nocy...

Przyszła i oddała mu się sama.

Jakąż straszną zgryzotą były brzemienne te chwile szału!

– I dlaczego? Dlaczego? Dlaczego?

Ach, prawda, jutro się nareszcie dowie wszystkiego...

Ale któż mu i czym zapłaci mękę lat całych, kto? Czy ta piękna, marmurowa pani, której nie kochał i nie pożądał? O tamtej przecież marzył, o tamtej, umarłej i pogrzebanej w sercu na wieki! Nie wskrześnie, co się już w proch rozsypało!

Jakże pamiętał w tej chwili ten świt, gdy go opuszczała i na wszystkie jego zaklęcia i pytania nie wyrzekła ani jednego słowa. Odeszła jak sen, że chociaż wkrótce dzień zajrzał mu w oczy, słońce zaświeciło, zaśpiewały ptaki, a jemu się wciąż zdawało, że to wszystko było marzeniem. A w radości, jaka go chwilami przejmowała, było tyle niepokojów i lęku, i niewiary we własne szczęście, że z odurzeniem oczekiwał śniadania. Nie przyszła do stołu.

On tylko jeden rozumiał, dlaczego nie przyszła, i miał ochotę ogarnąć cały świat ramionami bezbrzeżnego szczęścia. Rozwód i życie z ukochaną! Wszystko mu się rozwiązywało jasno, prosto i szczerze. Nie byłby w stanie oszukiwać nikogo, czuł wzgardę do uwodzicieli. Upił się marzeniami przyszłości, czekał na nią z niewypowiedzianym utęsknieniem.

Ale nie pokazała się nikomu przez całe dwa dni.

Henryk opowiadał, że chora i leży w łóżku.

Nie mógł już dłużej czekać i napisał list, w którym zamknął wszystką miłość i wszystką wiarę, i wszystką nadzieję w ich wspólną przyszłość.

Zwróciła mu nie rozpieczętowany!

I trzeciego dnia, kiedy się ukazała, była jak zawsze zimna, obojętna i prawie wzgardliwa.

Obłąkał się w boleści i nie mogąc zrozumieć, co się z nią stało, i doprowadzony do rozpaczy, zażądał kategorycznych wyjaśnień, odeszła wtedy bez słowa.

Zaczął przypuszczać, iż stała się jakaś straszna omyłka. Ale w jakiejś litosnej chwili powiedziała mu otwarcie:

– Proszę się nie pytać. Wszystko musi być po dawnemu, kiedyś panu wyjaśnię. A że nie potrafił żyć po dawnemu, łudząc się jakąś mglistą nadzieją, że upływały tygodnie, a ona wciąż była jednako zimna, nieprzystępna i daleka, więc rozpaczliwym wysiłkiem pozrywał wszystkie więzy łączące go z krajem i uciekł we świat, stworzył sobie nowe życie i prawie zapomniał.

A teraz, po tylu latach, to widmo przeszłości staje przed nim.

– I czegóż ona chce ode mnie? – dumał posępnie, wgłębiając się z niepokojem w jej dum– ne, królewskie oczy. – Nie dam się w dawne jarzmo, nie dam! – buntował się coraz zapalczywiej. Po wyjściu z teatru Henryk bardzo serdecznie przypominał, że musi z nimi spędzać cały czas.

– Ja już prosiłam pana Zenona na jutro do British Museum.

– Przyjdę, o ile mnie narzeczona nie wezwie na służbę...

Adzie zamigotały oczy, ale powiedziała swobodnie:

– O tak, narzeczona ma pierwszeństwo, nawet przed nami...

Henryk z ciekawością jął się o nią rozpytywać.

– Jutro opowiem szczegółowiej! Musicie ją poznać. Dobrze się nawet złożyło, że pozna kogoś z moich! Do widzenia!

Z tym się rozstali. Zenon wracał znerwowany i zły na siebie, na nich i na cały świat, postanawiając najsolenniej nie pójść jutro do British Museum.

– Bo i po co? Rozgrzebywać stare rany! Czegóż się dowiem? Że to się stało pod wpływem burzy i chwilowej słabości?

– Dlaczego jednak tak ze mną postąpiła? – buchnęło w nim równocześnie to stare, dręczące pytanie, że się już nie mógł na nic stanowczego zdecydować.

W domu zastał list Betsy, proszącej, aby przyszedł do nich jak najprędzej dla zdecydowania sprawy ich wyjazdu na kontynent. List był pisany z taką głęboką tkliwością, że pod jego wpływem zapomniał chwilowo o swoich udręczeniach, odpisując bardzo serdecznie i obszernie. Podniósł się właśnie, aby list zanieść do portiera, gdy ktoś zapukał do drzwi.

– Proszę! – zdziwił się, gdyż cały hotel spał już od dawna.

Malajczyk stanął w progu, bełkocąc coś bez związku.

– Co się stało? Mówże wyraźnie, nie rozumiem.

– Niech pan idzie prędko... już od zmroku siedzi... ja nie... Nie słuchając więcej poleciał na górę.

W okrągłym pokoju, tam gdzie kiedyś odbywała się scena biczowań, Joe siedział na środku podłogi z podwiniętymi nogami, skulony i zapatrzony przed siebie szklistymi oczami. Kryształowa kula u sufitu mżyła bladym, zielonawym światłem.

– Joe! Joe! – ani drgnął na głos przyjaciela, tylko bezprzytomny uśmiech zamigotał przez jego sine wargi, poruszył nimi bez dźwięku i pochylił się nieco naprzód. Zenon poszedł oczami za kierunkiem jego spojrzenia i stanął jak sparaliżowany. Naprzeciw pod ścianą siedział ktoś tak zupełnie podobny do Joe, jakby jego zwierciadlane odbicie, tak samo skulony i patrzący przed siebie szklanymi oczami, z tym samym bezprzytomnym uśmiechem na posiniałych wargach.

Zenon obejrzał się trwożnie po pokoju, Malajczyka już nie było, ale ci dwaj wciąż siedzieli, jakby zastygli w natężonym, martwym wpatrywaniu się w siebie samych.

Pot mu orosił czoło i serce bić przestało.

– Śnię czy co? Co to znaczy? – myślał przecierając oczy.

Nie śnił jednak, a to, co miał przed sobą, było jakąś zgoła niepojętą rzeczywistością i trwało niezmiennie. Badał ich najszczegółowiej i z najgłębszą uwagą, nie mogąc jednak rozeznać, który z nich jest tylko odbiciem drugiego, każdy bowiem był Joe, każdy był tym samym, identycznym, a w dwóch postaciach.

– Więc to możebne! To prawda! – szeptał zbielałymi ustami, cofając się w głąb przypomnień tych wszystkich rzeczy, jakie był widział i słyszał, a z których zawsze żartował biorąc je za obłęd i blagę. A teraz zwalały się na niego chwile tak straszliwego zamętu, że niby o granity rozbijał się o tę niepojętą rzeczywistość, walczył z nią, szamotał się z własnym mózgiem, z własną duszą szedł w krwawe zawody, żeby się tylko nie dać zepchnąć na dno szaleństwa. Bo czyż to podobna, aby fizyczna niemożliwość stawała się faktem? Aby człowiek mógł się rozdzielać na dwie tożsamości? Jakiś cud spełnił się w jego oczach, cud, na który patrzył i sprawdzał całą swoją świadomością. Przecież widział, a nie mógł tego pojąć, że w końcu zgroza nim zatrzęsła i rzuciła w proch ukorzeń przed jakąś nieznaną potęgą. Jakby naraz przejrzał i zatopiwszy olśnione oczy w niezmierzonych dalach, chwiał się na krawędziach tajemnicy, a byłby może runął w głąb nagle rozwartą, gdyby nie to straszliwe gorzkie poczucie całej swojej ludzkiej nicości.

– Boże mój! Boże! – westchnął żałośnie i modlitewna tkliwość przejęła mu wylęknione serce. Pierwszy raz w życiu zaciążyło nad nim Nieznane; pierwszy raz w życiu spojrzał w ślepe oczy nieznanej zagadki i padł struchlały w świętym przerażeniu, a z serca wyrwały się słowa jakiejś zapomnianej modlitwy i popłynęły strugą uwielbień. Nie wiedział, przed kim otwiera duszę nabrzmiałą trwogą, do kogo śle te pomdlałe z żaru westchnienia, kogo wielbi ni przed czym się korzy, ale wiedział, że musi tak czynić całą swoją istotą i całą głębią rozpłomienionego uczucia. A potem wyszedł i zapaliwszy wszystkie światła w całym mieszkaniu, zaczął spacerować po pokojach w stanie trudnym do pojęcia.

Malajczyk klęczał w chińskim gabinecie przed złotym posągiem Buddy żarliwie przesuwając ziarna różańca.

Godziny wlokły się ciche, a tak zarazem nabrzmiałe niepokojem i trwogą, że każdy dźwięk zegara odzywał się w sercu Zenona przeszywającym hukiem. Niekiedy deszcz zabrzęczał po szybach, a niekiedy szarpnęły się drzewa i pogięte, nagie gałęzie migotały za oknami widmowymi zarysami.

Dosyć często zaglądał do pokoju okrągłego, lecz zawsze zastawał to samo: siedzieli zapatrzeni w siebie w jednako znieruchomiałej pozycji. Jak dwa posągi o żywych, a nieprzytomnych spojrzeniach majaczyli w tym zielonawym świetle, niby pod wodą rozdrganą i mętną. Zbliżał się do nich, przemawiał, dotykał ich rąk lodowatych, próbował unosić, ale byli jakby zrośnięci z podłogą, że mimo wysiłków nie potrafił ich nawet poruszyć z miejsca.

– Który z nich Joe? – myślał z niezmierną udręką i nie mogąc tego rozstrzygnąć znowu spacerował po mieszkaniu. Czekał coraz niecierpliwiej na rozwiązanie tej oszałamiającej zagadki. Biła już szósta rano, gdy przeciągły jęk przedarł się z okrągłego pokoju. Rzucił się tam gorączkowo, Joe leżał omdlały na środku i był tylko sam jeden. Przenieśli go na łóżko, trzeźwiąc tak energicznie, że wkrótce otworzył oczy, rozejrzał się przenikliwie i zupełnie przytomnie szepnął:

– Czy on jest jeszcze? – coś jakby trwoga zadrgała mu w głosie.

– Nie ma nikogo. Jak się czujesz?

– Jestem strasznie znużony, strasznie... strasznie... – powtarzał coraz wolniej i senniej. Zenon posiedział przy nim, dopóki na dobre nie zasnął, i wrócił do swego mieszkania, i natychmiast położył się do łóżka. Ale o jedenastej już był w British Museum, pod kolumnadą. Czuł się dzisiaj dziwnie smutny i ociężały i mimo usiłowań nie potrafił na niczym skupić uwagi. Wszystkie myśli przeciekały przez niego jak woda przez sito, nawet wspomnienia nocy nie wywoływały żadnych żywszych uczuć, były również obojętne jak wszystko. Był jak ten dzień, znużony, mglisty i nudny.

Wreszcie ukazała się Ada, piękna, strojna i czarująca, że spoglądano na nią z podziwem.

Przywitali się w milczeniu; on bowiem nie miał nic do powiedzenia, zaś ona tak wiele, że tylko jej oczy zaśpiewały hymn radości, a na usta buchnęły uśmiechy, jakby odblaski pożarów wewnętrznych.

– Wygląda pani nadzwyczajnie – szepnął zdawkowo.

– Bo jestem w tej chwili szczęśliwa! – przycisnęła się do niego ramieniem, czuł, jak się rozdygotała. – Mów do mnie! Jestem głodna twojego głosu, tyle lat czekałam – prosiła z tkliwością.

– Pozwól mi tę pierwszą chwilę uczcić w milczeniu – powiedział wyszukanie z jakimś anemicznym uśmiechem na wargach.

Weszli do egipskiej sali. Sfinksy, potężne sarkofagi, bogowie i posągi świętych zwierząt, złomy kolumn i prawieczne szczątki umarłego przed wiekami życia stały niezmierną ciżbą w olbrzymiej i nieco mrocznej galerii. Lśnięcia porfirów, przebladłe barwy malowideł, tajemnicze napisy i nieodgadnione uśmiechy bóstw zapatrzonych pustymi oczami w dal niepojętą rozsiewały dokoła posępną i trwożną cichość. Groza tajemnicy przemawiała milczeniem. Wieczność taiła się w głuchym i obojętnym trwaniu. Ze źrenic bóstw płynęło nieubłaganie i konieczność, a ich kamienny spokój drażnił, niepokoił i przesycał duszę człowieczą tragiczną trwogą...

– Dlaczego wyjechałeś z kraju? – spytała nagłe.

– Wypędziła mnie twoja obojętność! Nie pamiętasz?

– Moja obojętność! – powtórzyła echowo.

Zbudził się w nim stary, dręczący żal, aż się od niej odsunął.

– Przyszedłem prosić cię o wyjaśnienia.

– Tylko po to? – krzyk przerażenia zadrgał w jej głosie i oczach.

– Miałem je wczoraj obiecane – usprawiedliwiał się bardzo zimno, bowiem wydała mu się wroga i postanowił się bronić.

Usiedli pod olbrzymim złomem, pokrytym hieroglifami.

– Tak, masz prawo żądać... powiem ci wszystko... pytaj... – Jej głos się przełzawił i twarz omroczała bolesnym smutkiem. Nie zważając na to, zatopił w niej drapieżne, nielitościwe źrenice.

– Dlaczego wtedy... tej nocy?... – nie potrafił skończyć pytania.

– To twoja córka! – odpowiedziała nieulękle i szczerze.

Odsunął się gwałtownie i w najgłębszym zdumieniu, prawie z przestrachem, nie mogąc przez długą chwilę przemówić.

– Wandzia... moja córka... Wandzia...

– Twoja. Masz wyjaśnienie...

– To wyjaśnia jeden fakt, ale nie wszystko! Błądzę w ciemnościach i nie mogę nic zrozumieć! Wandzia moja córka! Ale dlaczego później byłaś taka obojętna? Dlaczego pozwoliłaś na moją mękę? Dlaczego zmusiłaś mnie do ucieczki? Dlaczego? – rzucał pytania niby kamienie miażdżące, a tak zapamiętale i mściwe, aż spojrzała w niego błagalnie.

– Powiem ci wszystko... szczerze, niczego nie ukrywając... Niech się stanie, co się ma stać... Zbierałam odwagę na tę chwilę, a teraz, Boże, jakże mi ciężko! Ty nie masz pojęcia, jak może pragnąć dziecka kobieta samotna, taka panna mężatka, jaką ja byłam... A ty byłeś moim ideałem człowieka, wiedziałam, że mnie kochasz, i czułam, że na każde moje skinienie... Ależ czyż mogłam powiedzieć, czego pragnę od ciebie?... Z całą szczerością mówię ci w tej chwili, że wtedy nie ciebie, nie twoich uniesień ni nawet własnego szczęścia było mi potrzeba... Pragnęłam całą siłą nieprzepartego instynktu – macierzyństwa i nie mogłam się odważyć... Musiałam przezwyciężyć w sobie wszystkie wstydliwości kobiece, wkorzenione od wieków, całą moją naturę... Całe miesiące trwała ta męka... Nie domyślałeś się nawet, co się we mnie dzieje... Czekałam jakiego cudu, a że cud nie nastawał... odważyłam się wreszcie tej nocy... Masz całą prawdę. Nie wstydzę się tego, bo jestem matką... twojego dziecka...

Umilkła rozpłomieniona jakimś głębokim, świętym wrażeniem i była tak piękna i porywająca w szczerości swoich wyznań! Obnażyła się przed nim do rdzenia swojej istoty i stanęła jak samo życie, wiecznie żądne zapładniań i wiecznie zapładniające, jak słońce niepokalana, jak kwiat przeczysta i jak Ewa dumna świętością swoich przeznaczeń...

Ale Zenon tego nie odczuwał, gdyż wyssawszy z jej wyznań straszne upokorzenie, syknął z tłumioną wściekłością:

– A potem przestałem ci być potrzebny! Pajęczyco!

– Nie mów tak do mnie, to potworne!

– A nie jestże jeszcze potworniejsze, coś mi powiedziała? Więc nie miłość rzuciła cię w moje ramiona, nie szał jakiejś świętej chwili uniesienia, lecz tylko dziki, rozrodczy instynkt! Nie pożądałem cię przecież jak samicy, nie, kochałem twoją duszę, twoją wzniosłość, twoją człowieczą dostojność kochałem! A tyś szukała we mnie tylko samca! Czemuż na mnie wypadł ten wybór! Byłem tylko użyty za narzędzie... to wprost straszne!

Dławiła go bezsilna wściekłość, upokorzenie i niewysłowiony żal. Ada słuchała mężnie, chociaż chwilami bladła jak trup, pochylając głowę coraz niżej.

– I po coś mi to wszystko powiedziała? – jęknął.

– Bo cię kocham!

– Czy znowu, aby... – bluznął szyderczo.

Już z trudem zniosła tę zniewagę, pochwyciła jego ręce i całując je z jakąś żarliwą pobożnością, zaszeptała łzawo:

– Zlituj się nade mną! Kochałam cię zawsze. Dopiero po twoim wyjeździe zrozumiałam, co tracę. Dopiero przez te długie, długie lata samotności zmierzyłam całą otchłań cierpienia! – zaczęła roztaczać taki przebolesny obraz męki, tęsknoty i daremnego oczekiwania, że dusza mu spokorniała i już ze współczuciem wsłuchiwał się w te echa przesiąknięte łzami! Ale gdy potem jęła snuć przędzę przyszłości, schmurzył się nagle i wtrącił z rozmysłem:

– A Henryk?

– Po cóż go mamy wspominać w tej chwili!

Obejrzał się zdziwiony, jakby to wyrzekł kto inny.

– Przecież rozważamy tylko nasze sprawy! – dodała z mocą.

Uśmiechnął się nie mogąc powstrzymać złośliwości.

– Prawda, mąż musi być zawsze okłamywany...

– Nigdy go nie okłamywałam! – dumnie podniosła głowę.

– Nigdy?... A Wandzia... – pchnął jakby sztyletem.

– Byłam mu zawsze tylko siostrą i on wie, że to twoja córka! Sam tego pragnął... zwierzył się z tym przede mną otwarcie...

– On wie i sam tego pragnął...

– Czemuż się tak zdumiewasz?

– Bo to wprost nie do uwierzenia!

– Że przemógł własny egoizm dla mojego szczęścia? Bo to nawet nie poświęcenie, jakież? Ma za to we mnie wiernego do śmierci przyjaciela.

– Nie mogę tego zrozumieć, nie potrafię. Pierwszy raz w życiu spotykam się z tak nieprawdopodobną sytuacją. Zaiste święty!

– Tylko dobry i rozumny człowiek.

– I to mu wystarcza?

– Musi! Wmyśl się tylko w jego położenie! Cóż by począł teraz beze mnie sam jeden, chory i zdany na łaskę służących.

– Ale i twoje życie nie jest do pozazdroszczenia...

– Dlatego przyjechałam wziąć swój dział szczęścia.

Uśmiechnął się bardzo smutnie i rzekł z cichym wyrzutem:

– Gdybyś była przeczytała mój list...

– Przeczuwałam, żeś mi proponował: rozwód i małżeństwo!

– I wróciłaś mi go nie rozpieczętowany!...

– Bo nie mogłam zostać twoją żoną.

– Pomimo wszystkiego, co zaszło!

– Nawet pomimo Wandzi! Nawet pomimo wszystkiego.

– Prawda, przecież tobie chodziło tylko...

– Kochałam cię i właśnie dlatego nie zostałabym nigdy twoją żoną, nigdy! Aż przystanął zdziwiony naciskiem, z jakim to mówiła.

– Nigdy, pragnęłam bowiem i pragnę, abyś szedł swobodnie swoją górną drogą. Orły muszą brać swój lot wysoko, ponad ziemią, z dala od spraw codziennych. Żona dla prawdziwego artysty jest złem, niszczącym demonem, jest jego wampirem.

– Więc z rozmysłem skazałaś mnie na cierpienia?

– Tak, ale poświęciłam także swoje życie i z mojej to męki wyrosły ci orle skrzydła, z moich pragnień powstałeś i z moich łez...

– Któż ty jesteś, kto? – przejęła go nagle jakaś zabobonna trwoga.

– Kocham cię! – szepnęła ogarniając go cichymi oczami.

Milczeli dosyć długo, przechodząc niezliczone sale, zapełnione cudami wszystkich czasów i ludów. Ada miała na ustach jakby gorzkawy wyraz rezygnacji, a on przypatrywał się jej z coraz gorętszą i serdeczniejszą uwagą, aż w końcu powiedział smutnie:

– Cóż ja ci mogę dzisiaj dać za taką miłość!

– Wrócisz do kraju, niczego więcej nie pragnę. Będę tym szczęśliwa, że cię wróciłam ojczyźnie i literaturze, alboż to mało?

– Czy ja potrafię żyć tam jak dawniej?

– Przecież umarło, co było dla ciebie złem, a nowe, twórcze życie czeka na ciebie z otwartymi ramionami. Twoje miejsce nie zajęte. Staniesz znowu na czele i poprowadzisz ludzi swoim wielkim, bohaterskim szlakiem! A tylko czasem przyjedziesz do swojej córki i do swojej siostrzanej kochanki! Nic więcej dla siebie nie żądam, nic! – dodała ciszej i nieco smutnie.

– Kuszenia św. Antoniego, czarowne kuszenia! Majaki, do których nieraz wyciągałem ramiona. Ale czy potrafię się stąd oderwać! Tak

wrosłem w tę glebę i tyle mnie z nią łączy...
– A przede wszystkim narzeczona! – dławiło ją to tak dawno, że się
już nie poradziła wstrzymać.
– Nie tylko! Mam ważniejsze przyczyny! – obejrzał się
niespokojnie, jakby w obawie przed widmem Daisy! – Bywają
niekiedy przeszkody leżące poza naszą indywidualną wolą...
– Wykradnę cię i uwiozę ze sobą! Stoczę walkę z tobą o ciebie.
Przemogę wszystko, przekonasz się, zwalczę niemożliwości, a nie
dam cię już nikomu i niczemu! – wybuchnęła z mocą.
– Jeśliś tylko nie związany sercem lub honorem! – dodała ciszej,
smutniej i lękliwiej.
– Nie, nie! – bronił się słabo, gdyż Betsy ufna i kochająca
zamigotała mu w pamięci niby krzak różany.
– Wracaj do kraju z żoną, prędko ją spolszczymy! – wyrzekła
odgadując jego tajoną troskę.
– To nawet będzie lepiej dla nas wszystkich! – oczy się jej zaszkliły
i ciężkie westchnienie rozrywało piersi, ale nie dojrzał tego ni
odczuł, gdyż powiedział:
– Myślałem już i o tym!
Wyszli z muzeum i pojechali do domu.
Obrzydliwa, żółtawa i zimna mgła już zalewała całe miasto jakby
brudną, wzburzoną wodą, spod której ledwie majaczyły
poczerniałe zarysy domów i ludzi. Na węższych ulicach, pomimo
południa, zapalano latarnie, a wiecznie nie ustający krzyk miasta
sączył się wskróś mgieł głuchym dygotem.
 Ada spod przymkniętych powiek obserwowała jego twarz
zadumaną. Czuła, że był od niej gdzieś bardzo daleko i to ją
przepełniało bezgranicznym smutkiem. Przecież na wszystką jej
miłość nie odpowiedział ani jednym gorętszym słowem. Stłumiła
jednak ból i rozpacz rozrywającą jej serce i spytała łagodnie,
dotykając jego ręki:
– O czym myślisz?
– Trudno nawet określić, o wszystkim i o niczym zarazem.
Pogrążyła się znowu w bolesnym milczeniu.
Dopiero przy rozstaniu ożywił się nagle i przemówił gorąco:
– Wskrzesiłaś mi duszę! Przyjdę do was wieczorem, nie mógłbym
się już obejść bez ciebie... Ucałuj Wandzię ode mnie! Otworzyłaś
przede mną jakieś nowe, nęcące horyzonty! Boję się jeszcze mówić
o tym! Chwilami zdaje mi się, że to wszystko, co dzisiaj przeżyłem,
to tytko moje marzenie o przeszłości! Może to tylko halucynacja!
Nie wiem jeszcze! Nie wiem; błąkam się jeszcze...

– Kocham cię, to szczera prawda!

VIII

Nie mógł już odpowiedzieć, gdyż pozostał sam w przedsionku. Ada wchodziła na białe, marmurowe schody, pochwycił tylko jej ostatnie spojrzenia, co jak upajający okwiat spłynęły na niego, nim utonął w gwarze ulicy i mgłach. Był zgorączkowany tym wszystkim, a ostatnie jej słowa nasypały mu w serce takiego żaru, że rozpłomieniał się przedziwnie szczęsną radością.

– A wszystko razem jest nie do uwierzenia! – myślał – jakby rozdział nie napisanego jeszcze romansu! Przeżyty, a zgoła nieprawdopodobny! – szeptał trzeźwiejąc nieco na jakimś zbiegu ulic, tak zatłoczonym wezbraną i spiętrzoną rzeką pojazdów, że zdało się niepodobieństwem przejść na drugą stronę. Przeszedł jednak pod białą pałeczką polismena, na której skinienie cały ten potok, straszliwie rwący, skamieniał w miejscu i rozstąpił się.

– Jak samo życie! – snuł dalej, przystając tu i owdzie przed wystawami sklepów i nie wiedząc, na co patrzy, tak był pełen rozpamiętywań i radosnego wzruszenia. Płynął z tłumami machinalnie jak kawał drzewa porwany prądem, nie myśląc nawet, gdzie płynie i po co.

– Jakież to dziwne! – zdumiewał się, dopiero teraz pojmując całą niezwykłość wszystkiego, co tak niedawno przeżył.

Znalazł się w Hyde Parku i długo błądził po pustych drogach, zagubionych w bladym, przemglonym powietrzu. Dzień bowiem roztaczał się szary i posępny, wszystko dokoła tchnęło ciszą i smutną martwotą, obumarłe drzewa dygotały bezsilnie, wody lśniły zmatowanymi ślepotą oczami, a gdzieś wysoko nad parkiem kołowały stada jakichś ptaków i chwilami spływał wrzask kruków.

Smutek tego posępnego dnia przesączał mu się z wolna do serca, a jego siostrzyca, melancholia, jęła przysłaniać rozgorzałe oczy swoimi przegniłymi trupimi rękami. Owładnęło nim jakieś niewytłumaczone zniechęcenie, przygasły żary i nuda zasypywała je szarym obłokiem bezwładu. Stawał się w sobie beznadziejnie smutny, że nawet te czarowne wizje, którymi jeszcze przed chwilą poił wyobraźnię i przed którymi klękał w zachwyceniu, zaczynały się przeobrażać w zwykłą rzeczywistość, były czymś przypadkowym i codziennym. Nawet ostatnie słowa Ady zdały mu się teraz jakimś echem, przebrzmiałym od dawna i pustym. Z pewnym lękiem poczuł, jak te niedawne uniesienia i to przedziwne szczęście, zmartwychwstające wraz ze zjawieniem się Ady, pełzną w nim na łachman i wyciekają z duszy niby woda z pękniętego naczynia, pozostawiając tylko po sobie gryzący żal do własnej niemocy.

– Cud trwał przez mgnienie, wskrzeszony, umiera śmiercią wieczną! – rozmyślał z gryzącym smutkiem, bo w tej chwili poczuł tę prawdę gorzką serca, że Ady już nie kocha i Wandzia jest mu obca i również obojętna. Ale nie chciał się jeszcze przyznać do tego, bronił się przed samym sobą spychając to na chwilowe znużenie. Ale naraz tak mu się zrobiło przykro i wstyd własnego stanu, że usiłując więcej o tym nie myśleć śpiesznie pobiegł do domu. W jadalni nie zastał już nikogo, że zaraz po śniadaniu wyniósł się na kawę do readingroomu.

Mrs Tracy jak zwykle spacerowała po pokoju z kotem na ręku, a dwa białe jak śnieg chodziły za nią nieodstępnie. Mr Smith przypiekał przed kominkiem pomarańczową, suchą twarz, zaś kilka pensjonatowych pań, otulonych w szale, obsiadło wielką kanapę w rogu i szeptało półgłosem.

– I znowu pada deszcz! – jęknęła mrs Tracy patrząc w okna.

– Jak codziennie! Straszny klimat, prawie zapomniałem, jak wygląda słońce! Jeszcze parę tygodni takiej pogody a... – zamilkł, bo gdzieś z głębi mieszkania przedarł się żałosny skowyt Bagh.

– To bydlę doprowadza mnie już do rozpaczy!

– Bagh pana? – zdziwiła się niezmiernie jedna z pań.

– Prawie nie spałem całą noc, tak skomlała!

– To dziwne, mam pokój tuż przy oranżerii, a nie słyszałam – szepnęła mrs Tracy spoglądając na panie; jakieś domyślne, przytajone uśmiechy przewinęły się po wszystkich ustach.

– Zazdroszczę pani wspaniałego snu, mnie budził każdy skowyt.

– Ona tęskni za swoją panią.

– A może rozmawia z N i m – powiedział tajemniczo mr Smith strzepując pośpiesznie palcami.

Znowu buchnął krótki ryk Bagh i tak gdzieś blisko, że koty, pogięte w pałąki, ze zjeżoną sierścią skoczyły w objęcia mrs Tracy, która stanęła bezradnie, wodząc dokoła zalęknionymi oczami.

– Czy pan nie wie, kiedy powraca miss Daisy? – przerwała wreszcie przykre milczenie, jakie zapanowało, wylękłe damy odetchnęły, a mr Smith uderzył z gniewem w głownię, aż iskry posypały się na pokój.

– Nie wiem! – zdziwił się pytaniem, lecz mimo tego wszystkie spojrzenia skrzyżowały się jakoś porozumiewawczo.

– Mrs Bławatskaja dowiaduje się o nią kilka razy dziennie, a ja nie umiem jej poinformować!

– Muszą o tym wiedzieć przyjaciele miss Daisy!

– Myślałam też, że pan mnie objaśni... – napierała.

– Ja? Cóż za przypuszczenie! Znam miss Daisy mniej niźli ktokolwiek w pensjonacie! – lecz spostrzegłszy w twarzach niedowierzanie i jakiś nieprzyjemny wyraz ciekawości, żarliwiej, aniżeli tego pragnął, przekonywał, jako nic nie wie o miss Daisy.

– W takim razie wie tylko Bagh! – mruknął mr Smith poważnie.

– Niepodobna się tylko od niej dowiedzieć! A szkoda! – wyrzekł ironicznie powstając do wyjścia.

– My nie możemy, ale pan, gdyby tylko chciał...

Zaśmiał się, rozbawiony jego uroczystym głosem i twarzą.

– Przyprowadzę ją, niechaj sama powie...

Mr Smith rzucił się jak tygrys na drzwi, damy pozrywały się z krzykiem, a mrs Tracy, śmiertelnie pobladła, jęknęła mdlejącym głosem.

– Litości! Pomrzemy z przerażenia! – i żegnały się gorączkowo.

– Więc istotnie państwo przypuszczali, że mogę sprowadzić Bagh? – pytał zmieszany ich przerażeniem, ale damy milczały nie mogąc się jeszcze uspokoić, tylko mr Smith wybełkotał proszący:

– Błagam o niewymawianie nawet jej imienia.

– Czyżby się w niej inkarnował Bafomet?...

Mr Smith aż się zatoczył na ścianę i błyskawicznie sięgnąwszy do kieszonki po sól, obsypywał się skwapliwie.

Zenon stłumił w sobie śmiech i przeprosiwszy go za żart zmierzał do wyjścia.

– Mam wielką prośbę do pana! – wstrzymał go piskliwy głos.

Stanął przy drzwiach, pokrywając uprzejmością znudzenie, jakie go raptem ogarnęło.

– W sobotę urządzamy w naszej loży wielkie zebranie – mówił z powagą mr Smith biorąc go za guzik. – Mrs Bławatskaja będzie składała relację o swojej podróży do Tybetu i stosunkach z Dalaj Lamą! Niesłychane wprost rzeczy! Przywiozła ze sobą jednego z tybetańskich braci, potężne medium. Po relacji, w ściślejszym gronie, odbędzie się seans, zobaczy pan prawdziwe cuda! Sama Bławatskaja pragnie pana poznać i prosi o przyjście na zebranie! Będą sami tylko inicjowani! Odmówiliśmy nawet Stetckowi, ale bardzo nam zależy, aby pan przyszedł, zobaczył i przekonał się o prawdzie naszej nauki...

– Będzie mr Joe?

– Niestety, mr Joe opuścił koło braci, zdradził nas dla miss Daisy i T a m t e g o. – Obejrzał się trwożnie, strzepując palcami.

– Wiem, że był dla niej bardzo niechętnie usposobiony! Mr Smith zaszeptał mu tajemniczo do samego ucha:

– A teraz jest jej zaprzedanym niewolnikiem. Zapewniali nas, że już wstąpił do Palladyńskiej Loży, w której ona ma być podobno Mistrzynią Doskonałego Trójkąta. Ja zaś wiem z pewnością, że ona tam jest Barankiem Białej Mszy! Straszne, co?

– Być może, ale dla tych, którzy rozumieją, co to znaczy...

– Poświęcona samemu... Oblubienica T a m t e g o...

– Musi mi pan kiedyś objaśnić tę całą nomenklaturę tajemniczą.

– Gotów jestem choćby zaraz, aby pan zrozumiał całą okropność miss Daisy i całe niebezpieczeństwo, w jakim się znajduje mr Joe.

– W tej chwili nie mam czasu, lecz poproszę pana o to w sobotę po zebraniu! – uścisnął mu rękę i śpiesznie poszedł do mieszkania.

Ale opowiadanie mr Smitha i jego trwożne szepty, i ten nastrój jaki panował w reading–roomie, poruszył w nim jakieś zapomniane pokłady pa– mięci, nie mógł sobie tylko przypomnieć nic wyraźnego, gdyż postrzępione zarysy jakichś scen, osób, dźwięków i barw przepływały przez mózg z chyżością błyskawic.

– Loża Palladyńska! Baranek! Biała Msza! Bafomet! Co to wszystko znaczy naprawdę? Chciał się otrząsnąć z niepokojącego koszmaru.

– Pamiętasz? – zdało mu się, że ktoś mu szepnął do ucha, aż rozglądał się podejrzliwie po pustym mieszkaniu. Stał bezradnie, znowu zapatrzony w jakieś nierozwite sploty przypomnień, wirujące mu pod czaszką huraganem obłędnych prawie majaczeń.

– Czy to ja kiedyś śniłem? A może o tym gdzieś czytałem i teraz nie mogę sobie tego przypomnieć! – męczył się na próżno, usiłując skupić choćby na mgnienie skłębiony wir przypomnień.

Naraz wszystko się w nim zawaliło przepadając różne teksty święte wołała rozogniona i nietem na szarą i smutną jaśnię dnia, jakby spod fal wzburzonych, nie mogąc na razie pojąć, dlaczego stoi na środku pokoju? gdzie to miał iść? i co robić? Trwało to jednak chwilę, gdyż zbudziła się w nim cała świadomość rzeczywistości, że odtąd rozpoczął nowy okres zwykłego i normalnego życia. Wrócił do tej nieco monotonnej codzienności, patrząc na nią jak dawniej obojętnie i z wysoka. Traktował bowiem życie z wyniosłą pobłażliwością. Nawet towarzystwo, zbierające się przy pensjonatowym stole, nie raziło go już swoim spirytystycznym zacietrzewieniem i wiecznymi kłótniami. Spoglądał na nich jak na zabawnych maniaków, przysłuchując się ich nieskończonym sporom z dyskretną ironią. A Daisy i wszystko, co miało z nią związek, wydawało mu się teraz odległe i tak spłowiałe, jakby rzecz dawno przeczytana w jakiejś fantastycznej książce. A przecież tak niedawno wyjechała! I Joe stracił w jego oczach swoje dawne kontury, przestał go interesować i spotykając się z nim w Bartelet Court traktował go jakby dopiero co poznanego człowieka. Czuł się tak trzeźwy, że spostrzegał tylko samą powierzchnię życia i jego najgrubsze zarysy, jakby stracił zdolność głębszego pojmowania i odczuwania świata i ludzi. Nie obchodziło go nic prócz spraw najbardziej osobistych, drwił poza tym przy każdej sposobności ze wszelkich idealniejszych porywów. Było to jakieś niewytłumaczone stępienie wrażliwości, jakby zanik subtelniejszych uczuć i wyobrażeń. Ta dziwna przemiana zaznaczała się w nim tak jaskrawo, że spostrzeżono ją nawet w Bartelet Court.

Któregoś bowiem dnia po śniadaniu miss Dolly wytoczyła na stół kwestię upadku etyki w masach ludowych, a przy tej sposobności rzuciła się namiętnie na mężczyzn za ich rozpustę i egoizm!

Mr Bartelet podbudzał ją z rozmysłem, bawiąc się przy tym wybornie.

Rozmowa stawała się coraz żywsza, gdyż i milczący zazwyczaj Joe jął dowodzić, dosyć zresztą ostrożnie ze względu na ojca, że źródła moralnego upadku leżą w kapitalistycznym ustroju, w zgniliźnie warstw panujących i w ogólnym zmaterializowaniu ludzkości. A w końcu napadł na chrześcijaństwo jako na szerzyciela błędów i kłamstwa społecznego, przeciwstawiając mu czystą naukę Chrystusa, zawartą w Ewangeliach. Miss Ellen zawtórowała żarliwie i przytaczając różne teksty święte wołała rozogniona i nieulękła, że tylko Ewangelia może zbawić świat.

Zenon cały czas rozmawiał z Betsy o swojej rodzinie, którą obiecał przywieźć do nich w najbliższą sobotę na herbatę, ale podrażniony dowodzeniami Joe i płaczliwym głosem miss Ellen, odezwał się apodyktycznie:

– Nie Ewangelia rządzi ludzkością, ale tylko kij, przemoc i strach! Kodeks grożący więzieniem lub szubienicą ma więcej moralnego wpływu na stado ludzkie niźli wszystkie religie razem. I nie Mesjasza–Zbawcy potrzebuje i czeka dzisiejsza ludzkość, ale tylko Pana, który potrafi być dla niej nieubłaganym władcą i katem zarazem.

Zdumieli się jego nielitościwymi poglądami i zimnym sarkazmem, z jakim przemawiał, że rozmowa wnet się przerwała. Wszyscy się czuli dotknięci i zakłopotani, nie pojmując, co mu się stało. A Betsy była wprost rozżalona na niego, lecz przy pożegnaniu ścisnęła mu rękę go– ręcej niż zwykłe.

– Więc w sobotę czekamy na państwa.

– Przywiozę ich z pewnością. Musi pani ich pokochać! Dziewczyna po krótkim wahaniu spytała nieśmiało:

– Czy pani Ada jest bardzo piękna?

– Bardzo! Ale znam pewną małą miss stokroć piękniejszą, milszą i kochańszą! Stokroć! – szeptał całując ją po rękach. Wyrwała się rozpromieniona i szczęśliwa, zapomniawszy wszelkich przykrości.

– Będziesz na tym święcie zbratania się narodów? – odezwał się Joe, kiedy wyszli przed dom.

– Z radością poznam twoją rodzinę! – powiedział serdecznie.

Pociąg już ich niósł ponad miastem, zatopionym w brudnych kłębach dymów i mgieł, gdy Joe znowu się odezwał:

– Mówiłeś dzisiaj, jakby ci kto przemienił duszę.

Zenon roześmiał się sucho i drwiąco.

– Wytrzeźwiałem! Czuję się zdrowy, śpię wybornie, mam apetyt, pracuję doskonale i nie trapię się niczym, oto tajemnica mojego stanu. Wiesz, do tego stopnia czuję się dobrze, że nareszcie zdecydowałem się na opuszczenie naszego pensjonatu!

– Już o tym słyszałem. Podobno mrs Tracy wydelegowała mr Smitha, aby cię prosił o pozostanie.

– Zabawny człowiek! Ani się spodziewasz, co mi powiedział o tobie!

– Chyba się skarżył na moje wystąpienie z loży!

– Było i o tym, ale powiedział mi z głębokim ubolewaniem i trwogą, że zostałeś czcicielem miss Daisy i oboje służycie Bafometowi! Aha, i że wstąpiłeś do jakiejś Palladyńskiej Loży! Nieprawda, daję ci na to słowo honoru! – zawołał gwałtownie. – Ja miałbym iść z nimi? Ja w służbie Bafometa i tego piekielnego Wampira? Co za ohydny pomysł! – wzdrygnął się jakby z obrzydzenia czy trwogi.

– Przepraszam cię za mimowolną przykrość! Mówił mi o tym bez żadnych zastrzeżeń, więc ci powtarzam otwarcie.

– Lubieżny kretyn może mieć tylko takie asocjacje nikczemne.

– Co to jest ta Palladyńska Loża?

– Świątynia poświęcona kultowi szatana! Tam się zbierają jego wierni, tam miss Daisy prawdopodobnie jest jego kapłanką!

– Jest Mistrzynią Doskonałego Trójkąta! Tak mówił mr Smith.

– Jeżeli nie samym Barankiem – dodał Joe półgłosem rozglądając się podejrzliwie w tłumach wychodzących wraz z nimi ze stacji.

– Gdzie jest ta loża?

– Podobno w okolicach Londynu w jakimś starym kościele.

– Przecież ja tam byłem! – zawołał przypominając sobie na jakieś mgnienie fantastyczną scenę w podziemiach.

– Byłeś tam? Widziałeś? – pytał Joe w najgłębszym zdumieniu, odciągając go z tłumów pod jakąś wystawę i wpił się w niego oczami.

– Tak, ale wiesz, nic już nie pamiętam... Coś mi się musiało zdawać, a teraz, w tej chwili... dalibóg nic nie pamiętam...

– Przypomnij sobie! Podziemia kościoła... stare grobowce... noc... jakiś wspaniały ceremoniał... Bafomet... Daisy... – poddawał z naciskiem.

– Niestety, nie mogę... Coś mi błysnęło przez mózg i przepadło niby kamień w oceanie, doszczętnie przepadło... Zaczekaj no... Podziemia? Zaraz... nie, nie, przyszła mi na pamięć piwnica klubu ekscentryków! Głupstwo! Jakiś chwilowy koszmar! O czym to mówiliśmy?

– O Loży Palladyńskiej, Bafomecie i Daisy...

– Czyli razem tak jakby o niczym! – szepnął ironicznie i pojechał do Henryka, i jak codziennie rozmawiał ze wszystkimi, cierpliwie słuchał wyrzekań chorego, zabawiał się z Wandzią, która się szalenie do niego przywiązała, i jak codziennie pojechał z Adą pokazywać jej osobliwości miasta i okolic. Jakby jakaś niema umowa stanęła pomiędzy nimi, że nigdy nie poruszali przeszłości. Dotrzymywali jej sobie święcie. Nigdy też ani jednym słowem nie zdradziła Ada, co się w jej sercu dzieje, jakie burze nią miotają i jakie szarpią rozpacze, nie domyślał się nawet tego widząc zawsze jej twarz pogodną i wierne przyjaźnią spojrzenia. Zdobywała go jednak z całą świadomością celów ostatecznych cierpliwością, że ani spostrzegł, jak bardzo się od niej uzależnił. Omotała go bowiem taką czujną przyjaźnią, niby serdecznym oplotem kochających ramion, z których nie próbował się nawet wyrwać. A jednak jej nie kochał, zaczął ją tylko wielbić, jakby przecudowny poemat życia, jak wielkie dzieło sztuki, przed którym mógł kontemplować w radosnej ciszy estetyczne wzruszenia własnej duszy. Stała się bowiem spowiednikiem jego marzeń i pomysłów literackich. Nieraz długie godziny spędzali w muzeach, zatopieni w artystycznych rozważaniach. Rozsnuwał przed nią nieskończone pomysły przyszłych prac, bo spostrzegł, iż opowiadając widzi je lepiej i realniej, a jej mądre i dyskretne uwagi tak je uzupełniają, że nawet jeszcze mgławicowe projekty krzepną w kształt doskonały, nabierają życia i prawie się stają...

A przy tym wszystkim Ada wsączała w niego ideę powrotu do kraju niespostrzeżenie, a z takim uporem, że już sam zaczął tego pragnąć. Zrobili nawet projekt edycji jego pism po pol- sku w jej tłumaczeniu. Była niestrudzona w tej cichej walce z nim o niego i coraz pewniejsza zwycięstwa. Z niepokojem jednak przyjęła wiadomość o ułożonej już wizycie w Bartelet Court.

– Jestem ciekawa tego domu! – odpowiedziała chłodno.

– A Betsy ciebie. Pytała mnie, czy jesteś piękna?

Królewskie oczy Ady spoczęły na nim, niespokojnie rozchwiane.

– Powiedziałem najszczerszą prawdę!

– Na cóż mi ta uroda! – szepnęła odwracając twarz pobladłą i oczy przymglone żałością. Nie spostrzegł tego, jak nie domyślał się wielu rzeczy w tym przytępieniu wszystkich władz, w jakim się znajdował od pewnego czasu.

– Jestem pewien, że polubisz Betsy – odezwał się po chwili.

– Bardzo tego pragnę.

Nie zastanowił go nawet jej głos dziwnie oschły.

– A musisz mi szczerze powiedzieć, jak ci się wyda!

Obiecała solennie, zwracając rozmowę na inne przedmioty.

I na tym się skończyło, ni tego dnia, ni następnych już więcej nie poruszali tej kwestii, zajęci jedynce planami wielkiego misterium o Chrystusie, jakie zamierzał napisać. A tak był porwany tą ideą, że na wszystko, co się działo dokoła, spoglądał jakby na kinematograficzne, bezsensowne majaczenia.

– Wiesz, czuję się jakby brzemienny! – powiedział któregoś dnia do Ady na przywitanie. – Ze dwieście osób mam w sobie, które proszą się na świat! Nie masz pojęcia, jak mi czasami straszno w tej ciżbie. Dzisiaj nad ranem oblegli mnie chłopi... Chcą iść na Rzym... Ada rozumiejąc ten język spytała rozciekawiona:

– I puścisz ich?

– Muszę! Niech zdruzgocą tę podłą dzisiejszość! On ich poprowadzi zdobywać świat i utrwalać swoje królestwo niebieskie! Decydująca walka stoczy się w zamku Anioła w Rzymie, oblegną tam wszystkich królów i panów ziemi! Straszna walka o panowanie nad światem i nad życiem, walka o jutro...

– I zwyciężą? Muszą przecież zwyciężyć! – szeptała gorąco.

– Niestety, musi zwyciężyć najpierwotniejszy instynkt życia...

Strasznie mi żal Chrystusa i moich chłopów, ale nie ma już dla nich miejsca na świecie, jest tylko miejsce na handle i fabryki. Mówił z takim głębokim żalem, aż jej oczy napełniły się łzami serdecznego współczucia.

– I już nic nie może ich ocalić, zginą, bo na świecie jest tylko miejsce na handle i fabryki. Człowiek współczesny wyrobił sobie niewzruszony ideał: używać! Nie rozumie poza tym nic i niczego więcej nie potrzebuje. Dlatego Chrystus musi przegrać ostatnią walkę. Odstąpią go wszyscy i zdradzą najwierniejsi! Jestem nawet pewien, że go znowu ukrzyżują na wszystkich rozstajach i we wszystkich mózgach, a imię jego podadzą na hańbę i pośmiewisko! Ludzkość pragnie tylko płodzić, żreć i zdychać! A Chrystus im przeszkadza w radosnym pogrążaniu się w bydlęctwie! Wskazuje jakieś inne jeszcze cele, przeszkadza w używaniu i błąka się jak wyrzut spodlonego sumienia! Więc precz z nim! Precz z wszelkim zagadnieniem, wytrącającym z równowagi! Nie jestem chrześcijaninem, ale kocham tę cudną postać Nazarejczyka, kocham go jako przesmutny krzyk duszy płynący wskróś czasów i ludów. Biedny marzyciel, święta wizja serc tęskniących do nieśmiertelności! I prawdę rzekł uczniom swoim: "Królestwo moje nie z tego świata". – Zaiste, nie było ani jednej chwili, w której by panował na ziemi. Wyznawały go usta i Kościoły, a serca człowiecze zapierały się go w każdej chwili żywota! Chwałę jego głosiły Kościoły, a on już leżał martwy, zabit zdradą i zaprzaństwem! Nie jego to wina, to Paweł z Tarsu, chciwy panowania Żydowin, zbezcześcił jego marzenia i ze snu o szczęśliwości człowieczej uczynił zimny racjonalistyczny system państwowy! W plugawych jego rękach mistyczny kwiat marzenia przerodził się w berła i pastorały, którymi zapędził trzodę ludzką do lochów bez wyjścia. Opętał ją strachem i zapanował nad nią przemocą. Chrześcijaństwo zatriumfowało, ale Chrystusa nigdy w nim nie było, nigdy!

– Straszne jest życie! – szepnęła, przejęta łzawym wzruszeniem.

– Tylko ludzie są straszni! Życie jest jedynym dobrem, a myśmy sami zrobili z niego kaźń dla siebie i ohydę! I w tym leży wieczna tragedia!

Rozeszli się smutni, lecz jeszcze silniej związani wspólnotą odczuwań. Ale w sobotę, gdy wracali z Bartelet Court, Zenon zapytał:

– Pamięta pani obietnicę?

Spojrzała pytająco nie mogąc sobie przypomnieć.

– Obiecała mi pani powiedzieć, jakie wrażenie zrobiła miss Betsy!
– Czarująca panna! – zawołała bez wahania, lecz z takim akcentem,
że Henryk poruszył się niespokojnie.
– Była dzisiaj nieszczególnie usposobiona! – tłumaczył
przypominając sobie jej nieśmiałość i jakieś trwożne
zaciekawienie, z jakim wciąż przyglądała się Adzie i jemu.
– Oryginalny dom, jakby żywcem wyjęci z angielskiego romansu.
– A zwłaszcza ciotki! Miss Ellen dała mi całą pakę broszur...
– O przeznaczeniu kobiety! Umiem na pamięć te staropanieńskie
brednie! Ona należy do etycznej sekty ewangelistek.
– Mnie zaś opowiadał mr Joe takie nadzwyczajności ze swoich
wypraw do Birmy, że wydały mi się nieco fantastyczne...
– Z pewnością nie fantazjował! Cały ten dom to wysoka klasa ludzi
pod każdym względem.
– Ale przyjęli nas bardzo po angielsku! Można było dostać kataru w
tej wyniosło–chłodnej atmosferze...
– Wolisz nasze zwyczaje, gdzie to na wstępie buzi z dubeltówki,
przy kolacji kochajmy się, nad ranem już bruderschaft, a na drugi
dzień jeden drugiego bardzo starannie nie poznaje.
– A nawet, jest mi to bowiem milsze niźli takie nudne
cermonialności! – upierał się, zirytowany jego wzgardliwym
tonem.
Ada załagodziła sprzeczkę i poszli do Green Parku, albowiem dzień
był wyjątkowo pogodny, ciepły i suchy. Po drogach snuły się tłumy
i tłumy zalegały niezmierzone trawniki. Pierwszy zmierzch już
opadał niebieskawymi mgłami, krzyk miasta wrzał w powietrzu i
światła jęły wykwitać w szarych groblach domów. Stanęli przed
gromadką dziewczyn w białych swetrach i beretach, zajadle
grających w piłkę nożną, gdy naraz Wandzia zaszeptała trwożnie:
– Mamusiu! Ta pani znowu na mnie patrzy!
Ada osłoniła sobą dziewczynkę szukając zarazem tej złowrogiej
damy, stała o parę kroków, cała w czerni jak zwykle, włosy miała
miedziane, twarz dziwnie bladą, krwawe usta i szafirowe, okrutne
oczy.
– Panie Zenonie! – chciała mu zwrócić na nią uwagę.
Zenon jednak nie dosłyszał, jakby zahipnotyzowany
niespodziewanym zjawieniem się Daisy, uśmiechnęła się do niego i
przepadła w tłumach, że na próżno rozglądał się dokoła.
– Widzi pan tę rudą damę... o tam, przy klombie...
Spojrzał niechętnie we wskazanym kierunku.
– Już gdzieś zniknęła! Spotkałam ją dzisiaj po raz trzeci, tak

natarczywie przyglądała się Wandzi, aż to zwróciło moją uwagę.
Nadzwyczajnie piękna, ma tylko w sobie coś straszliwego...
– Demon i zarazem Madonna! – szepnął mimo woli.
– Może ją pan zna?
– Zauważyłem tylko w przelocie i porównanie samo się nasunęło.
Pragnęła rozmawiać o tej dziwnej nieznajomej, ale wymówił się
jakąś nagle przypomnianą sprawą i pojechał do domu.
Nie zawiódł się w obliczeniach, gdyż dopędził Daisy jeszcze w
przedsionku.
– Byłem pewien, że to pani! – zaczął radośnie i zmrożony
niedbałym uściskiem jej dłoni, wstępował na schody w milczeniu.
Nie śmiał się odezwać ni zbliżyć, tak mu przegradzały drogę jej
wyniosłe, a przeszywające spojrzenia. Przyglądała mu się
niepokojąco, aż te migotliwe, fascynujące błyski przesyciły go
niewytłumaczonym pomieszaniem.
– Dawno pani przyjechała? – Odważył się wreszcie na zapytanie.
Jej wargi poruszyły się leniwym ruchem węży i jakiś szept wionął
mu w twarz. Nie zrozumiał słów, ale przenikał go czar
nieuchwytny samego dźwięku.
Odprowadził ją do drzwi mieszkania i chciał odejść.
– Będzie pan dzisiaj na seansie Bławatskiej?
– Wprawdzie obiecałem, ale, ale...
– Ale pan przyjdzie, proszę o to! – szepnęła nakazująco przy
rozstaniu. Naturalnie przyobiecał i znalazłszy się w mieszkaniu,
zupełnie machinalnie zapalił światła, usiadł przy biurku i zastygł
nad rozpoczętą sceną z misterium. Przeżywał bowiem to
niespodziane spotkanie z Daisy i każdy szczegół z osobna, każde jej
spojrzenie i słowo każde wskrzeszał w sobie i rozpatrywał z
głęboką uwagą. I wydało mu się to wszystko tak niepojęcie dziwne,
że jeszcze wrzaskliwsza fala niepokojów zatopiła mu serce
wytrącając z resztek równowagi... Spróbował się wyrwać z
błędnego koła wspomnień, lecz czar z nich promieniujący oplatał
go w coraz cięższe okowy.
– Urzekła mnie najwidoczniej! – Przypomniał sobie ludowe
określenie i teraz nie wydało mu się już śmiesznie dziecinne jak
niegdyś, poczuł bowiem swoją wprost fizyczną zależność od Daisy
i tę jej nieprzepartą i niewytłumaczoną władzę nad sobą.
– Jakaś w tym diabelska sprawa! – pomyślał na wpół ironicznie i
naraz rzucił się w tył i zmartwiał z przerażenia, jakby na skraju
jakiejś bezdennej próżni, jaka się przed nim rozwarła... Tłumne
wizje scen, widzianych kiedyś w podziemiach, wdarły się do

mózgu i przepływały długim i niesłychanie żywym korowodem. Widział wyraźnie przesmutną, władczą twarz Bafometa, siedzącego na tronie, a u stóp jego wśród dymów kadzielnych głowę Daisy.

– Tak, to ona, teraz widzę dokładnie! – rozmyślał sprężając całą uwagę, aby nie stracić żadnego szczegółu. Pochylił się naprzód, wpatrzony wytężonym wzrokiem, jakby to wszystko działo się tuż przed nim, przed jego oczami... Nawet ten śpiew, który kiedyś przewiewał tylko dalekim poszumem, usłyszał teraz słowo po słowie, powtarzając bezwiednie z patetycznym akcentem:

Salute, o Satana,
O ribellione,
O forza vindice
Della ragione!
Sacri a te salgano
Gl'incensi e i voti!
Hai vinto il Geova
De' sacerdoti.

– Salute, o Satana! – szeptał, przejęty świętym wzruszeniem grozy, bijącej od Majestatu, od tej smutnej twarzy Władcy, pochylonej litośnie nad rzeszą czcicieli, kłębiącą się kornie u jego nóg. I nawet nie zadrgał, gdy z mar podniosła się naga Daisy, opłynięta w miedzianą chmurę włosów, i splotła się z Bafometem w miłosnym uścisku. Krwawy brzask przysłonił misterium szału i jakby uniósł gdzieś w przestrzenie, a w podziemiach wybuchnął stos, niby krzew płomienisty, na który rzucano połamane krzyże, liturgiczne szaty i blade, ogromne hostie niby pomarłe słońca! Bagh zawyła przeciągle i ponuro.

– Salute, o Satana! Salute! Sałute! – grzmiał hymn coraz potężniej i rozległej, śpiewany jakby przez wszystek świat i całym uniesieniem miłości, wiary i nadziei... Biła już ósma, gdy się rozwiały ostatnie wizje i ostatnie dźwięki przepadły w głuszy wieczora, i Zenon podniósł ociężałą głowę znad nie dokończonej sceny misterium, odłożył pióro, machinalnie ściskane w ręku, i po chwili rozmyślań szepnął z determinacją:

– To będzie, co być musi.

I wierny obietnicy danej Daisy poszedł na seans.

Olbrzymia hala Towarzystwa Teozoficznego była już wypełniona po brzegi, nad czernią głów, wprost wejścia, wznosił się wielki ołtarz, na którym siedział złoty, ogromny Budda, tępo zapatrzony okrągłymi oczami. Ze złotych kadzielnic, podtrzymywanych przez kamienne białe słonie, biły kłęby wonnych dymów, spowijające bóstwo i całą salę w błękitnawe obłoki. Na stopniach ołtarza, wśród wieńców i girland, splecionych z białych róż, hiacyntów i narcyzów, drgały światełka niezliczonych lampek niby złotawe motyle. Kilku Hindusów, siedzących na niższych stopniach, grało na olbrzymich instrumentach tak przedziwnie cicho, że tylko jakby szmer zamierającej fali przewiewał nad zasłuchanymi głowami, niekiedy jakby świergot ptasi przeleciał lub zabrzęczały roje pszczół. A jeszcze niżej, u stóp Buddy, na podium nieco wzniesionym, stała jakaś kobieta w białej, greckiej szacie. Była jakby zatopiona w modlitewnej ekstazie i końcem palców lewej ręki dotykała głowy jakiejś skurczonej, nagiej postaci, klęczącej przed nią... Zenon został przy drzwiach, gdyż wszyscy trwali w znieruchomiałym milczeniu, zapatrzeni i zasłuchani. Dopiero gdy ścichła muzyka i żywiej rozbłysły światła z kryształowych lotosów, podszedł do niego mr Smith.

– Będą dzisiaj nadzwyczajne rzeczy – szepnął biorąc go pod ramię.

– Miss Daisy prosiła, bym pana do niej przyprowadził! Medium dzisiaj jest w doskonałej kondycji. Właśnie Bławatskaja wprowadza je w trans. Pozna ją pan osobiście na agapie. Medium przywiezione z Tybetu. Prawda, jakie tłumy. A to tylko wybrani z wybranych! Inaczej, a mylibyśmy pół Londynu! I wszystkie sfery, od lordów aż do robotników. Pisałem do mr Joe, nie przyszedł – poskarżył się w końcu.

Zenon usiadł przy Daisy, skinieniem głowy pozbywając się gadatliwego staruszka, który przez cały seans nie spuszczał z nich oczów.

– Niech się pan nie pozwoli owładnąć nastrojowi!

– Za trzeźwy jestem, aby na mnie podziałał – odparł z przekonaniem.

Jakiś uśmiech prześliznął się po jej wargach i zamigotały powieki, ale się nie odezwała, bo Bławatskaja odjęła rękę od głowy klęczącego i medium zahipnotyzowane jakby zawisło w postawie pochylonej. Głos niski, mocny i bardzo melodyjny rozległ się w ciszy, wszystkie oczy opadły na nią migotliwym, niespokojnym rojem. Opowiadała zwięźle i obrazowo o swojej podróży ostatniej do Tybetu i stosunkach z Dalaj Lamą. Cisza stawała się już rozdrgana przyśpieszonymi oddechami, oczy zaczynały świecić fosforycznie, fantastyczne bowiem przejścia, niebezpieczeństwa, groza śmierci wisząca nad nią w każdej chwili, niesłychane przygody, śnieżne zaspy, głód, napady zgłodniałych dzikich zwierząt, mroźne orkany, walki ze złymi potęgami, a w końcu wydarcie tych nieśmiertelnych tajemnic bytu, których tylko cząstkę mogła ukazać w Izys Odsłoniętej, takim dreszczem ekstazy i uniesienia przejęły słuchaczów, że po skończeniu grzmot oklasków spadł na nią rzęsisty długo nie milknącą ulewą.

Zasiadła w głębi na czymś w rodzaju tronu i siedziała nieruchomie, pełna majestatu i wyniosłości, a na estradę wystąpił stary Hindus w powłóczystej szacie złotozielonej i w ogromnym turbanie na głowie, zapowiadając część eksperymentalną przy pomocy medium, jakoby wykradzionego z lamaickiego klasztoru, położonego na niedostępnych zgoła szczytach Himalajów.

– Chwila cudów nadchodzi! – szepnęła ironicznie Daisy. – Jakże się panu wydała prorokini? – dodała ciszej.

– Twarz pospolita, oczy przebiegłe, wola potężna, a całość: generalna – wytłumaczył znaczenie tego określenia i zakończył: – Ale mówi wspaniale!

– O tak! Znakomicie tumani wiernych, a w najlepszym razie i siebie! Ale nie, ona na to za mądra! Wie, iż ludzie przede wszystkim łakną cudów!

– Każdy kult chętnie się tym podpiera i uzasadnia.

Nie odpowiedziała, gdyż światła nieco przyćmiono, że tylko w błękitnawych dymach kadzielnic połyskiwał tajemniczo złoty posąg Buddy, a ze ścian, pokrytych symbolicznymi malowidłami, wynurzały się tu i ówdzie jakieś ekstatyczne twarze, święte zgłoski lub znaki.

Biała postać Bławatskiej majaczyła w głębi niby posąg marmurowy. Dźwięki muzyki rozsypały się przesłodkim, sypkim pyłem i przewiały, a całą salę zaległa grobowa cisza.

Rozpoczęły się spirytystyczne cuda. Podnosiły się stoły, latały nad głowami krzesła, sypały się spod sufitu świeże kwiaty i zielone gałęzie jakichś drzew podzwrotnikowych! Niekiedy straszny brzęk tam–tam runął w ciszę, aż wszyscy kurczyli się z przerażenia.

A potem występowały białawe zarysy jakichś larw człowieczych, świetlane ręce błądziły nad niektórymi głowami, grały niewidzialne instrumenty, zawieszone gdzieś wysoko, toczyły się w powietrzu prześwietlone kule mgławic i roje skrzeń jakby fosforencyjną rosą pokrywały ściany i wirowały w przestrzeniach.

Nastrój stawał się coraz trwożniejszy i gorączkowe podniecenie dosięgło szczytu, gdy naraz wszystkie żyrandole rozbłysły i w pełnym świetle medium zaczęło się unosić w górę i w postawie klęczącej, nieruchome, z zamkniętymi oczami, z rękami skrzyżowanymi na piersiach, pozostało zawieszone w powietrzu. Święty lęk ogarnął wszystkich, wybuchnęły histeryczne płacze i spazmy, kilkanaście kobiet padło na kolana śpiewając przełzawionymi głosami jakiś hymn dziękczynny. Wiele osób siedziało niby sparaliżowanych, nie mogąc oczów oderwać od tego cudu, który wciąż trwał. Wielu podeszło do samej estrady nie wierząc własnym oczom. Parę aparatów fotograficznych utrwalało to niesłychane zjawisko. Wreszcie zdumienie zdławiło wszystkie głosy i skamieniło wszystkie ruchy, że pozostali w ekstatycznym oniemieniu podziwu i trwogi zarazem. Ale w jakieś niespodziane mgnienie mrok pokrył salę i rozpoczęła się nowa seria zjaw; nowy dręczący sen, pełen niepokojących widziadeł i fascynujących halucynacji, ogarnął wszystkie dusze. Tylko Daisy siedziała spokojnie, czuwając nad Zenonem, który w tej hipnotyzującej atmosferze jakby zupełnie stracił panowanie nad sobą. Ogarniała go nieprzeparta senność, chwilami już halucynował, rwał się gdzieś, coś przy tym szepcząc niezrozumiale i gorączkowo, że przytrzymywała go za ręce, trzeźwiąc władczymi spojrzeniami, ale kiedy zaczął sztywnieć wpadając w zupełny trans, ścisnęła mu silnie wielkie palce u rąk i szepnęła nakazująco:

– Chodź za mną!

Poszedł automatycznie, nie rozumiejąc, co się z nim dzieje. Oprzytomniał dopiero w jej mieszkaniu przed kominkiem, na którym palił się syty ogień. Bagh leżała na dywanie, wpatrzona w płomień, a za nią siedziała Daisy z papierosem w ręku.

– Jest pan u mnie! – odpowiedziała na jego zdumione spojrzenia.

– Ale jakim sposobem? Byliśmy przecież w Towarzystwie Teozoficznym!

– Było tam ciasno, gorąco, zrobiło się panu słabo i cała historia!

– Dziękuję! – pochylił się, aby ją pocałować w rękę, ale Bagh tak złowrogo warknęła prężąc przy tym grzbiet, że cofnął się mimo woli.

– Chciałem tylko wyrazić moją wdzięczność, i Bagh nie pozwala.

Uśmiechnęła się wspierając stopy na grzbiecie pantery.

– Nie przyzwyczajony pan do spirytystycznych seansów.

– Byłem na kilkunastu, lecz na tym miałem ciągłe wrażenie fantastycznego snu, z którego nie mogłem się wyzwolić! Zadziwiające medium! A jeżeli to wszystko było z góry przygotowane, to muszę przyznać wprost genialność aranżerowi...

– To była najszczersza prawda, ręczę panu! Ale cóż, kiedy to tylko fakty i nic więcej! – mówiła jakby ze wzgardą, podając mu herbatę,

jaką niosła stara, zgarbiona Hinduska. – Niema rzeczywistość.
Prawdy zupełnie zbyteczne. Ohydny bełkot skazanych na wieczną
zagładę. A przy tym nie cierpię tych jarmarcznych cudowności,
sprawiają mi bowiem wstręt i obrzydzenie. W niższych kręgach
ziemskiej atmosfery roi się od takich larw, jest to wielka trupiarnia
ludzkich majaków, którym, nim się rozsypią w pył sferyczny, marzy
się o dawnym bycie na ziemi. To są tylko elementale, emanacje
dusz, zwierciadlane egzystencje i wampiry, czyhające dokoła, aby
naszym kosztem przedłużyć swoje nędzne istnienie cieniów, to są
tylko zarodzie zbrodni, zła i podłości, powstałe w ciemnicach
ziemi, wiecznie unoszące się nad nią i niezdolne do
nieśmiertelnych, słonecznych bytowań. Jak psy w mroźną noc,
głodne i bezdomne, cisną się do izb ogrzanych, tak i one krążą w
świetlanych orbitach dusz twórczych, władczych i
nieśmiertelnych!
– Przerażający obraz, prawdziwe piekło! – westchnął ze
współczuciem.
– Stworzone przez ich boga!
Poruszył się niespokojnie, wpierając w nią rozciekawione oczy.
– Tak, prawdziwe i jedyne piekło! "Wieczny płacz i zgrzytanie
zębów". A On istnieje ich łzami, On tuczy się ich męką. On z ich
cierpień i nędzy uczynił sobie tron, na którym spoczywa niesyty
nigdy chwały ni przemocy! Gdzie tylko jęk, choroby, nieszczęścia,
zbrodnie i wieczny mrok, tam bije źródło Jego mocy, tam jest On,
Władca ciemności, strachów i śmierci! – wołała z piorunami w
oczach, grożąc zaciśniętą pięścią.
A Zenon, przejęty jej uniesieniem, zaszeptał bezwiednie:
Salute, o Satana,
O ribellione,
O forza vindice
Della ragione!
Zwarła dłonie i pochyliwszy głowę pogrążyła się w jakiejś
ekstatycznej kontemplacji. Tylko niekiedy poruszały się jej wargi,
zakwitnął uśmiech, pierś wzniosła się tłumionym westchnieniem,
a przez bladą, wniebowziętą twarz przelatywały odblaski jakby
modlitewnych żarów...
Nie śmiejąc jej przerywać został bez ruchu, zapatrzony w koronę
jej miedzianych włosów niby w glorię świetlaną, i oczarowaną
duszą śpiewał niemą pieśń uwielbienia.
Ale po dłuższym czasie, zaniepokojony jej kataleptyczną
nieruchomością, przywołał Hinduskę i wyszedł.

Bagh, łasząc się pokornie, odprowadziła go do progu.

IX

Wieczór był wprost ohydny; padał drobny, gęsty, a tak dokuczliwy deszcz, że Zenon wstrząsał się z zimna. Przegniłe powietrze zapierało mu piersi obłapiając twarz lepką, obrzydliwą powłoką. Było już dosyć późno, okna czerniały niby gnijące oczodoły, pozamykano wszystkie sklepy i tylko omglone latarnie rozkrążały brudnożółte koliska świateł na poczerniałe, ociekające wodą domy i na zabłocone trotuary. Szaruga stawała się coraz przykrzejsza, że już zaledwie kiedy niekiedy ktoś zgięty pod parasolem przemykał się pustymi prawie ulicami. Nieustanny bełkot rynien, szmer deszczu i głuche, bolesne szamotanie się drzew przemiękłych rozdrażniały Zenona aż do bólu. Był wezwany przez Adę w jakiejś pilnej i ważnej sprawie, więc szedł, a raczej wlókł się, często przystając na rogach domów, zapatrzony z lękiem w puste place i ogłuchłe ulice. Niezliczone oczy latarń świeciły ze wszystkich stron przymglonymi tajemniczo źrenicami, a tu i owdzie stali niewzruszenie polismeni w długich płaszczach, niby czarne stożki, po których spływały strugi wody.

Nie widział Ady już parę dni, gdyż od seansu prawie nie wychodził z domu. Czuł się bowiem źle; opanowały go jakieś niewytłumaczone niepokoje, bezprzedmiotowe marzenia, lenistwo i taki gwałtowny opad woli, że godzinami siedział w reading–roomie, zapatrzony bezmyślnie w ogień, głuchy i ślepy na wszystko. Od tego dnia również nie widział Daisy, powiedziano mu, że słaba i nie wychodzi z mieszkania; poprzestał na tym. Jakaś zgniła apatia skrępowała go bezwładną obojętnością na wszystko i tak obmierziła życie, że nawet własne sprawy budziły w nim nudę i wstręt. Toteż szarpał się i burzył na konieczność, która go wlokła w ten straszny wieczór po zadeszczonym, opustoszałym mieście.

Medytował właśnie o tym, gdy powóz zaturkotał przy nim i jakiś głos zawołał na niego po imieniu.

Daisy wyzierała przez opuszczoną szybę.

– Gdzie pana zawieźć? – pytała robiąc mu miejsce przy sobie.

Rzucił stangretowi nazwę hotelu i wsiadł pośpiesznie.

– Wezwali mnie do rodziny, jakaś sprawa nie cierpiąca zwłoki.

– Czy to ta śliczna dziewczyna i wspaniała pani, z którymi

widziałam pana w Grean Parku?
– Tak. Ale co się z panią działo od soboty?
– Byłam w stanie, w którym się nie wie nawet o sobie! To moja
częsta niemoc, na którą nie ma lekarstwa – szeptała smutnie.
– A i mnie przez ten czas żarła nuda i apatia. Nie wychodziłem, nie
widywałem się z nikim i nie pracowałem. Trwałem w bezwładzie,
a drżałem wciąż z niepokojów, oczekując w każdej chwili jakiegoś
nieszczęścia. Tak się muszą czuć drzewa przed uderzeniem
piorunu! Ohydny stan!
– A teraz lepiej panu? – ścisnęła mu rękę i zajrzała w oczy tak
głęboko a z bliska, że cofnął się mimo woli.
– Nie, nie! – zaprzeczał żywo. – A może temu winien klimat?
Przecież wciąż deszcz, zimno, mgły i tak wokoło aż do rozpaczy! A
może słońce zgasło i już nigdy nie doczekam się ciepła i jasności,
nigdy...
– Nostalgia za słońcem...
– Pojadę na kontynent, muszę, bo dłużej w takim stanie nie
wytrzymam. Ucieknę, gdzie mnie oczy poniosą – przerwał nagle,
zażenowany wybuchem własnego rozdrażnienia.
– Na południu wiosna już w całej pełni...
– Cóż nam z tego! – zawołał szorstko nie odczuwając jej akcentu
pełnego dziwnej słodyczy i tęsknoty.
– I tak mi zapachniały pomarańczowe gaje i zalśniły się błękity
mórz... Pochylił się gwałtownie do niej, oczy miały stężały blask
zapatrzenia i jakby lśnienie tych mórz wytęsknionych, a na ustach
pylił się blady, rozmarzający uśmiech. Naraz zrozumiał wszystko.
– Czekam! Czekam! Czekam! – zaszeptał coraz ciszej zdławionym
głosem oszałamiającej radości, nadziei i szczęścia.
– Pamiętasz! – poruszyły się usta i wionął dźwięk słodyczą
duszący.
– Gotów jestem! Choćby w tej chwili...
Powóz zatrzymał się przed hotelem.
– Jutro! – rzuciła mu na pożegnanie wraz z uśmiechem pełnym
obietnic. Długo nasłuchiwał turkotu oddalającego się powozu.
– Jutro! – powtórzył czując, jak opada mu z duszy apatia niby
łachman posępny, a w sercu rozkrzewia się przedziwny żar siły i
uniesienia. Nie chciał windy, a tylko leciał po schodach jak wicher
radosny! Przystawał niekiedy na zakrętach, rzucając triumfalnie
jakby całemu światu:
– To jutro! Jutro!
Ada przywitała go bladą i wielce zmizerowaną twarzą.

– Wandzia chora!

– Wandzia? – zamroczyła go ta niespodziana wiadomość.

– Zasłabła w sobotę, zaraz po powrocie z parku. Doktorzy nie mogą jeszcze rozpoznać choroby. Nic ją nie boli, skarży się tylko, że skoro zasypia, zjawia się przy niej ta ruda pani, którą wtedy spotkaliśmy, i patrzy na nią tak strasznie, aż dziewczyna z krzykiem zrywa się z łóżka i chce uciekać! A na samo jej wspomnienie trzęsie się z trwogi.

– Gorączkowe majaczenia! – powiedział śpiesznie.

– To właśnie dziwne, że temperaturę ma normalną! Ale ja znam źródło jej choroby! – szepnęła z mocą głębokiego przekonania. Z lękliwą bezradnością spojrzał na jej twarz zatroskaną.

– To ona ją urzekła!

– Kto? – bezwiednie obejrzał się dokoła.

– Ten rudy wampir! Ta straszna nieznajoma!

– Daisy! – i cofnął się, uderzony jakąś przerażającą myślą. – Niemożebne, obawa mąci zdolność jasnego widzenia! Nie da się to wprost pomyśleć! – mówił gorączkowo, aby zagłuszyć dźwięk imienia wymówionego niebacznie.

– Jestem o tym najgłębiej przekonana! Nie wiem tylko, dlaczego i za co? Ale niech będzie przeklęta ta zła i niegodziwa moc! Niech będzie przeklęta! – powiedziała groźnie i oczy jej wystrzeliły błyskawicami potężnej nienawiści. – Ja swoje dziecko obronię, choćbym sama paść miała! Ale co ono komu zawiniło? To mnie tak męczy, że nie mam ani chwili spokoju. Na domiar złego i ciebie tyle dni nie widziałam – poskarżyła się ocierając załzawione oczy.

– Byłem również chory! Pierwszy raz od soboty wyszedłem na ulicę.

– Prawda, jesteś blady i zmizerowany! To musi mieć jakiś tajemny związek z chorobą Wandzi! Nie śmiej się z moich podejrzeń. Trwoga często miewa jasnowidzące oczy! A może ona i ciebie urzekła?...

Wstrząsnął nim lodowaty dreszcz i mózg jęły przeszywać coraz dziwniejsze asocjacje.

– Chodźmy! Jest i Betsy. Przychodzi codziennie czuwać nad Wandzią. Złota, serdeczna dziewczyna!

Milczał mocując się z głuchym niepokojem, jaki spłynął na niego z jej przypuszczeń.

– Bardzo cierpiałeś? – spojrzała z niezmierną tkliwością.

– Pochwycił mnie przykry paroksyzm takiej apatii, że przez parę dni targałem się w bezsilnej męce. Nie miałem sił nawet na ucieczkę do ciebie...

– Czemuż nie mogę być zawsze przy tobie...

– Myślałem o tym! Wiem, że ty byś mnie obroniła od moich własnych udręczeń. Tylko ty jedna – wybuchnął i stłumił zaraz cisnące mu się na usta zwierzenia, bo jakby zamajaczyła przed nim groźna twarz Daisy.

– Co ci dolega? Ty wiesz, że gotowam dla ciebie na wszystko.

– Powiem ci kiedyś! Powiem, uciekę do ciebie, a ty mnie osłonisz i rozgrzeszysz! Muszę się na coś stanowczego zdecydować!...

– Przerażasz mnie! – zaniepokoiła się jego posępnymi oczami.

– Ada, czekamy! – rozległ się głos Henryka z drugiego pokoju. Weszli do salonu, Henryk siedział przed kominkiem, a Betsy szła ku nim.

– Wandzia upomina się o pana! – witała się chłodno i powściągliwie.

Dziewczynka leżała na pościeli niby kwiat omdlały, z wysiłkiem wyciągając do niego drobne, wychudzone rączki.

– To i mamusia czeka, i tatuś czeka, i miss Betsy czeka, i my wszyscy czekamy, a wujcio nie przychodzi – szepnęła z wyrzutem. Słodki, rozżalony głosik i mizerna twarzyczka przejęły go takim rozczuleniem, że ledwie powstrzymał łzy. Przygładził jej rozwichrzone, jasne włosy i zaczął wesoło rozpowiadać powody, dla których nie przychodził.

Wysłuchała poważnie i odezwała się bardzo stanowczo:

– Dobrze, wujciu, ale teraz trzeba już z nami być na zawsze! Mamusia powiedziała, że jak ja wyzdrowieję, to wracamy, i wujcio z nami.

– Pojadę z wami, pojadę! – potakiwał, rozrzewniony jej szczebiotem.

– I już prosto do domu! Ale, muszę coś wujciowi powiedzieć pod sekretem. Tylko nikomu ani mru–mru!

Przyobiecał solennie, objęła go za szyję i zaszeptała uroczyście:

– A jak wujcio nie przychodzi, to mamusia płacze. Nieraz już widziałam. Opadła z powrotem na poduszkę i biorąc go za rękę mówiła poważnie:

– Mamusia jest zupełnie sama! Tatuś wciąż chory, a ja przecież też nie mogę nic pomóc! Mamusi bardzo ciężko! Rozumie wujcio! – dodała.

Jakże w tej chwili stała mu się droga ta złota główka i te niebieskie, mądre oczy. Drgnęła w nim przebudzona nagle miłość ojcowska i na usta przyszły słowa pełne przedziwnej czułości, kochania i

troski serdecznej. Ogarnął ją ramieniem i całował z najgłębszą tkliwością, a dziewczynka wzruszona tą niespodzianą pieszczotą gładziła go rączką po twarzy i szeptała oczarowana i szczęśliwa:
– Wujcio taki dobry, taki kochany i taki strasznie mój... jak tatuś.
– Jak tatuś... – powtórzył echowo, siadając na krześle.
– Naprawdę, wujciu! Naprawdę! – szczebiotała nie puszczając jego ręki. Słuchał radośnie tych wynurzeń, ale równocześnie jęła go nękać posępna myśl, że nigdy nie będzie mu wolno nazwać jej własnym dzieckiem.
Ściszyła naraz głos i zaczęła tajemniczo:
– Wie wujcio, Szwips przychodni do mnie co noc!
Spojrzał pytająco nie wiedząc, kto taki.
– To mój szpic! Mamusia powiada, że on mi się tylko śni... Ale, wujciu, on naprawdę przychodzi; wskakuje na łóżko i tak mnie liże po rękach, aż go muszę pogłaskać, i wtedy zwija się jak biały kłębuszek i zasypia. A czasem bawi się ze mną; porywa buciki, skacze przez krzesła, chowa się i służy na dwóch łapkach! Tylko mi to dziwne, że nigdy nie szczeka i nie zaskomli. No i nie wiem, gdzie on się na dzień podziewa. Szukałam go wszędzie. A może mamusia umyślnie każe go chować? Dzisiaj w nocy... jak przyszła ta ruda, to ją poszczułam...
Nie przyznałam się mamie, bo wiem, że ludzi nie można szczuć psami... ale ja się tak strasznie jej boję, że już nie mogłam wytrzymać... Pokazałam ją Szwipsowi oczami i mówię cichutko: Weź ją! – Skoczył do niej i tak ją gonił po pokoju, tak gonił, tak gryzł, aż mi pogroziła i uciekła!...
– Może już więcej nie przyjdzie! – wyjąkał przerażony opowiadaniem, gdyż Wandzia zdała się być zupełnie przytomna.
– Będę ją teraz zawsze szczuła, kiedy taka niegodziwa! – zawołała gniewnie. – Bo, mój wujciu, przychodzi, siada tu, gdzie teraz wujcio, i tak się strasznie patrzy na mnie, i chociaż zamykam oczy i głowę kryję w poduszki, wciąż widzę, jak mi się przygląda, że taki mnie strach ogarnia i tak się ze mną coś okropnego robi, aż tego nie umiem wujciowi opowiedzieć... Ani się wtedy mogę ruszyć, ani mamy zawołać, ani nic... – Rozłożyła bezradnie rączki.
– I dlaczego ona mnie straszy? – jęknęła żałośnie, przytulając się do niego jakby pod wpływem obawy.
– Nie bój się, ona już więcej nie przyjdzie... I nie trzeba o tym myśleć!... Weszła Ada zapraszając go na herbatę.
– Mamusiu, wujcio będzie teraz przychodził codziennie!
Gdy całował ją na pożegnanie, szepnęła mu do ucha:

- Bobym wujcia nie kochała!

Wyszedł z troską w duszy i długo wodził pustymi oczami dokoła.

- Miss Betsy wróciła już do domu. Nie chciała panu przeszkadzać pożegnaniem i przy tym bardzo się śpieszyła, gdyż mr Bartelet dostał dzisiaj nowego ataku, a Joe gdzieś wyjechał. Nie zauważył nawet jej nieobecności, pochłonięty rozważaniem stanu Wandzi.

Nastrój zapanował dręczący, niepokój mglił wszystkie spojrzenia. Ada co pewien czas zaglądała do chorej, a Henryk, boleśnie zgryziony i osłabły, wzdychał tylko, wodząc wystraszonymi oczami po obojgu.

- Wandzia opowiedziała mi wszystko, nawet i o szpicu! Nie mogę się w tym połapać! Jest przytomna, mądra, świadoma swego stanu i z najgłębszą wiarą opowiada rzeczy niemożebne. Jakby halucynowała na jawie... A może to jakaś autosugestia! Nic z tego nie rozumiem!

- Dla mnie zupełnie jasne. Mówiłam panu.

- Tak, ale ruda nieznajoma i jej złe, urokliwe oczy to nie fakt, ale tylko pani przypuszczenia!

- Być może! A jednak coś tajemniczego zaciążyło nad nami... czuję jej zły wpływ... Ale skąd nadchodzi nieszczęście? Komu przeszkadzają nasze ciche egzystencje? To mnie strasznie męczy.

- Jeśli tak jest, jak pani myśli, to musi pozostać nieodgadnionym...

- Przede wszystkim musi być przezwyciężona ta zła i nikczemna moc.

- Sprowadzę jutro doktora zajmującego się hipnotyzmem.

- Najlepiej by Wandzi zrobił powrót do domu - wtrącił nieśmiało Henryk.

- I ja czuję się tutaj znacznie gorzej. Nie służy nam Londyn...

- Doktor radził wyjazd na południe. Pisała mi wczoraj znajoma z Sorrento, że tam już zupełna wiosna i ciepło. Co pan sądzi o tym?

Zenon zupełnie mimo woli powtórzył słowa Daisy niedawno zasłyszane.

- "I tak mi zapachniały pomarańczowe gaje, i zalśniły się morza błękitne". Ada zdziwiła się obcym i tęsknym akcentem jego głosu.

- Przypomniał mi się jakiś dawny wiersz! - powiedział śpiesznie, widząc jej skupione w podejrzliwości oczy, a przerzucając się w inny ton zaczął ich gorąco namawiać do wyjazdu na południe.

- Ale i pan pojedzie z nami! - przyparła go do muru.

Obiecał bez wahania, gdyż w tej chwili pragnął tego całą mocą.

- Betsy mówiła dzisiaj, że oni rezygnują zupełnie z wyjazdu na kontynent! Tłumaczyła zmianę projektów chorobą ojca, ale tam coś u nich się stało! Jest co dzień smutniejsza! Bardzo mi jej żal.

– Ma ciężkie życie! Ciotki są wprost nie do zniesienia.

– Trapi się teraz stanem brata. Domyślam się z jej niedomówień, iż obawiają się, aby nie zwariował. Czy to możliwe? Pan go dobrze zna...

– Trudno przewidywać, ale zajmuje się zagadnieniami, które dosyć często wiodą na drogi szaleństwa...

– Betsy wspomniała, że i pan bywa na spirytystycznych seansach.

– Zaciekawia mnie ta forma obłędu! Byłem na paru posiedzeniach i widziałem tam nadzwyczajne objawy, na które mój rozum i moja wiedza zgodzić się nie mogą, lecz mimo to są one faktem i prawdą. Nie zaciekam się zresztą w badaniach, a te fantastyczne zjawy gromadzę jako materiał, który może mi się kiedyś przydać.

– Ja bym się bała seansów i tych cudów, jakie się tam stają. Jestem przekonana, że w głębi tych spraw nieczystych tai się szatan i kusi duszę człowieczą cudownościami, hipnotyzuje obietnicą przekroczenia N i e z b a d a n e g o i ciągnie w przepaść...

– Co pani przez to rozumie?

– Chociażby tylko obłęd! Boję się tych ciemnych potęg! A może piekło nie jest tylko produktem zabobonów i strachu? Mnie się zdaje, że poza kręgiem naszej świadomości rozciąga się straszliwa przepaść, w której kłębią się jakieś przerażające potwory, jakieś tajemnicze byty i larwy zgoła niepojęte! A kto, raz uwiedziony ciekawością, zajrzy na to dno, musi być zgubiony! Ja głęboko wierzę w Boga, kocham słońce i jasny dzień, kocham życie i bardzo się lękam wszystkiego, co nie jest z tego świata!

– I ma pani słuszność! – potwierdził nie pragnąc dalszych dociekań.

– Moi drodzy, ale to bardzo późno! – zauważył Henryk.

– Druga godzina! Przepraszam i w tej chwili uciekam!

– Więc już nie będziemy oczekiwali pana nadaremno?

– Z pewnością! A doktora przywiozę po południu! – zawołał z progu.

Przystanął przed hotelem, rozglądając się po pustej i zadeszczonej ulicy, gdy jakiś powóz zajechał i z brzękiem opadła szyba.

– Proszę prędzej, zimno! – Głos wydał mu się bardzo zmajomy.

– Pani tutaj! – krzyknął naraz, dojrzawszy sylwetkę Daisy.

– Czekałam na pana!

– Na mnie! Na mnie! – Nie mógł uwierzyć i jego zdumienie przerodziło się w nagły lęk, cofnął się jakby przed halucynacją, lecz jakaś biała ręka pociągnęła go do wnętrza, drzwiczki się zatrzasnęły i powóz potoczył się tak cicho, jakby leciał powietrzem.

– Miss Daisy? – spytał ochłonąwszy nieco ze zdumienia.

– Jutro jest już dniem dzisiejszym! – posłyszał jej cichy głos.

– I pani na mnie czekała?

Była obtulona w futro tak szczelnie, że tylko chwilami, gdy mijali latarnie, spostrzegał jej płonące, ogromne oczy.

– Więc to dzisiaj! – Własny głos wydał mu się dziwnie obcy.

Pochylił się ku niej, bił od niej strumień takiego żaru, że wzdrygnął się i zuchwale szukał jej rąk, przysuwał się coraz bliżej, próbował nawet ją objąć i jakoś nie mógł tego dokonać, jakby niezmierna przestrzeń wciąż ich rozdzielała! A może tylko w marzeniu tego dokonywał? Coś mówił? Czy pytał o coś? I co ona mówi? Migocą błyskawice i huczą pioruny, jakby przemawiał sam Bóg. Jakaż to tajemnica wiąże ich na zawsze? Nie, nigdy sobie tego nie przypomni, nigdy.

Czy to niebo nagle się rozwarło, że taka radosna cisza obtuliła mu serce? Opadły z nich wszelkie łachmany bytu i oto jawią się wśród ogromów niby kierz gorejący, a wir słońca porywa ich dusze na szlaki wieczności!

Czy to jej usta dały mu się napić szaleństwa?

Czy to jej nagie ramiona opasywały go płomienistymi więzami?

Jakby śmierć zakołysała nim tęskliwymi rękami zapomnienia. Jakaś boskość w samym trwaniu! Być, nie czując więzów istnienia! Czuć, nie wiedząc nawet o sobie! Wciąż zapadać się w odmęty i wypływać falą szczęśliwości!

Jeszcze jeden pocałunek! Jeszcze jeden uścisk! Jeszcze jedno spojrzenie!

Pić rozkosz całym jestestwem i stawać się samym szczęściem! Niemy hymn zwycięskiej radości śpiewać! Któż potężniejszy, ty królu strachu i śmierci?

Czy to jest miłość?

To weselny wybuch słońc, topiących się w sobie w tajemniczej chwili zaślubin. Stawanie się gwiazd w nieskończonościach.

Daisy! Daisy!

Nie ma już nic prócz jedynie doskonałego szczęścia.

Ona! Ja! I Ty, Mścicielu! O Trójco przenajświętsza! O Jedności nieśmiertelna!

Ślepe od żarów miłosnych spojrzenia sieją płomienie i z nich powstają drogi mleczne, pyły kosmosu, i z ich bytów łańcuchy nieskończone!

Ze źrenic Bafometa rodzi się dusza i jak piorun leci wskroś czasów, by znowu kiedyś w Nim utonąć! Powstała z Niego i staje się Nim.

Zakreśla tajemniczy krąg i powraca do wiekuistego źródła. O Daisy! O Daisy! Myśmy szukali się od pierwszych dni stworzenia! Myśmy tęsknili do siebie jeszcze na początku, jeszcze w Nim.

Zali to tylko sen? To niechaj trwa, niechże się śni wiecznie, wiecznie...

Wichry jakichś przypomnień zaczynają przelatywać mózg, poznaje, rozumie i wzgardą wzbiera mu dusza.

To byłem ja! Ten plugawy łachman człowieczy to byłem ja? Jak śmigi zatrzepotały się w mgławicach jakieś byty, jakaś rzeczywistość i jakieś nędzne, smutne rojowiska ludzkie! Płacz od nich płynie, żałosny płacz i skarga! Rosa tych łez opada mu na oczy i sączy się do serca gryzącym cierpieniem...

Daisy! Daisy!

Zamknął śpiesznie oczy, uderzony przykrym światłem poranku.

Myśl wstaje jakby z głębokiej otchłani, pracuje ciężko, szuka w ciemnościach, trzepoce się w męce, rozbija o mgławe zapory złud, przedziera się wskroś mamideł i staje zalęknioną, smutną jaśnią...

Serce poczyna się znowu trwożyć, a świadomość podnosi beznadziejnie smutne oczy i pyta:

– Co to właściwie było?

Oprzytomnił go dźwięk własnego głosu i znowu otwarł oczy. Szary, przemglony poranek zalewa pokój, a ulice już szumią zwykłą melodią ruchu! Taki sam dzień jak wczoraj! Deszcz, zimno i nuda!

– A tamto? – Snuły mu się w pamięci jakieś mgławe, poszarpane strzępy, ale co chwila bledsze, niklejsze i coraz bardziej nieuchwytne.

Zerwał się z łóżka, usiłując sobie tylko przypomnieć, kiedy powrócił do domu i jakim sposobem.

– Jechałem z Daisy! – Skupiał rozchwianą pamięć. – Ale co potem? Co się później ze mną działo? – Nieprzenikniony mur, pełen mglistych, niepochwytnych majaków, zakłębił mu się w mózgu.

Pamiętał rozmowę z Adą, pamiętał opowiadanie Wandzi, wszystko aż do chwili siadania do powozu, ale potem nieprzebita ciemnica, noc i niepokój przesiany oślepiającymi błyskawicami trwogi.

Wszedł służący niosąc wraz z herbatą i notę firmy I. Cook, w której była oznaczona godzina pociągu odchodzącego do Dovru, nazwa statku i nr kabiny.

– Czy miss Daisy u siebie? – zapytał odzyskując równowagę.

– W tej chwili poszła tam mrs Bławatskaja i mr Smith.

– A czy mr Joe nie wyszedł jeszcze?

– O, mr Joe bardzo chory! Mówiła mrs Tracy, że...

– Możesz odejść! – wybuchnął gwałtownie, spostrzegłszy naraz wzrok jego skierowany z głupio domyślnym uśmieszkiem na jakiś szal porzucony na kanapę! Szal był indyjski, mieniący się barwami, przesycony zapachem fiołków, a obok niego leżały białe, zmięte nieco rękawiczki.

– Daisy! Tak, to jej! – z rozkoszą sycił się cudownym aromatem. – Jakaś pomyłka! – Zawinął go w papier i wraz z kilku słowami objaśnienia odesłał przez pokojówkę. Zatelefonował jeszcze w sprawie Wandzi do znajomego doktora hipnotyzera i miał już wychodzić, gdy znowu wpadła mu pod oczy nota Cooka. "Pociąg odchodzi o dziesiątej. Dover. Kaliban". Czytał wolno jakby wbijając sobie w oporną pamięć, ale nie mogąc na razie zrozumieć, gdzie to miał jechać i po co, rzucił niechętnie papier i wyszedł.

Na korytarzu zabiegła mu drogę pokojówka z listem Daisy.

– Czy pani już wyszła?

– Pani słaba i od paru dni zupełnie nie wychodzi.

Uśmiechnął się pobłażliwie z jej kłamstwa.

Daisy zapraszała go do siebie na herbatę. A w przypisku dziękowała za odesłanie szala.

– O piątej u Daisy, siódma u Wandzi z doktorem, a o dziesiątej pociąg odchodzi! – przemknęła mu chyżo myśl i poszedł do Joego.

– "Kaliban"! Dziwna nazwa jak dla statku! – pomyślał nagle.

Malajczyk otworzył mu drzwi, łypnął białkami i gdzieś zginął. Mieszkanie było prawie ciemne, portiery pozapuszczane, a w szarym, posępnym mroku jak widmo błąkał się Joe. Chodził zgarbiony i z trudem, czasem przystawał wpatrując się w jeden punkt z niezmierną uwagą, coś szeptał niezrozumiale i znowu szedł z pokoju do pokoju.

– Joe! Joe!

Jakby nie usłyszał nie przerywając ani na chwilę wędrówki.

Zenon ścisnął go mocno za rękę i zawołał prosto w ucho:

– Joe! Obudź się, na Boga!

Przysunął się do niego blisko i spytał jakoś automatycznie:

– Powiedz mi, gdzie ja właściwie jestem? – wparł się w niego oczami.

Zenon aż się cofnął przed tym obłędnym wzrokiem.

– Gdzie jestem? – powtórzył ciszej i trwożliwiej.

– Przy mnie! Stoimy obok siebie! Nie czujesz mojej ręki?

– Tak... ale... Stoimy na środku pokoju czy tam, naprzeciw, pod ścianą?...

– Na środku pokoju...

– I pod ścianą nic nie widzisz?

– Daję ci słowo, że w pokoju prócz nas dwóch nie ma nikogo więcej!

– Dziwne... Pusto teraz... A przed chwilą... I ty wiesz, że ze mną mówisz? Zenon śpiesznie odsłonił portiery i dzień chlusnął na pokój szeroką smugą światła, Joe odwrócił głowę przed brzaskiem, lecz po chwili jął się rozglądać podejrzliwie, a niekiedy, jakby dojrzawszy coś straszliwego, kurczył się cały, zastygał na mgnienie, oczy cofały mu się w głąb czaszki, połyskując złowrogim blaskiem szaleństwa.

– Joe! – głębokie współczucie zadrgało mu w głosie.

– To ty, Zen. Wiem! – przemówił jakby budząc się z letargu.

– Co ci się stało? Chory jesteś?

– I tylko nas dwóch jest tutaj? – podniósł na niego błędne oczy.

– Odsłonię wszystkie okna i pootwieram, to się sam przekonasz!

Po chwili całe mieszkanie było zalane światłem i chłodnym, wilgotnym powietrzem, bełkot rynien i szmer deszczu grały monotonnie.

Joe obtulił się w pled, wyjrzał oknami, wystawiał nawet głowę na deszcz i uspokojony nieco usiadł przy Zenonie, który rzekł:

– Jesteś strasznie zdenerwowany!

– Być może! Nie wychodziłem parę dni z mieszkania i to kaloryferowe ciepło zawsze źle na mnie działa.

– Przypuszczano, żeś zachorował.

– Byłem bardzo zajęty.

– A w domu niepokoją się o ciebie... – podsunął ostrożnie.

– Kto? – rzucił krótko i ostro.

– Ojciec, Betsy, ciotki, wreszcie i przyjaciele.

W miarę wyliczania Joe podnosił się z miejsca, chmurniał, twarz posępniała gniewem, aż wreszcie wybuchnął z zaciekłością:

– Nie pamiętam i nie znam nikogo!

– Mówiłem o twojej rodzinie! – dodał sądząc się źle zrozumianym.

– Nie mam rodziny! Pozbyłem się już tego wampira! Zerwałem wszystkie pęta. Nic mnie już nie łączy z życiem! W tych dniach opuszczam Europę na zawsze! Jestem wolny, nie potrzeba mi ojczyzny ni rodziny, ni przyjaciół. Obmyję ciało w świętych wodach Gangesu, a duszę utopię w kontemplacji! Już tam plugawy kwik trzody ludzkiej mnie nie dojdzie! Tak strasznie tutaj cierpiałem! Przewyciężyłem podły instynkt życia i przezwyciężę samo życie! Cierpiałem za wasze grzechy, modliłem się, biczowałem! Ale teraz już wiem, że nic was już nie zbawi! Jesteście przeklęci! Bogobójcy, czciciele zła! Przeklęci! Przeklęci! Przeklęci! – krzyczał w obłędnej ekstazie bólu, zgrozy i nienawiści.

– Przyszedłeś mnie trwożyć? – zwrócił się do Zenona. – Przyszedłeś mnie kusić? – Precz, wysłanniku lucyfera! Precz! – wołał następując na niego z piorunami w oczach, że Zenon, zrozpaczony jego stanem, cofał się bezwiednie, nie wiedząc, co począć, ale naraz Joe zatrzymał się i pobladły śmiertelnie jakby skamieniał na miejscu.

Zenon rzucił się do niego, lecz mimo nadludzkich wysiłków nawet nim nie poruszył, stężał zupełnie i jakby przyrósł do posadzki. Stał przygięty niby drzewo zabite w skurczu walki, głuchy i ślepy na wszystko, rozgorzałe nadmiernie oczy jęły z wolna przygasać świecąc próchnicowym, martwym blaskiem, a twarz powłóczyła się nieopowiedzianym wyrazem ekstatycznej błogości.

– Nie wolno mu przerywać! – powiedział przywołany Malajczyk, spiesznie zamykając okna i przysłaniając je ciężkimi kotarami.

Zenon tak był przerażony, że nie rozumiał jego słów.

– Sam się ocknie, może dopiero za parę godzin, a może jutro! On teraz mówi z bogami! A gdyby mu się przerwało, mógłby zabić spojrzeniem... Czasem unosi się w powietrzu i słychać wtedy muzykę i śpiewy!... – szeptał pobożnie, postawił przed nim kadzielnicę i zapalił, białawy słup dymu podniósł się w górę i z wolna napełnił pokój wonnym obłokiem. Malajczyk wyprowadził Zenona do żółtego pokoju i rzekł wskazując na stosy sprzętów porozrzucanych i kufry otwarte:

– Pan kazał odesłać ojcu wszystkie rzeczy i pieniądze.

– Więc wyjeżdżacie? – odezwał się wreszcie, odzyskując nieco równowagi.

– Mamy już kupione miejsca międzypokładowe do Bombaju, a stamtąd Budda zaprowadzi nas na Wielką Drogę!

– Gdzie jedziecie? Gdzie! – nie mógł się jeszcze połapać ni uwierzyć.

– Ja jestem tylko jego cieniem, idę, gdzie on idzie! – mówił tak poważnie, że musiał uwierzyć w jego słowa i tym większy niepokój nim owładnął.

– Trzeba go ratować! – postanowił dzwoniąc energicznie na lokaja.

Wysłał długą depeszę do Bartelet Court i kazał poprosić mr

Smitha, który na szczęście był jeszcze w domu i natychmiast się zjawił. Wysłuchał opowiadania z najgłębszym współczuciem, nie mogąc się jednak powstrzymać od sekciarskiego triumfu.

– Opuścił nas, a to smutne rezultaty! "Po owocach ich poznacie je". Oto dokąd prowadzi swoich wielbicieli ta diablica!...

– Kogóż ma pan na myśli!

– Miss Daisy! Byłem u niej z Bławatską, otwarcie się przyznała do służenia Jemu! – strzepnął zabobonnie palcami.

– Ważniejszy dla mnie oto stan chorego! – odezwał się wielce znękany.

– Chciałbym go zobaczyć, może się już przebudził...

Poszli do niego, stał na dawnym miejscu nieporuszenie, ledwie dojrzany w kadzielnych dymach i cały pokryty świetlistą rosą. Mr Smith zadygotał z trwogi.

– "Ale nas zbaw ode Złego" – zaszeptał cofając się śpiesznie do żółtego pokoju.

– Jest w zupełnej katalepsji! Trzeba czekać, aż się sam przebudzi. Myślę, że nie można go później zostawić samego.

– Czekam właśnie na jego rodzinę. A może odwieźć go do lecznicy?

– To coś gorszego niźli choroba!

Zenon padł na krzesło, miotany coraz boleśniejszymi przewidywaniami, a mr Smith zamyślił się głęboko i spacerując, mimowolnie latał po rzeczach taksującymi oczami. Jego wyschłe, kościane palce z lubością przesuwały się po jedwabiach obić i dotykały brązów.

– Na wszystkich drogach życia czyha szaleństwo! – odezwał się półgłosem Zenon jakby odpowiadając własnym rozmyślaniom.

– Ale na tej, którą poszedł Joe, chwyta każdego! Już byłem kiedyś na niej i uratował mnie cud, cofnąłem się znad przepaści...

– Więc wystąpił pan ze zgromadzenia?

– Mówiłem o drogach, jakimi poszedł Joe! To są drogi zaprzeczań i szatańskiej pychy! Drogi Zbuntowanych! Diametralnie się rozchodzimy! My wierzymy w Boga, on Mu przeczy! My kochamy ludzkość i pracujemy nad jej zbawieniem, a oni mają do człowieka wzgardę i nienawiść! Przeklinają życie i chcą jego zagłady! Swoje wzniosłe "ja" przeciwstawiają całemu światu! A muszę przede wszystkim powiedzieć, że spirytyzm jest wiarą ugruntowaną na wiedzy o nieśmiertelności wszelkiego stworzenia. Świat jest marzeniem Boga o samym sobie! – prawił z zapałem, wykładając zawiłe teorie siedmiu kręgów poznania, siedmiu sfer i całą apokalipsę teozofii.

Zenon milczał przeżuwając różne strapienia.

– Ale powróćmy do Joe – przerzucił się nagłe, widząc znudzoną twarz Zenona. – Twierdzę, że zgubiła go miss Daisy!

– A w końcu zacznie pan dowodzić, że ona jest reinkarnacją Bafometa.

– Dowodzę tego od początku! – strzepnął palcami, a przysunąwszy się do niego szeptał mu prawie do ucha: – Przecież przybiera takie postacie, jakie chce! Pan myśli, że Bagh to tylko pantera? Albo to jej rozdwajanie się na parę postaci? Sam widziałem, jak przyszła na seans do Joe, rozmawiałem z nią, tworzyła z nami łańcuch, a wyszedłszy wcześniej, zastałem ją siedzącą z mrs Tracy, z którą bez przerwy przepędzała cały czas seansu! Czy to nie potwierdza mojego dowodzenia? Faktów podobnych mógłbym przytoczyć bardzo wiele. Na przykład, w ostatnich dniach była niby słaba i wiemy z pewnością, jako nie opuszczała mieszkania, równocześnie jednak widziano ją w różnych stronach miasta. Mówię panu rzecz absolutnie pewną, bo stwierdzoną.

Zenon wpił się naraz w niego oczami, słuchając z uwagą.

– To wampir! – wyrzekł mr Smith z uroczystą tajemniczością. – Przybiera bowiem jakie chce kształty, aby swobodnie żerować wśród dusz... A może jej jako człowieka nie ma zupełnie? Może to tylko chwilowa inkarnacja Jego woli?... Tak, panie, to może być tylko Jego cień, nieśmiertelny cień Zła i Grzechu!... Samotny w nieskończonościach, zepchnięty na dno wieczystych ciemności, nieukorzony a nienawidzący Najwyższego Światła, wyciąga sępie pazury po władzę nad światem i zagarnia obłąkane i buntownicze dusze, aby kiedyś na czele tych potępieńców stoczyć jeszcze jedną i ostatnią walkę z Bogiem! Wierzę, jako nadejdzie ten czas, zatrzęsie się wtedy w posadach cały świat, pogasną gwiazdy, rozsypią się w pyły słońca i planety i zawrze nieubłagany bój od krańca do krańca! Ale i w to wierzę, jako będzie start na proch Szatan i pycha jego! Bóg wywiedzie nowe światy z chaosu! Nową, weselną Hierusalem stanie się ziemia i oswobodzona od grzechu ludzkość zaśpiewa: Hosanna! Czyste, nieśmiertelne duchy zapełnią wszechświat i wszystko niebo rozebrzmi szczęściem wiekuistego trwania w Bogu! Tak w to gorąco wierzę, jak wiem, że Daisy jest Jego wysłannicą! I jestem pewien, że tu ktoś umrze, ktoś oszaleje i ktoś zatraci się na wieki przez Nią i dla Niego!... Zenon jakby nie zrozumiał ostrzeżenia, pochłonięty wyłącznie tym, co słyszał o rozdwojeniach Daisy. Nudziły go bowiem spirytystyczne teorie mr Smitha, lecz to niespodziane potwierdzenie przypuszczeń, głęboko

tajonych nawet przed samym sobą, wstrząsnęło nim gwałtownie.
– I równocześnie widziano ją w różnych miejscach? – pragnął
potwierdzeń.
– Ależ z pewnością! – mr Smith jął skwapliwie przytaczać nowe
fakty.
Już nie słuchał, zapatrzony w nagle rozwarte wierzeje
przypomnień. Pamiętał w tej chwili każdy analogiczny fakt: a to
pierwsze wstrząsające zdumienie, gdy zostawiwszy Daisy na
seansie, spotkał ją w korytarzu idącą naprzeciw! A scena
biczowań? A wiele tych niepojętych zgoła rzeczy! A przede
wszystkim to wczorajsze spotkanie! Przecież dwa razy widział ją,
rozmawiał, siedział obok niej, czuł ją przy sobie i ona w tym
samym czasie mogła być w mieszkaniu?
– Co to znaczy? Jak to pogodzić? Czy to możebne? – Cofnął się
jednak trwożnie przed stwierdzeniem wiążącym się w
nierozerwalny łańcuch pewności. Zapalił papierosa, popatrzył na
Joego, zamienił kilka słów ze Smithem i usiłując rozmyślać
spokojnie, znowu zagłębił się we wspomnienia...
Poznanie Daisy i wszystko, co o niej słyszał, na co patrzył, co sam z
jej powodu przeżył, nawet to, co zaledwie się prześliznęło przez
mózg i tylko majakiem padło nieświadomym, jawiło się teraz w
nim jakby z wolna po raz drugi przeżywane. Rodzaj jasnowidzenia
owładnął nim z taką siłą, że pamiętał z nieubłaganą dokładnością
prawie każdą chwilę. Przyglądał się jakby nieskończonej wstędze
kinematografu.
– Widzę, pamiętam i tak samo nic nie rozumiem! – pomyślał
chwiejąc się niby liść na rozhukanych falach. – Przecież ja widzę
tylko fakty, powierzchnie jakichś przypadkowych realizacji, czegoś
niewiadomego ślepiące majaki! Ale co jest tam w głębi? Kto jest
reżyserem tych kukieł człowieczych? I kim jest właściwie Daisy!
Jakąż rolę gram w tym wszystkim? – szarpał się w nierozerwanych
sieciach tajemnicy, które go wlokły przez głębię męki, udręczeń i
daremnych pytań.
– Wie pan! – zwrócił się po jakimś czasie do mr Smitha. – Nawet
bym się już nie zdziwił, gdyby naraz te drzewa za oknami
przemówiły, a ci średniowieczni rycerze z obrazów zasiedli między
nami...
Mr Smith odrzekł uroczystym tonem kaznodziei:
– Wszystko leży w granicach możliwości! Z nas bowiem bierze
początek wszelka rzeczywistość! Myśl jest również realizacją,
która trwa nawet poza nami. Jesteśmy marzeniem Boga, świat zaś

jest naszym marzeniem. Nie ma dualizmu, jest tylko doskonała jedność, wiecznie falująca między biegunami: śmierć – życie, czyli między: wiem – jestem! Nie ma w naturze...
– Być może, iż to wszystko prawda! – przerwał mu niecierpliwie Zenon, ogarnięty nieprzepartą żądzą ucieczki od tego wszystkiego. Nie czekając już przyjazdu Betsy wybiegł na ulicę i z radością zanurzył się w ciżby tłumu.
– Więc jeszcze jestem! – stwierdzał się fizycznie, prąc się wskróś zatłoczonych trotuarów.
– Przecież nie mogę już tak żyć dłużej, nie mogę! I nie chcę zwariować! – krzyczał w nim przebudzony nagle instynkt samozachowawczy. – Wrócę z Adą do kraju i zapomnę o wszystkim! – marzył pozwalając się nieść tłumom, gdzie im się podoba. I czuł się coraz spokojniejszy gubiąc z wolna wszelkie obawy i pamięć tamtych spraw strasznych.
Ale równocześnie spostrzegał w ludziach jakieś niezrozumiałe zmiany, które go zaniepokoiły. Twarze zdały mu się być tylko maskami, przez które przeświecały jakieś obce, zagadkowe oblicza. I spojrzenia mieli tak promienne i strzeliste, że nad głowami wiły się ustawiczne kłęby migotów i błyskawic. I poruszali się inaczej, jakoś płynniej, jakby unosząc się nad ziemią. Zaś gwar miasta przeistaczał się w rozfalowaną i nieskończoną melodię... Każdy głos brzmiał z osobna i razem tworzyły chór niebiańskich dźwięków. Nawet mury wzięły barwę lazuru i wynosiły się aż gdzieś ku niebu. Wszystko, na co spojrzał, miało ten sam zagadkowy wyraz, wszędzie kryło się jakieś życie inne, obce, nieodgadnione i zewsząd wyzierała niepokojąca tajemnica...
Nie dziwił się już niczemu, tylko myślał lękliwie:
– A może i tak jest, jak mi się wydaje!
Gdy przechodził park, zaszumiały drzewa, przystanął.
– Co one mówią? – ogarnął braterskim spojrzeniem zwichrzone gąszcze.
Park chwiał się, kołysał i szumiał cichą, tajemniczą pieśnią zmierzchu.
– Co? Co? – spytał wzruszony, gdyż zdało mu się, jako idą ku niemu te czarne olbrzymy i podają mu swoje rosochate gałęzie.
– Nigdy, nigdy się nie porozumiemy! – westchnął żałośnie.
Stado ptaków zataczało nad parkiem kręgi coraz niższe, aż poczuł na twarzy miot skrzydeł i dojrzał rozchylone dzioby i okrągłe, świecące oczy. Opadły przy nim, a kilka uczepiło się jego ramion, kracząc długo i nieustraszenie. Wsłuchiwał się w te głosy, gładził

czarne, lśniące pióra i szepnął smutnie:
– Znowu ta nieprzebyta granica! Obcymi pozostaniemy na zawsze!

Zerwały się naraz i uderzywszy skrzydłami, biły potężnym lotem w górę, nad drzewa, ponad miasto, coraz wyżej, a on gonił za nimi roztęsknionymi oczami, póki nie przepadły w szarych rojowiskach mgieł.

Powolny a mocny dźwięk godzin zbudził go do rzeczywistości.

– Piąta! – przypomniał sobie natychmiast zaproszenie Daisy. Ale szedł jakoś ociężale i otrząsając się z resztek rozmarzeń, spostrzegał z przykrością, że wszystko znowu miało ten sam zwykły i pospolity wyraz. Rozwiały się błękitne mgły i wartki nurt życia burzył się dokoła, pienił i bryzgał brudnymi falami. Wzdrygnął się z obrzydzenia.

– A może tak jest, jak mi się teraz zdaje! – dumał zapatrzony w zatroskane głowy, przygięte do ziemi pod brzemieniem niedoli. I wszędzie widział tylko zorane namiętnościami twarze, niespokojne i zdziczałe spojrzenia, usta zacięte cierpieniem, a we wszystkich wyraz drapieżnego nieubłagania, chciwości i egoizmu. A ten ruch olbrzymi! Te tysiące tysięcy kręcących się w kółko, jakby w szale i zapamiętaniu! Ta dzika walka wszystkich ze wszystkimi! Te niezliczone hordy wciąż węszące za łupem! Nędze, zbrodnie i rozpasania! Jakże to wydało mu się naraz potworne w swojej głupocie i bezcelowości! A wszystko było godne siebie: i te nędze niewypowiedziane, i te bogactwa niezmierne! Nawet te domy brudne, niby przegniłe trumny, rojące się ludzkim robactwem, nawet to niebo obwisłe i jakby przesycone ropą i kałem! Ohydne i przeklęte takie życie i taka dola!

– Uciekać jak najprędzej i jak najdalej! – prosiła go radosna i wyzwoleńcza myśl. Poczuł się znowu silny, bezwzględny i już na wszystko zdeterminowany.

Powrócił śpiesznie do mieszkania dowiadując się zaraz na wstępie, że z góry przysyłały po niego jakieś panie.

Poszedł tam dosyć niechętnie, przewidując nowe i przykre powikłania.

Joe jeszcze się nie przebudził, ale Malajczyk zaszeptał zapewniająco:

– Już zupełnie zimny, tak zawsze bywa przed obudzeniem. I fosforescencja znikła! Lada chwila oprzytomnieje.

W żółtym pokoju rozmawiała miss Dolly z ich domowym lekarzem.

– A czy nie mówiłam, że to musi się źle skończyć! – zawołała na powitanie.

– Ale to go nie uleczy! – odparł niecierpliwie, zazierając do sąsiedniego pokoju.

– Mr Smith poszedł pana szukać u jakiejś miss... nie pamiętam nazwiska. Zirytował go ten docinek, ale dość uprzejmie pytał o Betsy.

– Siedzi przy nim. Uparła się i nie opuszcza go ani na chwilę.

Jakoż znalazł ją w mrocznym pokoju, przysłoniętym kadzielnymi dymami, siedziała spłakana, nieprzytomnie wpatrując się w brata, który stał tak samo pochylony i z tym samym zakrzepłym uśmiechem na ustach.

– To okropne! Patrzy, a nie widzi! Mówiłam do niego, nie usłyszał. Dotykałam się jego rąk, zimne i sztywne jak u trupa! Boże mój! Boże! – zajęczała cicho.

Wyprowadził ją do okrągłego pokoju, silnie oświetlonego.

– Co jemu się stało? – zabłagała chwytając go za ręce.

– Nie wiem! Czy mr Smith nic pani nie mówił? – Obawiał się tego.

– Mówił wprost straszne, straszne rzeczy!

– Spirytystyczne brednie, nie trzeba im wierzyć! Betsy! Betsy!

– A jeżeli to prawda? A jeżeli to ona temu winna?

Zrozumiał, kogo ma na myśli, lecz nie próbując bronić spytał wykrętnie:

– Cóż powiedział doktor?

– A jeżeli ona i Wandzię zaczarowała? – ciągnęła coraz lękliwiej.

– Widzę, że Ada nie oszczędziła pani swoich zabobonnych przywidzeń.

– Bo jeżeli to prawda? Jeżeli to wszystko prawda, co mówił mr Smith! – wybuchnęła przerażeniem.

– Tak się teraz obawiam każdej nowej chwili, że wolałabym zaraz umrzeć. Nigdy, nigdy nie przypuszczałam... i czuję się tak bezbronna wobec nieszczęścia... – zapłakała, łzy polały się rzęsistym strumieniem po zbladłych, zmizerowanych policzkach. Było mu jej strasznie żal, a nie mógł się zdobyć ani na jedno cieplejsze słowo. Stał sztywny, wodząc szklistymi oczami po ścianach.

– I tak mi było dobrze... tak sobie marzyłam... taka byłam szczęśliwa... a teraz! A teraz! – załkała znowu, wisząc jeszcze na rąbku nadziei, że może on przemówi jak dawniej, że może ją podeprze kochającym ramieniem i nie da nieszczęściu... Nie poruszył się jednak, miotany dziwną rozterką, jej łzy rozrywały mu serce i wiedział, co był powinien zrobić w tej chwili, wiedział, że to bezbronne pisklę przyszło do niego po ratunek, a nie potrafił przełamać jakiegoś ciemnego nakazu, który mu wzbraniał najlżejszego objawu współczucia! Już wprost fizycznie nie umiał się zdobyć na żaden odruch. Czuł, że popełnia podłość i zdradę, że pastwi się i zabija to najszlachetniejsze i najgłębiej oddane mu serce, a nie przezwyciężył siebie. I na darmo szamotał się w jakichś nieubłaganych pazurach, i na darmo starał się zrozumieć stan własnej duszy...

Zaś z Betsy jakby wyciekało życie wraz ze łzami, bo czuła, że ta straszna chwila waży o jej szczęściu. Bezmierne znękanie ją ogarnęło i smutek. Nie miała już sił na płacze ni skargi, a tylko jej oczy, przepalone męką, mówiły niemym głosem boleści.

A Zenon w jakiejś chwili zażartej walki ze sobą zerwał się nagle z miejsca.

– Co się ze mną dzieje! Betsy! – zakrzyczał odpychając coś sprzed siebie. W oczach miał strach i obłąkanie.

Przypadła do niego i chociaż śmiertelnie strwożona, jęła go uspokajać najsłodszymi zaklęciami. Spojrzał na nią z bezbrzeżną wzgardą i odtrącił.

– Zen! – jęknęła cofając się przed tym dzikim, obłąkańczym spojrzeniem. Ale na szczęście uspokoił się prawie natychmiast i siadł przy niej.

– Co się panu stało? – nie mogła powstrzymać pytania.

– Jakiś koszmar mnie napadł... Coś, czego nie można opowiedzieć...

– Czy jak wtedy u nas?

– Nie, nie... Jestem okropnie zdenerwowany! – obejrzał się trwożliwie i zaczął mówić prędko, jakby chcąc się zagłuszyć. Chciał być swobodny, silił się nawet na serdeczność, ale jej obaw nie rozproszył ni zbudził umierającą nadzieję, bo jego słowa były lodowate, przypadkowe i krążyły na oślep niby ptaki błądzące w ciemnościach. Była to dziwna rozmowa, oboje bowiem z największym wysiłkiem kryli przed sobą tragiczne rozdarcie dusz i lęk o siebie. Betsy trzęsła się niby ptaszka śmiertelnie wystraszona i w głosie jej polśniewały łzy i stłumiane co mgnienie szlochy rozpaczy. Stłumiła jednak własny ból i troskała się już tylko jego dziwnym stanem.

– Bo powinien pan na jakiś czas wyjechać! – radziła jak siostra.

– Wyjadę, wypocznę i powrócę z nowymi siłami – odpowiadał potakująco. Uśmiechnęła się bladym uśmiechem żałości żegnającej go na zawsze. Krótki spazm targnął jej sercem, a w mózgu zahuczało złowrogie: Nigdy, nigdy cię już nie zobaczę.

Przerwał im rozmowę Malajczyk wzywając do Joego.

Leżał bezwładnie na łóżku, doktor czynił koło niego jakieś specjalne zabiegi, po których otworzył oczy, nie poznając jednak nikogo. Na próżno przemawiali do niego, nie odpowiedział nikomu i uśmiechając się do siebie, patrzył przez wszystkich gdzieś daleko, daleko. Uradzono, że doktor będzie przy nim czuwać wraz z pielęgniarką i rano, zależnie od jego stanu, zawiezie go do szpitala lub do Bartelet Court.

Betsy odjeżdżała tak zrozpaczona, iż przy rozstaniu po kilka razy błagała Zenona, żeby go nie opuszczał i czuwał nad nim.

– Nie odstąpię go do rana – upewniał szczerze i prawie natychmiast zapomniał o przyrzeczeniu, gdyż zaraz po ich odjeździe poszedł do Daisy pomimo dość spóźnionej godziny, ale cofnął się od samych drzwi.

– Nie! nie! – uderzał jakby pięścią, zamknąwszy się w mieszkaniu.

Zaczął przeglądać papiery nagromadzone na biurku i utknął oczami w nocie od Cooka: "Pociąg odchodzi o dziesiątej. Dover. Kaliban".

Czytał po wiele razy i, nie mogąc pojąć, co znaczą te słowa, ubrał się machinalnie i zupełnie odruchowo kazał się zawieźć do Ady. Już miał dzwonić, gdy posłyszawszy przez drzwi śmiech Wandzi wstrząsnął się gwałtownie i uciekł pośpiesznie na ulicę. Był już jak piłka tocząca się w mgle i podrzucana niewidzialnymi rękami.

Czuł, że musi gdzieś iść, i szedł za pierwszym odruchem, i cofał się, również nie wiedząc dlaczego. Zaglądał do różnych klubów, witał się ze znajomymi, ale wszędzie jakby tylko kogoś szukał i nie znajdując, zaraz odchodził. Wreszcie wstąpił do jakiegoś music-hallu. Przedstawienie było rozpoczęte; muzyka wrzeszczała całą siłą rozstrojonych instrumentów i na scenie kołysały się baletowe stada, klowni bili się po twarzach, ktoś skakał spod kopuły do wody, dzielącej salę od widowni, a publiczność wybuchała śmiechem i brawami. Przypatrywał się z niezmiernym zajęciem, nie mogąc tylko dociec, gdzie się to wszystko odbywa: w nim czy gdzieś na zewnątrz jego oczu? Ale nim zdołał stwierdzić, powstał i zaczął się gwałtownie przeciskać do wyjścia nie zważając na klątwy tratowanych. Usłyszał bowiem jakiś kategoryczny nakaz, żeby wyszedł z teatru.

Stał jakiś czas na trotuarze rozglądając się niespokojnie, zaglądał nawet do bram i sklepów, a w końcu nie wiedząc już, co począć ze sobą, kazał się śpiesznie zawieźć do domu.

Mr Smith wyszedł naprzeciw niego i odezwał się dziwnie ponuro:

– Myślałem, że się już pana nie doczekam.

– To pan mnie wołał, nieprawdaż?

– Nie wołałem, ale bardzo pragnąłem, aby pan przyszedł jak najprędzej...

– Więc to nie pan! Zaglądał pan do Joego? Już się przebudził?

– Wracam od niego! Przed paru minutami odwieziono go do szpitala wariatów! Daję panu słowo honoru! – dodał widząc jego zdumienie.

– Joe? Nie, nie, nie! – zakrzyczał przyskakując do niego z gniewem.

– Dostał ataku furii i musieliśmy go odwieźć! – potwierdził smutnie.

– Po przyjeździe pań poszedłem pana szukać. Byłem nawet i u miss Daisy, zastałem ją szykującą się do drogi. Wraca do Indyj...

– Wspominała mi o tym!

– Szukałem pana i w naszym klubie, a kiedy powróciłem, już u Joe nie było nikogo prócz doktora i pielęgniarki. Właśnie zasiedliśmy do herbaty rozmawiając o chorym, gdy naraz gruchnął krzyk i łomoty rozbijanych o ściany mebli. Wbiegamy do sypialni, a Joe stoi na środku pokoju z krzesłem w ręku i broni się przed jakimś niewidzialnym wrogiem. Krzyczał coś bez związku i rzucał się coraz zapalczywiej, kopał i bił, czym tylko mógł. Dopiero przy pomocy całej służby pensjonatowej zdołaliśmy go ubezwładnić. I bronił się tak rozpaczliwie, aż musiano mu nałożyć kaftan.

– Straszne! Straszne! – jęknął, zaledwie wierząc uszom.

– Przeszedłem najcięższą chwilę w moim życiu! Jeszcze nie mogę uwierzyć... Przepraszam – wyjrzał podejrzliwie na korytarz. – Zdawało mi się, że ktoś puka do drzwi. ...Że Joe stracony! Doktor nie robi nawet nadziei! Taki dzielny człowiek! Taki potężny umysł i taka wzniosła dusza w szpitalu obłąkanych...

– Dzięki waszemu spirytyzmowi! – nie mógł już pohamować gniewu.

– Może jest w tym nieco i naszej winy! – szepnął pokornie i ze szczerym żalem – ale głównie zawiniły te potworne praktyki fakirskie, jakim się już od dawna poświęcał. Chciał koniecznie zostać jogą, świętym cudotwórcą i czystym duchem... Pragnął poznać Niepoznawalne... Jego szaleństwo utwierdziło mnie w przekonaniu, że takie eksperymenty są zgubne dla Europejczyków! Kto tylko tknął się tych praktyk, umierał lub wariował. Mógłbym wymienić wiele głośnych nazwisk!

– A mimo tego nie przestaje pan apostołować tych prawd! – szepnął z goryczą.

– Od chwili, w której ujrzałem szaleństwo Joe, przysiągłem sobie nie zajmować się więcej spirytyzmem. Przejrzałem bowiem i poczułem w uściech posmak gorzkiej prawdy, że my, to znaczy Europejczycy, jesteśmy rasą niższą, jesteśmy tylko psychiczną Tschandalą!... Tylko Hindus może przekroczyć granice materii i spojrzeć w nieśmiertelne oblicze Światłości! To wybrani z wybranych! To już dusze w ostatnim awatarze! Panie, cała wiara i tęsknota mojego istnienia umarła dzisiaj gwałtowną śmiercią.

Teraz wiem, że Europejczyk może posiędzie nasz system planetarny, może nawet zaprzęże słońca do poruszania swoich fabryk i wzleci na gwiazdy, ale przenigdy nie przekroczy granic materii, nigdy jego ręce grzeszne nie podniosą zasłony, a jego ślepe oczy nie ujrzą Izys odsłoniętej! Teraz wiem, że jesteśmy tylko nędznym plemieniem pariasów, uzuchwalonym przez głupotę, liszajem świata, skazanym na plugawe, przyziemne bytowanie i wieczne przerabianie ziemi, niby te glisty rojące się pod powierzchnią! I zaprawdę, nie godniśmy lepszej doli, bowiem suma naszych nieprawości jest większa nawet od miłosierdzia Bożego! Więc biada śmiałkowi, który świętokradczą myślą sięgnie za kres naznaczony, po tysiąckroć biada! Szaleństwo i Śmierć tam stoją na straży!

Tyle grozy biło z jego słów i tak bezgraniczna rozpacz wyzierała mu z oczu, że Zenonem wstrząsnął dreszcz zabobonnej trwogi. Patrzył bezradnie, jak stary dowlókł się do drzwi, a odwracając się jeszcze raz, rzekł:

– Szaleństwo i Śmierć!

Ledwie ucichły jego kroki na korytarzu i Zenon stał na środku pokoju nie ochłonąwszy jeszcze z zamętu, gdy służący zameldował:

– Walizy zniesione i konie czekają! Już czas na pociąg...

Nie zdziwił się wiedząc już w tej chwali, gdzie ma wyjeżdżać i czyj to głos przywołuje go nieustannie. Zakręcił się po mieszkaniu, chciał coś pakować, czegoś szukał bardzo usilnie w szufladach, próbował zbierać kartki rękopisów i wszystko mu z rąk leciało, i o wszystkim zapominał, trawiony radosną gorączką i słodkim udręczeniem oczekiwań.

– To dzisiaj! Zaraz! Natychmiast! – zdumiewał się coraz nieprzytomniej. Czasowa wizja szczęścia przejęła mu duszę niewysłowionym zachwytem. Spłonął cały niby słońce i mocą szalonych pragnień rwał się na jakieś niebosiężne szczyty, aż tam, skąd płynął ten władczy nakaz...

– Daisy! Daisy! – wołał ekstatycznie, niepomny już siebie i życia, jakby rzucając się w nieskończoność. – Czekam wyzwolenia! Czekam w tęsknocie i miłowaniu! – modlił się żarem czciciela i niewolnika.

Naraz zamajaczyła przed nim z taką wyrazistością Ada, że ochłonął nieco i nieśmiała, drżąca myśl przewinęła się błyskawicą.

– Co się ze mną dzieje!

Żałosny szloch Betsy zakwilił. Obejrzał się mimowoli, a nawet przez jakieś mgnienie próbował się nad sobą zastanawiać. Miał wir pod czaszką i chaos postrzępionych obrazów i myśli.

"Wujcio taki dobry, taki kochany, taki strasznie mój, jak tatuś..." Któż to szczebiocze? Czyjeż to rączki okręcają mu szyję? Czyjeż to kwietne oczy patrzą w niego z taką bezgraniczną miłością?...

Zachwiał się strwożony, olbrzymi ciężar przywalił mu duszę i ściągał w jakieś zgiełkliwe i plugawe niziny...

Z powrotem? W kajdany każdego dnia i każdego przypadku? W niewolę troski wieczystej? W ohydne jarzmo motłochu i obowiązków? I już na zawsze?... Nie, nie, nie! – wybuchnął w nim potężny krzyk protestu. – Raczej śmierć niźli takie życie, niźli to niewolnicze, pełzające bytowanie robaków wśród cierpień, strachów i ciemności...

– Szaleństwo lub Śmierć! – rozsypał się głos Smitha żałobnym korowodem i niby dzwon pogrzebowy zahuczał w mózgu.

Co robić? Co robić? Wszystkie zmory życia zatargały mu sercem, sycąc go trującymi jadami niepokojów, obaw i niepewności. Obłąkana trwoga zawyła mu w duszy.

Ale tamten władczy głos podniósł się znowu dźwiękiem mocniejszym ponad wszystko, mocniejszym nad życie i śmierć...

Sprężył się w ostatniej, rozpaczliwej walce ze sobą.

Jeszcze chwila odruchowych wahań! Jeszcze chwila zmagania ostatnich żalów i pamiętań ostatnich, mgnienie chwiania się niby drzewo podcięte, i runął tam, gdzie go wołało przeznaczenie...

– A choćby nawet Szaleństwo i Śmierć! A choćby! – rzucił wyzywająco własnej woli.

...a przed świtem "Kaliban" wypłynął z portu w nieznanym kierunku.

Also Available from JiaHu Books

Ziemia obiecana
Faraon
Bunt
Ludzie bezdomni
Quo vadis?
Pan Taduesz
Na wzgórzu róż
Kariera Nikodema Dyzmy
Utwory wybrane – Maria Konopnicka
Osudy dobrého vojáka Švejka za světové války
Válka s molky
R.U.R.
Hordubal
Krakatit
Továrna na absolutno
Povětroň
Obyčejný život
Babička
Hiša Marije Pomočnice
Judita
Dundo Maroje
Suze sina razmetnoga
Чорна рада - 978-1-909669-52-9
Горски вијенац - 978-1-909669-56-7
Стихотворения и Проза Ботев 978-1-909669-86-4
Под игото — 978-1-78435-055-0
Епопея на забравените - 978-1-78435-087-1
Az arany ember
Szigeti veszedelem